ISBN 3·9807328·2·7

HERSTELLUNG: LIBRI BOOKS ON DEMAND

créateur de sens
Hela Bog

C'était en 2013, à l'âge de 18 ans, j'ai fui le nid familial belge de Ronce. Né à Ronce, on m'a appellé Ronda, mes parents ayant choisi ce nom sans raison particulière. En 2014 et 2015, je suis revenu à Ronce pour passer Noël avec mes parents. En 2016 ils déménagèrent à Liège.

Par curiosité, j'ai organisé une rencontre d'anciens camarades de classe il y a quelques mois. Plus de 30 ans après le BAC ce fut extrêmement simple de trouver les coordonnées des vieux potes. Ils étaient tous enrégistrés dans une banque de données non protégées. Presque tous vinrent mais ce fut décevant. Nous nous sommes retrouvés dans le vieux café du lycée; le café existe toujours tout comme l'école. Beaucoup étaient restés à Ronce et étaient devenus, comme je les appelle, des légumes dans leur fauteuil-télécommande. Peut-être que l'Internet et la Télé évitent d'être des imbéciles, mais ça n'a rien à voir avec la vie réelle. Certains avaient même étudié, étaient devenus profs ou avocats, mais malgré leur formation, ils étaient de vrais loques, presque morts.

J'aurais beaucoup à dire sur mes vieux potes mais ce n'est pas intéressant. Je crois que certains ont même regretté d'avoir quitté leur fauteuil-télécommande pour la chaise du vieux café, cela leur faisait rater un show interactif à la télé d'Internet.

Nous avons bu quelques verres de bière brune et nous avons essayé de nous remémorer les histoires passées et les profs, mais malgré tous les efforts pour mettre un peu d'ambiance, ce fut un échec total. Mes meilleurs amis de cette époque, Zazo et Michel, n'étaient pas venus: il fallait que Zazo réécrive un programme d'ordinateur et Michel devait traîner en Italie dans un hamac entre deux oliviers.

Après cette malheureuse soirée, guidée par mon esprit missionnaire, j'eus l'idée d'écrire mon histoire pour le cinéma, avec un bon film, un producteur compétent sauverait des milliers de personnes de leur léthargie. Il m'a fallu écrire mon livre de toute façon mais pour une autre raison.

En 2013 j'avais donc 18 ans, mon frère avait deux ans de plus, et mes parents étaient inoffensifs. Ils essayaient d'harmoniser en permanence avec leurs méthodes naïves. Ils essayaient de faire face aux contradictions de la vie en concentrant leurs efforts sur ce que l'on désignait communément comme « Le bien chassant le mal » chaque fois que possible. Pour cela ils avaient compartimenté les closes de la vie.

Méthode et assiduité et: ne fais pas ce que tu ne veux pas qu'on te fasse, se trouvaient dans les bons compartiments, tandis que désordre, agressivité et incertitude étaient dans les mauvais. Bien sûr, j'étais parmi les mauvais quand je suis allé à Paris à l'âge de 18 ans, la putain de capitale française du crime.

Là, mes parents et moi, comme des millions d'autres au chômage, nous vivions des indemnités distribuées par le gouvernement français et la Communauté Européenne: assez pour une vie médiocre. De temps en temps il fallait faire du travail idiot pour les autorités. A Paris, il était courant de ramasser les ordures dans les prairies et les forêts des banlieues. Chez nous en Belgique il s'agissait de restaurer des usines en ruine et de désherber. Mais alors que communément en Belgique l'ennui et la déprime régnaient, à Paris j'étais véritablement mis au défi. Tout le monde attend tout, et tout le monde dans tous les sens. Bien sûr il y avait une certaine atmosphère de déprime à Paris aussi, parce qu'ici peut-être encore plus que dans les petites villes protégées la majorité des jeunes n'avaient aucune perspective. Ils étaient au chômage, inutiles et sans idée de ce qui donne un sens à la vie. Mais il y avait moins de

2

contrôle et donc plus de débrouille; on était certainement dans le mauvais compartiment.

Après quelques semaines à Paris, ma vie prit une nouvelle orientation, dans le quartier St Denis on m'aloua un appartement dans l'immeuble Taurus III D. Pour dormir, l'appart minable de célibataire de 16 m^2 était quand même mieux que les ponts ou les maisons à démolir qui m'avaient abrité jusqu'à maintenant. A St Denis, les rues étaient dans les mains de gangs de blacks.

Innocent que j'étais, je revins à Taurus III le premier soir en chantant. Emméché, inconnu et blanc, ça ne pouvait pas bien se passer. Ils m'envoyèrent un nain pour me tester : un de leurs jeux favoris comme je l'appris plus tard. Le petit gars se présenta devant moi et m'expliqua qu'il fallait payer 100 euros pour passer, ce sur quoi je le poussai de côté. Le gang qui se présenta après lui ne fut pas aussi facile à mettre de côté. Mais je me battis vaillamment. J'envoyai directement à l'hôpital au moins trois blacks. Malheureusement j'y allai aussi. Je restai à l'hôpital deux semaines et je porte encore les traces au ventre qui me font encore mal quand le mauvais temps s'annonce.

Après la convalescence, je me suis mis en quête du gang. Je suis comme ça. Qui que ça soit qui me fasse du tort doit s'attendre à une revanche. Prudemment je m'informais, je me servais d'enfants et de personnes âgées dans notre immeuble pour retrouver les traces des matamores. Il ne me fallut pas plus d'un mois pour les connaître. Je savais où et quand ils se réuniraient et comment ils s'appellaient: Les Jungles Noires · que d'imagination!

Comme j'ai toujours été techniquement habile dans les petites choses, j'installai un petit détecteur dans la salle des chaudières où ils se rencontraient, ce qui trahit leur plans et leurs idées. Ses sujets aussi vicieux que lui appellaient leur chef respectueusement: Moraine.

Un colosse aux mains comme des battoirs aux yeux vifs et avides. C'était un oiseau de proie. C'est bizarre mais il y a toujours des chefs comme ça. Et toujours derrière de tels héros il y a de pauvres types pleins de ferveur. Pour Moraine une vie humaine n'était qu'un tas d'ordures disait-il et piétinait tout simplement les gens.

Je le tenais lui et sa nature brutale pour responsable de mes blessures. Plus j'apprenais sur lui, plus ma décision de lui donner une leçon définitive naissait en moi.
Comme j'ai toujours été un être humain méfiant j'ai abordé cette affaire méthodiquement. Je voulais griller Moraine lentement mais surement. Pendant plus de deux mois, j'ai rassemblé des informations sur lui et ses troupes.

Puis j'ai commencé à agir. Comme ils avaient décidé de faire un supermarché, je les ai balancés aux flics. Je ne fus pas des moins surpris lorsque je vis que les flics ne firent rien. Mon petit émetteur m'en donna la raison: les flics avaient la trouille et celui qui est le plus flic du quartier était dans la poche pour une histoire de cul.

Moraine pensait maintenant que quelqu'un l'avait trahi, et que le traître se trouvait dans ses propres rangs, ce qui paraissait logique. J'allais continuer à le griller. Moraine mit la pression sur ses gars. Il les prit un par un et les persécuta tous. Aucun ne confessa l'avoir trahi. Tous lui jurèrent fidélité éternelle. Moraine était excédé et désemparé. Il annonça le coup suivant sans en parler, il n'avait plus de confiance entre eux. De temps en temps il les testait et essayait de les piéger de diverses manières, du genre « ça y est, je sais que c'est toi qui l'as fait » en pointant son pistolet sur la tempe du coupable, ce qui entraîna encore plus de méfiance et d'animosité entre eux. Moraine finit par ne plus faire confiance qu'à son vieux copain Franque. Ils discutèrent ensemble de la manière de trouver le traître. Il parla aussi à Franque de son intention de s'allier avec le gang voisin, les

« Cool Devils », ce pourquoi il voulait éliminer tout risque dans ses propres rangs. Les « Cool Devils » étaient une petite bande qui ne contrôlait que deux immeubles, Moraine voulait simplement les absorber. Mon prochain coup fut un message anonyme aux « Cool Devils » leur indiquant qu'il y avait des problèmes de pouvoir chez les « Jungles Noires» et que Moraine ne contrôlait plus la situation. Je fis savoir aux « Cool Devils » où Moraine allait manger le dimanche suivant avec son sous-chef Franque. De plus je laissais entendre dans ma lettre qu'il ne serait pas maladroit d'épargner le sous-chef Franque puisqu'il pourrait nous rendre de bons services en cas d'agrandissement des « Cool Devils ». La réponse ne se fit pas attendre. Le dessert fut servi par les « Cool Devils » ce dimanche-là et il dura plus longtemps que je l'aurais moi-même fait, Moraine passa cinq semaines à l'hôpital. Son départ me fournit l'ouverture que j'attendais.

Je trouvais les frères de la Jungle en déroute dans la salle de jeux informatiques. Je jouais le bienfaiteur, il suffit de quelques jeux et quelques boissons pourque les gens commencent à m'aimer. Ma générosité et mon imagination me furent très utiles. Je savais de quoi ils avaient besoin : de l'argent et de l'action.

Et c'est exactement ce que je leur donnais. J'avais découvert comment pénétrer dans certains villas de luxe, et je m'y rendais par petits groupes avec les frères de la Jungle orphelins. Il n'y avait quasiment personne qui n'aimait pas mes idées. Lorsque Moraine sortit de l'hôpital, ses potes avaient commencé à me faire confiance. Il s'était trouvé que, malgré le court laps de temps j'avais plus d'atouts que Moraine. Personne ne voulait revenir à Moraine, même si j'avais clairement fait savoir qu'il n'y aurait pas de représailles s'ils revenaient vers lui. Ils avaient remarqué que j'étais plus malin et que j'avais plus de réussite que leur ancien boss. Bien sûr j'avais mentalement préparé les gars à fond pour le retour de Moraine. Moraine vouait aux « Cool

Devils » et à Franque une haine sans nom. Pendant son demi coma il s'était mis dans la tête que seul Franque pouvait être le traître, puisqu'il était le seul à connaître les habitudes du repas du dimanche. L'intelligent Moraine s'était rendu compte que malgré le repas du dimanche agité les « Cool Devils » ne semblaient pas s'en être trop pris à Franque. L'affaire était claire et Franque, dans le jargon de Moraine, était « fini ».

Par sécurité, Moraine voulut finalement prendre en charge les « Cool Devils » même s'il avait besoin des autres. Donc tandis que Moraine reprenait en main ses anciens potes, nous lui tendions un piège, les détails de l'affaire je n'ai pas trop envie d'en parler aujourd'hui. Je dirai simplement que l'imagination de Moraine avait du mal à aller au-delà du physique. Nous lui administrions donc à lui comme aux « Cool Devils » avec lesquels nous cultivions un paisible voisinage, une bonne raclée. Depuis je fis en sorte que Moraine disparaisse plus de six mois dans un hôpital des tropiques. Moraine alla plus tard à Marseille et de là prit un bateau pour l'Afrique, depuis il n'est d'aucun intérêt pour moi. C'est ainsi que je devins le chef d'un gang de banlieue. Je ne raconterai pas la suite des événements à la lumière d'aujourd'hui. A cette époque, les biens de ce monde étaient mal répartis, il y avait ceux qu'on appelait les super-riches et qui ne dépassaient pas les 5% de la population mondiale, mais possédaient plus de 70% de tous les biens. Ces personnes devenaient systématiquement de plus en plus riches, et en France ce n'était pas différent des autres pays industriels. La majorité des super-riches étaient aux Etats-Unis, et les moins nombreux se trouvaient dans les pays en voie de développement. D'un autre côté il y avait de plus en plus de gens au chômage, parce que robots et ordinateurs se substituaient de plus en plus aux travailleurs. A l'origine de la montée du chômage et de l'enrichissement toujours plus grand des plus riches on trouvait le mécanisme des valeurs boursières. L'économie mondiale fonctionnnait selon ce

6

principe, on ne parlait qu'en termes de bénéfices. Avec une tendance toujours à la hausse, le chômage avait atteint en réalité 40 % en Europe dont seuls 20% étaient officiellement reconnus, parce que les gouvernements essayaient de camoufler la rareté du travail par des programmes d'embauches. La majorité des jeunes gens n'avaient pas de perspective. Comme mes frères de la Jungle, les jeunes sans direction se baladaient dans la vie.

Bon, il y avait le sexe et le sport (surtout la lutte et la musculation). Mais si c'est le seul sens à la vie, la frustration et le crétinisme nous guettent. Les politiciens étaient des politiciens, parce qu'ils étaient avides de pouvoir, et pour bénéficier de ce pouvoir ils n'étaient autres que les marionettes des super-riches. Ils justifiaient leur impuissance en s'appuyant sur l'objectivité parce que là où il n'y a pas de compromissions politiques, le super- riche avec sa production et ses valeurs va chercher ailleurs de meilleures conditions de base, c'est-à-dire qu'il va chercher des marionettes plus complaisantes. Comme je l'ai dit, la conséquence la plus fatale du principe des actions boursières était l'emploi toujours plus grand de robots et d'ordinateurs toujours plus perfectionnés. C'est à cause de cela que plus de la moitié de l'humanité vivait dans la pauvreté. Tout le monde se sentait impuissant, pas moi. J'utilisai une partie de mes troupes pour lutter contre l'injustice, c'est-à-dire indirectement contre les super-riches.

Les frères de la Jungle me servaient de couverture. Je faisais des virées avec eux et donnais des coups de main à la police locale. Nous vivions relativement agréablement et les immeubles qui étaient sous mon contrôle n'avaient pas de problèmes. Mon imagination et la force de frappe de mes gars nous conférèrent une réputation remarquable. En une année nous devinmes les chefs incontestés dans les immeubles de Taurus Aries avec plus de cinquante guerriers actifs. Mais ce gang des rues tel qu'il apparaissait ne reflétait qu'une face de ce qu'il était réellement. Le gang servait de couverture à un petit noyau spécial constitué par les éléments les plus intelligents du groupe qui formaient une sorte d'élite dont personne ne connaissait l'existence à part les intéressés. Nous agissions peu mais avec efficacité. Nous avions fait des super-riches notre objectif. Des groupes semblables au nôtre se constituèrent à la même époque par pure coïncidence à Amsterdam, Londres, Berlin. C'était un signe des temps. Paris gagna le respect de tous. La police parisienne forma une unité spéciale pour nous combattre et la presse nous avait qualifié de « Mistral » parce que nous frappions par surprise et brutalement. Personne, ni même nos femmes, savait qui était derrière « Mistral ». Nous étions les « Jungles Noires ». Avec « Mistral », je devins le Robin-des-Bois de Paris. Là où nous pouvions tomber sur les riches, nous le faisions. Nous saccagions leurs villas, mettions le feu à leurs yachts de plaisance et leur faisions payer cher leur protection. L'argent allait directement à des jardins d'enfants, aux soupes populaires, à des foyers de jeunes dans les banlieues. Il n'y avait pas ainsi de problèmes de tranfert. Les pauvres nous aimaient même si la presse faisait tout pour nous noircir.

Rétrospectivement je n'adhère plus à ces méthodes violentes, même si elles ne s'appliquaient pas aux gens eux-mêmes. Aujourd'hui je sais que la force engendre toujours une réaction violente et n'améliore rien en fin de compte. Mais à cette époque l'utilisation de la force paraissait naturelle, elle était partout et était nécéssaire, du moins si nous vivions dans la rue comme nous le faisions. Il fallait toujours faire face à quelqu'un d'autre désireux de s'imposer. Alors il fallait corriger ces prétentieux. Par ailleurs il y avait des milliers de « dérangés » qui avaient trop regardé les écrans et croyaient que tirer des coups de feu et frapper faisait d'eux des héros. Un quart de Paris au moins vivait sous le règne de la force. C'est aussi à cette époque que dans une fusillade je descendais ma première victime et que j'écrivis ce poème sur la force. Si vous ne l'aimez pas comme c'est mon cas, vous pouvez passer outre.

Force
Jésus dit à ses ennemis
« ne reponds pas à la violence
tends l'autre joue » :
On le crucifia.

Je dis « réponds à la violence »
Descends le gars
Qui voulait te descendre
Dans la tombe.

Jésus ignora la bêtise de la foule
J'ignore mon propre discernement
Qui fut le plus bête
L'idéaliste ou l'homme d'action!

Qui ne veut pas être victime
Reste chez lui
Le face à face avec la réalité
Est toujours brutal.

Bon, ça ne rime pas, mais c'est quand même un poème. Je le sais aujourd'hui, la force ne *résout* rien durablement. Si aujourd'hui on m'attaque, je fais l'imbécile ou je m'échappe, ou j'essaye de parler d'homme à homme selon à qui j'ai à faire. En politique ces dernières années ont aussi montré que le changement vers un monde plus juste ne pouvait s'effectuer de manière pacifique et démocratique.

Notre troupe d'élite avait eu tort de ne pas faire la distinction entre les riches qui l'étaient devenus et ceux qui géraient un énorme héritage. J'appris plus tard à travers le **M**ouvement de **J**ustice **G**lobale l'importance d'opérer cette distinction. Je ne savais pas non plus à l'époque que les super-riches ne le montrent guère contrairement aux parvenus riches. Je suis quand même une fois tombé sur les super-riches en décimant une soirée du Roi d'Espagne au Ritz. Nous nous étions emparés de tant de bijoux qu'il fut difficile de les écouler et qu'il fallut les faire retailler à Anvers. Cette action eut un retentissement énorme. Du monde entier on nous envoya des troupes spéciales pour s'occuper de nous et pendant un certain temps nous fimes les morts.

L'hiver 2014, j'eus un peu plus de temps pour intervenir sur Internet de manière plus soutenue. J'y découvris un mouvement politique dont la philosophie allait bien au-delà de celle de Robin-des-Bois. Il s'agissait de la fondation du **P**arti de **J**ustice **G**lobale **F**rançais: PJGF.

C'est à cette époque que s'établirent de tels partis en Europe et en Amérique du Nord. Ils étaient fondés sur l'idée du Mouvement de Justice Globale. L'idée avait pris racine dans un petit roman et s'était rapidement répandue. L'idée était d'une logique et d'une évidence que même le plus bête pourrait la comprendre: de loin la plus brillante idée politique depuis des siècles. Elle mettait fin aux injustices passées. Le Mouvement devenait possible grâce à Internet car tous les partis s'établirent à partir de ce moyen de communication. Les gens pouvaient échanger leurs idées, découvrir des vérités et répandre l'idée au monde entier. C'est mon vendeur de journaux qui m'en parla et qui m'en communiqua les références: www. G.S.P. Ça pourrait vous intéresser, dit-il. En y repensant, ce vendeur eut une influence décisive sur ma vie, peut-être me connaissait-il mieux que je ne pensais.

Je cherchais sur Internet et trouvai l'info suivante sur le Mouvement de Justice Globale:

M.J.G.

Nous énonçons sur le plan mondial que:

La Justice signifie donner une chance équitable devant la vie à tous les êtres, leur permettant d'effectuer un travail humain qui était devenu rare à cause des machines et des robots.

Justice, cela signifie redistribuer les ressources de la terre de sorte que ceux qui ne veulent pas s'impliquer dans une économie de marché ou ne le peuvent pas puissent profiter d'un système d'assistance global pour l'essentiel et d'une éducation honnête en échange d'un minimum de travail.

Cela signifie, laisser aux gens qui réunissent ce qu'ils ont gagné et ne taxer au plus qu'un tiers de leur revenu.

Cela signifie qu'il n'est possible de donner en héritage, pour un héritier, et au plus pour deux, et par enfant au maximum une valeur de 1,5 millions de dollars U.S. Tout héritage en faveur d'une institution ou association de trois personnes maximum ne pourra dépasser 100000 dollars. L'excédent sera prélevé pour financer la création du système de Justice Globale selon les règles de l'organisation mondiale.

Cela signifie que tout principe politique doit émaner d'un processus démocratique.

Nous énonçons aussi que :

Ni la Communauté Européenne ni aucune des organisations commerciales mondiales ni aucun Etat sur cette terre ne sont habilités à prendre en main la Jusitce telle qu'elle est énoncée dans les principes du Mouvement de Justice Global parce que

Le pouvoir des super-riches dont le nombre n'est que de 5% de la population mondiale mais qui possèdent plus de 70% des outils de production s'excerce de façon déterminante sur la classe politique mondiale.

Seuls les partis de Justice Mondiale nouvellement fondés sur les principes du M.J.G. peuvent intervenir peuvent intervenir pour modifier l'état de fait cité plus haut.

Les modifications doivent s'effectuer sur un plan international par le biais de processus démocratiques ce qui permettra aux Partis de Justice Globale d'avoir la majorité dans tous les pays rendant ainsi impossible la fuite des fonds provenant des héritages des super-riches.

Au premier abord, j'eus du mal à comprendre la signification de ces lignes et pensais qu'il s'agissait encore de bla-bla politique et je m'appretais à quitter ce site quand plus par reconnaissance à l'égard de mon vendeur de journaux que par intérêt je pris la suite et appuyai sur >débats<. J'y trouvai avec surprise une suite de débats passionnés sur les principes de base du mouvement et petit à petit je découvrais qu'il y avait peut-être là une révolution en gestation. Si l'on pouvait se servir de l'argent prélevé sur ces héritages pour établir un système d'aide mondial, le monde pouvait effectivement changer. Il deviendrait pour la première fois dans l'histoire un monde d'économie globale planifiée. Bien sûr les super-riches ne se laissaient pas faire. Ils ne voulaient pas entendre parler du plafond de 1,5 millions de dollars et engagèrent les meilleurs scientifiques pour prouver qu'il s'agissait d'une idée peu efficace et désastreuse. La somme impliquée était énorme. Un professeur de Harvard avait calculé que sur vingt années au moins 8000 millions de dollars reviendraient au M.J.G.

Sur les 1,5 millions héritables il était convenu que cette somme devait être exempte de tout taxe afin d'être une motivation sur le plan de l'économie de marché. Bien sûr le système ne pouvait fonctionner sans l'idée d'une économie de marché. Dans le programme du M.J.G. cet argent provenant des transmissions de biens revenait à une organisation supra-nationale telle que les Nations Unies pour effectuer ensuite une redistribution globale. La croissance démocratique mondiale du P.J.G. basée sur les les principes de Justice Globale devait aussi servir aux Etats de base pour la création des lois. L'idée était simple et évidente mais difficile à débattre. Statisticiens et experts en droit constitutionnel des pays riches argumentaient le prix à payer au quotidien si les gens se mettaient à suivre cette « idée absurde ». Les économistes divergaient à propos des conséquences sur petites et grosses affaires, l'économie mondiale, la bourse, les finances publiques et ainsi de suite.

Inutile d'insister sur les détails, mais pour deux raisons ces débats sur Internet devinrent importants pour mon histoire personnelle.

Les gens qui débattaient de l'application des idées de Justice Globale étaient d'éminents spécialistes. Des gens comme moi ne pouvaient qu'être perplexes devant les arguments qu'ils se renvoyaient. Par chance quelques étudiants français et allemands avaient entrepris de vulgariser l'essentiel des débats qu'ils résumaient clairement hebdomadairement en trois langues, français, anglais , allemand sous la rubrique www. MJG. Ce sont curieusement toujours des étudiants de ces deux pays qui qui ont durablement influencé le cours de l'histoire. Je me tins au courant de l'évolution du mouvement pendant quelques semaines et finis par conclure qu'en tant que Robin-des-Bois parisien il était naturel que j'adhère au P.J.G. français. Pour moi c'était une idée réaliste. Je ne voyais pas comment les multinationales ou les petits commerces s'effondraient. Cela impliquait dans chaque Etat une administration chargée d'appliquer la taxe, de la percevoir et de déceler les fraudes. Une part de l'argent collecté reviendrait à l'administration de chacun de ces Etats. Cette administration gérerait les indemnités qui se limiteraient à une alimentation de base, à un espace habitable minimal, qui couvriraient les frais de consommation d'énergie, d'eau, de soins médicaux et une éducation minimum et, ce faisant, laisserait une manœuvre assez large à l'économie de marché. Des spécialistes avaient estimé que 60% des besoins économiques globaux seraient couverts par une économie de marché en bonne santé.

Partout les Partis de Justice Globale attirèrent les foules. Aux USA il y eut une tentative pour en interdire le fonctionnnement, elle échoua grâce aux juges constitutionnels libéraux. A Paris nous imprimions des pubs qui étaient distribuées partout. Le message était simplifié mais il mobilisa les masses. Notre propagande contenait le message suivant :

Dans l'économie de marché d'aujourd'hui la moitié de l'humanité n'a aucune chance.
70% des instruments de cette économie de marché sont dans les mains des super-riches, ce qui explique pourquoi l'économie de marché leur est d'abord profitable à eux.
$ 1,500,000 US est largement suffisant comme héritage par conjoint et enfant.
Le Parti de Justice Globale veut rééquilibrer les forces qui animent le monde.
La terre suffit à subvenir aux besoins de tous.

14

Nous sommes pour une économie de marché, toutefois là où elle ne permet pas d'épanouissement une économie globalement planifiée peut être instaurée.
Votez pour le Parti de Justice Globale Français, PJGF.
→ Références :

Il ne me reste malheureusement plus de pub de cette époque, j'écris de mémoire. Mais notre publicité pour le mouvement fut extensive.

Jusqu'alors je n'avais été qu'un observateur passif sur Internet. Cette passivité prit fin lorsqu'ils proposèrent quoi faire de 200 millions de dollars qui avaient été spontanément donnés au M.J.G. par le biais de P.J.G. par des riches qui avaient aimé l'idée du Mouvement de Justice Globale. Il y eut des débats, il était clair que cet argent ne devait pas être dispersé dans les petits partis. Il fallait faire quelque chose de spectaculaire avec. A mes yeux les idées que les cerveaux brassaient me paraissaient manquer sérieusement de profondeur. La majorité des spécialistes s'accordaient pour confier cet argent aux Nations Unies de sorte que l'idée de justice globale puisse développer ses principes à partir de cette institution. Le secrétaire général de l'ONU avait orienté les discussions dans ce sens. Il est vrai que dans le programme du M.J.G., l'ONU avait été comme intervenant possible dans la répartition financière globale, mais selon moi, l'ONU n'était pas une institution fiable. Loin d'être un spécialiste de l'ONU, j'avais le sentiment qu'il fallait être méfiant à l'égard de ce méga-club. J'imaginais aisément les super-riches intervenir pour bloquer les initiatives du M.J.G., et décidai de tendre un piège. Certes les objectifs de l'ONU paraissaient louables, mais depuis des années elle faisait le jeu des pays riches. L'argent et les responsabilités étaient contrôlées par les pays riches, pour l'essentiel, et donc par les super-riches. Qu'arriverait-il si l'ONU recueillait l'argent puis retardait son emploi et se répandait en discussions sans fin ! Peut-être en arriverait-on à des décisions qui auraient tellement altéré les principes du M.J.G. qu'elles pourraient être supportables pour les super-riches. Sur ce j'écrivis une lettre que j'envoyais pour être débattue. En voici le contenu :

Mesdames, Messieurs,
Je ne suis qu'un simple humain, mais je vous demande en ce qui concerne l'argent qui a été attribué au mouvement que l'ONU n'est peut-être pas disposée à représenter à 100% la pensée du M.J.G. Selon moi, il serait imprudent de confier l'argent du M.J.G. aux Nations Unies avec pour seule garantie le vote de son président et de quelques hauts représentants à défaut d'un vote officiel sans ambiguité à l'unanimité pour le M.J.G. Peut-être faut-il savoir prendre des riques malgré un tel vote.
P 1.
Les P.J.G.-France reçoit aussi un exemplaire de ce courrier.

Les réponses ne se firent pas attendre. Je fus félicité par la direction du P.J.G. français. Petit à petit l'idée fit son chemin dans les esprits des spécialistes et les responsables du mouvement finirent par exiger de l'ONU un vote dans lequel serait exprimé à l'unanimité le soutien des idées du Mouvement de Justice Globale.

Alors la valse commença. L'ONU se divisa. Les représentants des pays pauvres et le président se battirent pour le M.J.G. Le gouvernement américain menaça de couper toutes les subventions à jamais si l'ONU se rendait aux idées du M.J.G. Quelques pays européens considèraient que l'aide au développement portait déjà des fruits. Finalement on en conclut qu'une institution honorable telle que l'ONU ne devrait pas associer son destin aux expériences intrépides du M.J.G. Partout on me complimenta comme le sauveur de l'argent du M.J.G. J'étais fier, je l'admets. Ce qui arriva quelques jours plus tard dans ma boîte à lettres me donna des frissons :

Expéditeur : Bureau conseil de l'Union Globale
à **PI, Paris, Rue de la Galette, France**

Cher P1,
Nous serions très heureux de vous compter parmi les membres du bureau conseil récemment formé. Ce bureau a été constitué après que l'ONU eut décidé au cours de sa session du 02/03/2015 de ne pas être l'instrument du décret d'héritage énoncé par le M.J.G. Nous voulons fonder l'Union Globale U.G. qui sera l'instrument financier global du M.J.G.

Le buraeu conseil en fixera les détails de fonctionnement. Contactez-nous au : http.gu.coordination 579.gb. L'adresse est confidentielle, afin de préserver l'efficacité et l'honnêteté de nos discussions.

Salutations distinguées,
G.U. bureau conseil
Saena Costa.

Je pouvais donc devenir membre de ce bureau de coordination pour participer à la construction de l'Union Globale U.G. Je consultai l'adresse indiquée et me trouvai en pleine argumentation sur la gestion des premiers fonds dont extraits :

Professeur Bouvier de Paris : L'idée de Justice Globale a été conçue pour résoudre le problème mondial du chômage. Il paraîtrait logique de faire quelque chose de symbolique avec ces premiers fonds. Ce sont les symboles qui guident le monde. Il faudrait comme symbole d'une nouvelle ère construire le siège de l'Union Globale. Un édifice monumental.

John Darwell des USA : Les symboles ont toujours été détruits jusqu'à aujourd'hui. Construisons un symbole et il se trouvera vite quelqu'un pour le faire sauter.

Professseur Kent d'Allemagne : Il nous faut d'abord renforcer l'idée du M.J.G., c'est-à-dire qu'il faut promouvoir les Partis de Justice Globale. Dans beaucoup de pays, ces partis n'ont pas les fonds nécéssaires pour s'organiser correctement, ni les moyens de fournir des ordinateurs à ces membres pour Internet. Dans certains pays il n'y a pas de P.J.G. Les premiers fonds devraient servir à ouvrir la voie aux P.J.G.

Jama Mbumara du Nigéria : Dans notre continent chaque minute deux enfants meurent. Si ce mouvement veut avoir un rôle de premier plan, alors fournissez médicaments et nourriture.

Mme Iljakowa de Russie : Tout autant qu'un symbole et une source de nourriture, je propose d'acheter les premiers champs de blé. Chacun pourrait ainsi voir que l'Union Globale ne prend pas à la légère l'idée d'assistance sociale élémentaire.

Mr. Wright d'Angleterre : Parler de distribution c'est évoquer la cupidité. Il est absolument prioritaire de mettre sur pied un système informatique intorchable pour organiser les cultures, étudier les besoins, organiser la distribution.

« Il faut impérativement instaurer un conseiller parlementaire avec pouvoir exécutif pour l'Union Globale. », fait savoir José Maria Lopez du Brésil.

Chacun avec ses arguments, le débat se prolongea et j'assistais de nouveau stupéfait à ces joutes verbales. J'imprimai les suggestions qui me paraissaient le plus justes, j'en fis une synthèse que je présentai à mon tour sous forme de suggestion. Je ne fis pas de proposition personnelle, mais je mis en valeur l'une ou l'autre des propositions afin de leur donner plus de poids. Bien des fois, les spécialistes ont montré à quel point ils étaient incapables de sortir des tunnels dans lesquels ils enfermaient leur pensée. J'étais une des rares personnes dans ce bureau conseil dont la maison était la rue, et j'étais quelqu'un qui n'hésitait pas à ouvrir sa bouche malgré ses origines modestes. Une femme, dont le nom était Mme Dreyer, et dont j'évoquerai encore le rôle important qu'elle allait jouer dans ma vie, m'encouragea par e-mail :

« Cher P1, vous dites venir de la rue, soyez-en fier. Votre sens pratique nous a déjà sauvé une fois. »

Les discussions durèrent un mois pour aboutir aux conclusions suivantes : nous fîmes l'achat de 20,000 hectares de terre à blé dans le sud de la Russie et fîmes installer GUGLOBE. Contrairement à aujourd'hui, c'était à l'époque une mini chaîne informatique. Le but de GUGLOBE était de planifier l'économie globale du mouvement. Nous voulions que parmi ses caractéristiques il y eût un programme prêt à faire face aux exigences futures. Nous fîmes ainsi d'une pierre deux coups : d'un côté en 2018 L'Union Globale put récolter pour la première fois de la nourriture pour les plus grandes urgences indépendemment et d'un autre côté nous avions une occasion réelle d'expérimenter les capacités de GUGLOBE. Nous voulions voir si le système fonctionnait en pratique. Il fallait montrer l'efficacité du système au cas où les Partis de Justice Globale l'emportaient dans les parlements et disposaient des fonds d'héritage des très grosses fortunes pour l'Union Globale. Tout alla pour le mieux, de sorte qu'une troisième conséquence, un an plus tard fut de disposer d'une publicité flatteuse pour l'Union Globale. Après avoir servi tous les projets coordonnés par le bureau conseil il restait encore assez d'argent pour construire le premier centre de santé de l'Union Globale à Lagos au Nigéria.

Le travail du bureau conseil de coordination dura plus longtemps que prévu : au fur et à mesure que de plus en plus de gens voyaient l'idée de Justice Globale devenir une réalité, d'autant plus de gens adhéraient aux Partis de Justice Globale et faisaient des dons d'argent. Nous décidâmes d'une commission de l'Union Globale mais elle n'eut guère à intervenir. Le champ d'action de GUGLOBE à l'époque s'était déjà tellement étendu qu'il ne restait guère de place à des décisions humaines. GUGLOBE puisait ses données dans des sources d'information fiables, et était capable d'analyser des statistiques, faire de la recherche, étudier le développement de la population, enrégistrer des données médicales, l'influence du temps, les images satéllites, et beaucoup plus encore. A partir de ces données il prenait des décisions et suggérait des initiatives pour le développement de surfaces agraires, pour l'habitat, les hôpitaux, et les sources d'énergie. La commission n'avait guère qu'à vérifier la mise en pratique de ce que le programme informatique proposait.

La participation au bureau de coordination conseil n'était pas rétribuée. C'était une responsabilité honorifique. Les dirigeants des différents partis de Justice Globale ne percevaient pas non plus d'argent. Le mouvement voulait clairement se démarquer des partis politiques traditionnels. Je ne me souviens plus du temps passé à débattre sur Internet mais ça a dû durer deux ans. Plus le G.U. recevait d'argent, plus nous prenions de décisions. GUGLOBE et la nouvelle commission adoptèrent nos méthodes après une periode expérimentale simplement à partir de 2019.

Il y eut aussi autre chose que nous avions lancé au bureau conseil et que la nouvelle commission mit en pratique plus tard ; il s'agissait de l'idée de « montreur de sens » et de « Créateur de sens ». Il faut que je dise comment j'en suis arrivé à cela, car mon destin personnel est impliqué dans cette idée.

Il y a le détour « l'homme ne vit pas seulement de pain il faut aussi nourrir son âme. » Même à cette époque moderne ces mots gagnèrent en importance. Aux temps anciens, alors que les hommes chassaient les animaux sauvages avec des outils de pierre, il y avait peu de place pour l'âme. Les êtres étaient bien trop occupés pour subvenir à leurs besoins corporels. Au cours des siècles émergeaient des philosophes et des guides spirituels, qui donnaient un peu plus de place à la vie de l'esprit des pauvres êtres humains. Néanmoins jusqu'au troisième millénaire le travail humain resta ce qu'il y avait de plus important sur terre dans la lignée des chasseurs à l'âge de pierre. Qu'on le veuille ou non, il fallait bien se battre pour avoir son pain, il fallait, en d'autres termes, travailler. Puis vinrent les ordinateurs et les robots. Ils prirent le relais et beaucoup d'hommes se libérèrent. Ils se retrouvèrent avec plus de temps et parfois pas de travail. Il y en a qui furent désemparés et qui tombèrent en déprime. D'autres, par leur naissance ou par leur éducation étaient tellement obsédés par la performance et par le travail qu'ils ne purent trouver de compensation satisfaisante. On ne pouvait trouver dans les loisirs un sens satisfaisant à la vie. Je suis né à cette époque, et, avec moi, les « Jungles Noires » et des millions d'autres jeunes frustrés. Les tenant responsables du système d'alors s'accrochait aux idéaux de succès par les biais de l'efficacité et du travail. Pour eux, la préservation de l'ordre ancien et surtout le pouvoir, voilà ce qui comptait. Les médias et les producteurs de film se servaient d'eux comme exemple et support. Ils chantaient infatigablement les louanges de l'économie de marché. Initiative et travail étaient sans cesse présentés comme valeurs idéales. Etats indépendants ou blocs rivalisaient en croissance et parts de marché. La tentative d'organiser la vie humaine dans le cadre d'une économie de marché, bien que la majeure partie du travail soit effectuée par des machines, ne pouvait conduire que la moitié de l'humanité à une fin heureuse. Mais les seuls qui réussissaient vraiment étaient ceux qui affinaient ordinateurs et robots, et les rendaient plus efficaces.

Mais tout cela ne fit qu'accélérer le processus de changement.

Nous qui vivions dans la rue savions exactement que ce monde « high-tech » n'avait pas de place pour nous. Nous n'étions pas assez qualifiés. Nous n'étions bons qu'à bouger et à traîner de temps à autre, nous étions investis du rôle de ramasseurs de papiers. Nous étions des non-sens, tout comme les défavorisés des pays en voie de développement. Nous dépendions comme eux de la pitié des organes de l'Etat. Oui, qu'était-ce sinon de la pitié qu'être ainsi soutenu en tant que chômeur dans un système d'économie de marché ! Voilà ce que nous étions, nous, les non-sens frustrés. En fait on aurait attendu plus de nous et parce que de toute façon nous étions des échecs, plus ou moins d'atrocités importaient peu, en fait, ne comptaient pas du tout. Si on se faisait mettre en tôle pendant quelques semaines ou même mois, ce n'était pas plus mal, nous étions entre nous, notre vie était réglée, avait même un soupçon de sens, était occupée. Je connaissais des frustrés qui éprouvaient une telle haine pour tellement de choses que leur propre vie importait peu. Ils mettaient leur vie en péril en sautant sur des trains de marchandises en marche, ou déclenchaient des fusillades avec d'autres frustrés.

Cet état de choses avait évolué jusqu'à l'absurde en Amérique. On y qualifiait la concurrence comme nulle part ailleurs, et on y était toujours confronté à un état de confusion totale. Etat après Etat déclaraient des peines de mort et l'on était surpris de voir sans cesse se développer le mépris de la vie humaine.

Pour toutes ces raisons, le bureau de coordination conseil avait décidé d'aider les chômeurs du monde entier non seulement sur le plan matériel, mais aussi sur le plan affectif, tout au moins au début. Nous avons l'assurance que l'Union Globale pouvait aider les chômeurs mieux que quiconque. Après tout, l'U.G. était sans l'emprise d'aucune idée d'économie de marché. Même les Eglises essayaient à cette époque de tirer profit de certaines activités. Le bacille « profit-maximus » avait presque affecté la Terre entière mais presque seulement, parce que nous existions. Nous pouvions mener une vie saine à l'abri de l'offre et de la demande. Nous voulions mettre de côté les jeunes des villes, ces montreurs de sens qui ne montraient aucun idéal à suivre. Contrairement aux médiateurs de sens habituels, nous ne vendions aucun rêve ni dans le domaine de l'économie de marché ni dans le domaine religieux. Notre programme était tout autre. On pouvait retrouver chez nous ce qui semblait avoir été irrémédiablement perdu, c'est-à-dire un monde avec un idéal caractérisé, au delà de la concurrence. Alors que les idéaux de l'économie de marché avaient pour nom « lutte et bénéfice », notre thème avait pour nom « Justice ». Notre idéal social avait une réalité. Qui pouvait refuser l'idée que rendement et concurrence étaient plus près de la mentalité de l'âge de pierre que d'une civilisation axée sur le bien-être de l'homme ! Notre notion de Justice permit aux cœurs des hommes de battre plus fort. De toute manière, pour la moitié de l'humanité, rendement et concurrence n'étaient de toute façon qu'une illusion puisqu'il n'y avait pas de travail pour tous.

Nous inversâmes donc la situation. Nous transformâmes les perdants d'un monde de concurrence mercantiliste en gagnants d'un nouveau monde de Justice. Chacun put clairement comprendre que l'économie de marché pour la moitié de l'humanité n'était pas un rêve réalisable, et qu'au contraire avec la notion de Justice Globale pouvait naître un deuxième monde, un monde de juste répartition. C'est ainsi que nous avons créé un monde d'économie planifiée parallèle à l'économie de marché. Nous n'avions point besoin de concurrence et d'efficacité. Nous avions besoin de soutien idéologique et d'hommes fidèles à notre idée. Quiconque nous aidait s'aidait lui-même, et les seuls qui eurent à souffrir des conséquences de notre idée furent les héritiers des super-riches. Mais même à eux, il leur resta tellement qu'ils n'eurent point de raison de s'inquiéter. Nous redécouvrîmes l'économie planifiée. Après son désastre dictatorial dans les anciens Etats communistes, on l'avait enterrée. Cette économie planifiée fut instaurée dans le cadre de cette deuxième partie du monde, mise à l'écart, dans ce monde où les perdants de l'économie de marché pouvaient enfin vivre sans le sentiment d'être des renégats, des parasites. Nous fîmes appel aux jeunes du monde pour construire un nouveau monde. L'économie de marché ne pouvait répondre à tous. Il fallait lui adjoindre une économie-sœur. Certes le slogan d'économie sœur simplifiait le problème, mais il illustrait l'idée que nous allions plus loin que la construction d'un nouveau monde de justice.

J'avais largement exprimé mon opinion sur tout cela dans le cadre du bureau conseil de coordination. J'avais en particulier aidé à trouver la bonne longueur d'ondes avec les jeunes des villes pour leur rendre notre idée accessible et réaliste. Je fus sans cesse sollicité sur ce plan jusqu'à devenir un spécialiste des « enfants de la rue ». Je n'en fus pas moins surpris lorsque je reçus le courrier suivant de la commission de l'U.G. :

Cher P1,
Vous avez dans le passé rendu à l'Union Globale d'incalculables services. Votre savoir-faire et votre imagination ont soulevé l'admiration. Puisqu'il vous est possible de communiquer aussi naturellement avec les jeunes de Paris, nous souhaiterions vous proposer le poste

de « montreur de sens » de Paris. Le modalités sont à débattre avec Mme Dreyer.

Cordiales félicitations,
meilleurs vœux de réussite
Union Globale
      La commission.

Ma première pensée fut de refuser. On n'avait pas pu en arriver à ça, me dis-je. Moi et un chaperon ! Bon, « montreur de sens », ça n'était pas flic, mais je ne me sentais pas tellement de ce côté-là de la barrière. Même si j'avais conseillé le bureau conseil sur les « montreurs de sens », je ferais plutôt partie de ceux qui avaient besoin de trouver un sens. J'étais le chef de gang des « Jungles Noires », pour ne rien dire du groupe secret « Mistral ».

On voulauit me récompenser par cette proposition pour ma participation au bureau conseil de coordination, certes, et ce faisant on m'éloignait de mes fonctions au sein de la commission de l'Union Globale. Cela m'importait peu, Justice et ordre ou travail social, ce genre d'implication ne m'allait pas tellement.

Je ne pensais déjà plus à cette proposition, lorsque Mme Dreyer – intelligemment – essaya de me joindre via Ben, notre flic « assistance sociale » des quartiers pauvres. Dreyer, ça me disait quelque chose, mais je ne me souvenais plus.

Je n'oublierai jamais ma première rencontre avec elle. Nous étions en décembre 2018. Après bien des années, Paris avait à nouveau un Noël commercial avec neige, autour duquel les gens retrouvaient une certaine bonhomie.

Elle me parut sympathique. Elle avait la cinquantaine, les yeux extrêmement vifs. Ses cheveux blancs étaient noués en tresse. Tout en me parlant, elle semblait animée d'un sourire intérieur permanent. Elle s'enthousiasmait pour les moindres petites choses, et ce qui était bizarre ou contrariant dans la vie l'amusait plus que ça ne l'agaçait. S'il existe des gens « positifs », elle en faisait partie. Lors de cette première visite, elle s'était donné une allure virile : longs pantalons de cuir noir et épaisse veste en fourrure qui la faisait ressembler à une fermière canadienne. Je choisis mon café préféré lorsque je sus qu'elle venait de la commission de l'Union Globale. « Vous n'avez pas voulu venir me voir », me dit-elle, « aussi suis-je venue à vous. » Je lui exposai mes réticences, au cas où elle voudrait faire de moi un « montreur de sens ». « Je n'ai jamais été l'employé de quelqu'un, lui dis-je, j'aime trop ma liberté. »

Elle sourit avec douceur, ce qui ne m'aurait pas plu chez d'autres, mais ce qui chez elle ne traduisait qu'une certitude de l'emporter sur ma volonté. Je le sentais depuis le début.

Elle s'exprimait avec douceur et conviction. On ne pouvait rien lui reprocher, même si elle exposa mon petit « égo » égoïste au grand jour. Elle m'assura qu'elle comprenait ma vision de la vie en tant que lutte et engagement. Nous étions d'accord, car pour moi, c'est vrai, tout était centré sur l'amour, l'argent, la reconnaissance, les combats de rues. J'étais égoïste et sans idéal. En quelques termes elle démontra que la vie, c'était bien autre chose. Elle me donna une leçon élémentaire sur la recherche du sens de la vie. D'abord elle me flatta ; « vous avez du charisme et une tête bien faite », ce n'est pas par hasard que j'étais le chef du gang. Avec mes qualités j'avais déjà la responsablité de plusieurs personnes à ma charge, comme les Jungles. « Non », me dit-elle, « et pour être honnête, reconnaissez que cette responsabilité ne vous paraît pas trop lourde », ajouta-t-elle. Elle eut alors un sourire qui semblait en dire long et je me demandais si elle n'était pas un peu au courant du groupe secret. Mais c'est autre chose qui l'intéressait. Elle insista sur le fait que l'Union Globale était une organisation très particulière, ce que je savais, sans aucun rapport avec tout ce qui avait pu exister auparavant. Notre organisation a opéré une fusion de différentes idées de la Justice, expliqua-t-elle, et elle se répandit en explication sur les notions de liberté et d'égalité. Puis elle exposa sa vision de la vie.

Selon elle, chaque individu était constitué de deux pôles de force égale à sa naissance : le pôle matériel et le pôle mental. Habituellement c'est le pôle matériel qui l'emporte. De ce pôle matériel dépendent les désirs : la faim, la soif, la sexualité et le besoin de reconnaissance. Ce pôle mobilise une énergie énorme. Combien de choses ne faisons nous pas pour l'argent et le sexe ! C'est votre existence matérielle qui est à l'origine de ces désirs, votre corps. Il ne cesse de toujours demander plus, plus de nourriture, plus d'argent, plus de pouvoir, plus de sexe.

Rien de nouveau pour moi dans tout cela. Elle poursuivit. C'est dans le pôle matériel que nous puisons notre principale énergie. Mais on porte aussi en soi une seconde source d'énergie, le pôle de l'âme. L'esprit s'efforce de nourrir l'âme, aussi. La musique, l'amour de la nature, l'amitié, les arts plastiques sont autant de la nourriture de l'âme que peuvent l'être l'étude de la philosophie et la religion. L'âme puise dans la vie autre chose que la simple gratification des instincts. L'âme croît et tend à la perfection. Elle sent les vérités et agît par intuition. Je crois que l'âme est l'élément divin en nous. Mme Dreyer rit, n'est-ce pas amusant de voir que nous nous battons tellement pour ce qui est matériel en nous et donc éphémère alors que nous faisons si peu pour l'âme qui est sacrée et peut-être immortelle, elle.

Je lui demandai si elle faisait partie d'une Eglise, elle répondit des choses étonnantes... comme je l'ai dit les religions sont des tentatives pour nourrir l'âme. Toutes sont bonnes, qu'il s'agisse du Christianisme, de l'Islam, de l'Hindouisme ou du Bouddhisme. Il n'y a pas un seul messager de Dieu sur terre, mais plusieurs, il y a Mahomet, Bouddha, Jésus. Les désirs personnels sont absents des regards de l'âme, ils pourraient penser que nous humains sont en vacances sur terre.

En vacances ? Je la regardais surpris... pourquoi en vacances ? En vacances d'esprit, répondit-elle en riant de bon cœur. Elle savourait avec joie son café au lait ; pensez donc, si les âmes sont vraiment divines, peut-être immortelles, elles continuent à exister après la fin de notre existence matérielle dans un univers mental, immatériel. Nous ne savons pas à quoi ressemble ce monde. Mais essayez d'imaginer un monde plein d'âmes, sans activité matérielle : pas de parfums de fleurs, pas d'océan, pas de tendresse, pas de goût de café au lait sucré ou de noix de cajou salées. Ne pensez-vous pas que les âmes au bout d'un certain temps finiraient par trouver tout cela de manque ? De la nourriture mentale toujours et encore, et pas de nougat au chocolat. Alors elles font à Dieu ou à un quelconque responsable une demande de vacances du type vacances sur terre, qui semble une destination assez commune, somme toute.

Et les millions d'affamés, et les enfants victimes des atrocités de la guerre ? Ça ne les amuse pas beaucoup d'être en vacances sur terre, eux ! Ça, c'est ce que Mme Dreyer pensait, c'est un problème de responsabilité. Nous, les hommes, nous sommes responsables de nos actions. Si Dieu intervenait chaque fois qu'il y a une injustice ou une agression, il n'y aurait certes plus injustices et guerres, mais quel serait le prix à payer ? Si Dieu intervenait nous ne cesserions de nous demander pourquoi il arrive des choses contraires aux lois naturelles. Et si le méchant était directement sanctionné par la punition divine, il n'y aurait plus de méchants. La crainte de la punition systématique entraînerait un monde d'où toute responsabilité personnelle serait absente ; il n'y aurait donc plus de liberté, ce serait un monde bien étrange. Heureusement notre monde est bien différent. Dans notre monde les lois naturelles conservent toute leur validité et c'est parce qu'il en est ainsi que nous sommes libres dans nos prises de décision. Nous devons, mieux encore, nous pouvons, choisir nos actions. Nous choisissons entre justice et injustice, entre brutalité et douceur, guerre et paix. Et si les hommes mènent des guerres et tuent de jeunes enfants ils peuvent le faire puisqu'ils sont libres d'agir. On peut supposer que leur âme un jour devra rendre des comptes. Et si des hommes meurent de faim, alors que la terre est capable de les nourrir ça arrive ça aussi parce que des hommes ont la liberté de choisir et on peut aussi supposer que les âmes des responsables d'une telle inégalité de répartition auront un jour des comptes à rendre. Il se peut que les décisions entre juste et injuste, bien et mal, dépendent de ces vacances. Les vacances ne peuvent pas être simplement des vacances de genre, mais des vacance éducatrices pour l'âme. Des vacances pour rééduquer l'âme sur, par exemple, le thème « le bien et le mal ». Qui sait ?

L'idée de rendre la vie compréhensible à travers cette image de vacances m'enthousiasma. C'était le contraire de ce que les religions prêchaient. Dans les religions, les vacances, c'était au paradis après une vie fidèle à Dieu. Le Paradis de Mme Dreyer existait déjà maintenant et ici. Cette idée, bien que de toute façon je ne croyais en rien aux foutues religions, m'était plus sympathique que l'idée d'avoir à bien me conduire, et d'en baver, avant, après la mort, d'être récompensé. Aucune idée ne m'avait autant séduit depuis longtemps. J'adhérai spontanément à sa théorie de vacances galactiques et lui dis que mon âme avait besoin de vacances, et pas de travail. Elle rit de bon cœur. Nous discutâmes des points forts et faibles de cette théorie avec beaucoup d'humour et plus nous discutions, plus j'étais convaincu que cette explication de la vie était plus plausible que les autres théories et religions. Mme Dreyer profita de moin enthousiasme sans vergogne ; bien sûr, comme les autres vous êtes libre de lutter pour un monde meilleur ou pas. Si vous vous contentez de pain et de fromage, et de la prochaine jolie fille à votre portée, ne vous plaignez plus dès lors des failles de votre lieu de vacances.

Aussi lorsque Mme Dreyer me demanda si je connaissais quelqu'un capable de faire ce travail à ma place, et d'être « montreur de sens » à Paris, elle me retourna complètement. Ce premier « montreur de sens » sera un symbole à Paris. La France entière aura les yeux sur lui et c'est en fonction de lui que l'Union Globale sera évaluée. Il montrera ce que l'Union Globale est capable de faire. Il nous faut quelqu'un qui ait la force de l'emploi et en plus la confiance de jeunes. Connaissez-vous quelqu'un qui peut faire cela ? me demanda-t-elle. Elle avait touché le point sensible et je découvris une nouvelle qualité en moi : l'idéalisme. Bien sûr je n'entendais pas renoncer complètement à ma liberté, et elle me concéda de rester patron de mes Jungles Noires. J'avais aussi la liberté de quitter mes fonctions quand je voulais. En 2019 je devins donc le premier « montreur de sens » de l'Union Globale à Paris. C'était aussi la première fois que je gagnais un salaire pour un emploi stable. A cette époque, les montreurs de sens gagnaient $3000 U.S. par mois. Et pour finir j'ajouterai que cette idée que notre passage sur terre ce sont des vacances, habite ma pensée aujourd'hui encore.

Mme Dreyer m'invita après cela à aller faire du ski au Canada. Elle m'avait caché qu'un centre de formation de l'Union Globale m'y attendait. J'en'avais jamais fait de ski et j'acceptai avec joie l'invitation. Un mois plus tard je me retrouvai dans un avion à destination de Toronto – mon premier vol. Il faisait froid à Toronto, -20° Celsius, mais j'avais un bon blouson en cuir doublé de fourrure. Un train rapide me conduisait de l'aéroport à Saracuse et de là un car nous emporta jusqu'à Telton. Après deux heures de route on ne voyait plus que forêts et neige, pas de maisons, pas d'hommes, un beau paysage d'hiver de rêve. Le soleil faisait scintiller des milliers de cristaux de glace dans l'air glacial comme des diamants. Au dernier arrêt, Jeff, le moniteur de ski m'attendait dans un bouquet de maisons en bois. Sur une moto-neige, nous nous glissâmes à travers la forêt enneigée étincelante ; tout cela me paraissait extrêmement irréel. Il y avait quelques heures j'étais assis dans le métro parisien et maintenant cet univers sauvage en pleine nature !

Le centre de formation était constitué d'un groupe de cabanes en rondins au milieu de la forêt. Une grande cabane abritait le restaurant et la salle de réunion et les membres du stage logeaient dans une vingtaine de petites cabanes. Il y avait aussi un sauna dans une cabane mise à part. Nous étions dix-sept futur-employés de l'Union Globale, d'un peu partout dans le monde, d'Asie, d'Australie, d'Europe, d'Amérique. Il y avait sept autres montreurs e sens à part moi, et les autres, nous les avions baptisés les tigres de papier, parce qu'ils ne venaient pas de la rue comme nous, c'étaient des technocrates et ça se voyait. Nous, les montreurs de sens, nous appartenions à une autre race. Nous étions plus fermement ancrés au sol ce qui n'était pas le cas pour le ski toutefois. Nous nous volions tous quant aux cabriols involontaires les plus spectaculaires. C'était à mourir de rire. Jeff nous remontait sans relâche avec la moto-neige en haut de la montagne. Puis de trois à quatre l'après midi, nous ramassions du bois pour les fourneaux, et après quatre heures nous discutions de l'idéologie de l'Union Globale en salle de réunion avec du vin chaud et des casse-croutes. Grâce à des ordinateurs, l'anglais nous servait de langue de communication.

La philosophie de l'Union Globale comprend une part importante de sciences, d'économie, de psychologie, de sciences politiques et plus encore. Après trois semaines j'arrivais à skier et j'étais capable d'expliquer la théorie sur la Justice prônée par l'Union globale tout aussi bien que Mme

Dreyer. La fin de ce stage de neige avec des images à jamais fixées en moi arriva bien trop tôt. Après avoir quitté cet environnement naturel intact et préservé je vis la France et Paris avec d'autres yeux, avec un peu plus de distance. Mon style de vie ne changea guère avec cet emploi de montreur de sens. Je restais le chef des Jungles Noires dans leurs fiefs Aries et Taurus. D'abord je convertis mes frustrés. Oui, j'etais de fait devenu missionnaire de l'U.G. Je faisais de la propagande pour la théorie sur la justice et faisais comprendre à mes frustrés qu'ils n'étaient pas des ratés. Je leur expliquais que de toute façon il n'y avait pas de travail pour tous. Je leur expliquai la propagande des super-riches et de leurs institutions télévisées. Je fis mon premier discours à une centaine au moins de jeunes des immeubles Taurus et Aries et je fus convainquant. Presque tous adhérèrent plus tard au Parti de Justice Globale. Je possède encore aujourd'hui le brouillon de ce discours, le voici :

Mes amis,
vous pouvez me faire confiance, vous le savez. Et même si je suis aujourd'hui un montreur de sens pour l'Union Globale, ce n'est que pour vous rendre service. J'ai beaucoup appris de l'U.G., par exemple que des millions de jeunes de par le monde sont sans travail et que tous ces hommes ne sont pas pour autant des ratés. Nous sommes des combattants de rues, ce que tout le monde sait, et nous en sommes fiers. Ceux qui veulent nous mettre en marge de la société n'ont pas compris que cette société techniquement avancée ne permet qu'à une personne sur deux de s'en sortir. Pour la moitié de gens vivant à Paris il n'y a ni travail, ni belles maisons, ni voitures ni congés. C'est même pire dans certaines parties du monde où des populations entières vivent comme nous, pire que nous. Que pouvons-nous faire dans un monde qui offre si peu de travail? Il n'est plus question de croire que c'est de notre faute. Nous ne jouerons plus les rôles de second plan. Il nous faut sortir des sous-sols et construire un monde plus juste. Des Partis

de Justice Globale sont en train de se former de par le monde, certains sont déjà au parlement. D'ici peu, les Partis de Justice Globale feront voter des lois internationales sur l'héritage des grosses fortunes pour une plus juste répartition des biens. Nous ne garantissons pas la réussite à chacun, il ne s'agit pas d'envier les plus riches. Nous n'essayons d'empêcher personne de prendre soin de ses enfants. Avec 1,5 millions de $ U.S. les enfants des super-riches n'ont pas à se faire de soucis tout au moins s'ils savent gérer intelligemment leur argent. Si vous héritiez d'une telle somme vous auriez l'air plus gais aujourd'hui.

Mes amis, c'est ce que l'U.G. souhaite, que la valeur des biens donnés en héritage n'excède pas 1,5 millions de dollars et que l'excédent soit recueilli et utilisé pour développer une économie planifiée avec une assistance sociale minimum. C'est faisable. Ce que quelques familles ont eu en trop pendant des générations suffit à organiser un soutien financier social de base dans le monde entier pour les sans-emplois. Vous demandez, pourquoi dans le monde entier, et je dis, pourquoi pas. Chaque Etat de son côté comme c'est le cas aujourd'hui! Mieux vaut dans le monde entier parce que le problème de l'emploi est un problème mondial et si ce n'était pas le cas, les super-riches joueraient à cache-cache avec les plus pauvres et les plus impuissants. Plus de famine sur cette terre à cause de quelques familles qui baignent dans le fric. Tous les sans emploi, en Afrique aussi bien qu'en Asie, devraient être pris en charge pour l'essentiel. Une prise en charge sociale minimale, ça signifie le minimum simplement, de quoi avoir un minimum de nourriture et un toit, mais point trop pour se sentir trop bien. Il faut une motivation qui force à quitter son fauteuil pour se prendre en charge, pour se réaliser dans l'action, pour améliorer son existence. Mais il faut aussi bien sûr considérer le problème d'un monde sans travail. Il faut un égalité des chances pour tous, il faut des ordinateurs dans les écoles et des enseignants pour tous.

Mes amis, agissons positivement, pour nous, pour une justice pour tous, soutenons l'idée de Justice Globale. A ceux qui veulent adhérer, je fournirai toutes les informations détaillées. Et l'on vous fournira plus aussi; on vous fournira enfin des tâches qui ont un sens. Vous pouvez tous devenir des combattants pour l'idée de Justice Globale. Nous serons les premiers à transformer le mot « globalisation » en une idée positive et bonne non pas appliquée à l'économie politique mais à la Justice. Je fournirai la préparation nécéssaire à ceux qui veulent se battre pour cette idée. Ayez confiance en vous, mes amis, nous sommes à l'aube d'un nouveau départ, allons-y!

A cette époque donc, nous, les montreurs de sens, nous devinmes de véritables rassembleurs. Tandis que les programmes sociaux des gouvernements s'efforçaient de réintégrer socialement les exclus par le travail, nous à l'U.G., nous étions en avance sur eux. Peut-être pourrais-je résumer cela en disant qu'à l'époque, l'humanité était rendue à la propagande de l'économie de marché, trop abrutie pour se rendre compte que lentement mais surement il fallait trouver d'autres sens à la vie que ceux du travail.

A cette époque aussi les Nations Unies essayèrent de lancer une contre-propagande. Après avoir renoncé à l'idée de Justice Globale, après avoir vu combien de jeunes adhéraient aux P.J.G., l'ONU avait débloqué énormément d'argent, surtout les USA, pour mettre sur pied un projet d'aide aux pays du Tiers Monde, afin essentiellement d'y impliquer les jeunes. La manœuvre de diversion n'eut pas d'effet. La différence entre U.G. et ONU sautait aux yeux. Avec l'U.G., non seulement les pays pauvres, mais le jeunes savaient qu'il s'agissait d'un changement fondamental dans l'idée de justice de répartition. Notre idée ne laissait plus les perdants de l'économie de marché à la merci des gagnants. Avec nous naissait un marché parallèle, qui avait sa place au même titre que l'économie de marché. Les sans-emploi du monde entier, les pauvres d'Afrique surtout, n'étaient plus à genoux devant les riches pays fournisseurs. Ils n'avaient plus le sentiment d'être des perdants et des gens de troisième classe. (L'expression Tiers Monde utilisée à l'époque était d'ailleurs révélatrice à ce sujet). Tous savaient maintenant que l'Union Globale construirait une économie planétaire planifiée pour les exclus de l'économie de marché, et, ce qui était tout aussi important, que GUGLOBE était incorruptible. La Justice avait sa chance indépendamment des relations personnelles.

En tant que montreur de sens je fus débordé. De milliers de jeunes vinrent à moi au cours des années pour adhérer aux P.J.G. et à l'U.G. Mes Jungles Noires organisèrent « La Rue », le premier magazine de rue du P.J.G. français. Le journal eut du succès grâce aux infos pour acheter bon marché, à la publicité sur les distractions, et parce que les articles de fond y étaient d'excellente qualité. Me gars furent parmi les premiers admis dans les camps de l'U.G. Ce sont eux pratiquement seuls qui construisirent les camps de l'U.G. dans les terres à blé du sud de la Russie. Certains s'y installèrent même. Lara, la plus désespérée des frustrées devint infirmière dans l'hôpital de l'U.G. à Calcutta. Des équipes de télévision voulurent s'informer sur le montreur de sens de Paris et ses «Angles Noirs » – ainsi avaient-ils appellées les Jungles Noires. Nous n'aurions jamais imaginé, nous, gang de rue, de participer à une telle vie constructive. Mais je dus me battre durement en tant que montreur de sens contre les attaques véhémentes de groupes (fascistes) d'extrême droite et de la presse. Nous n'eumes guère de problèmes concernant les groupes fascistes. Même lorsque ces idiots rassemblèrent toutes leurs troupes du pays à Paris pour effectuer un nettoyage de la « fange multiculturelle », nous les prîmes à leur jeu en jouant au chat et à la souris. Nous leur laissâmes le champ libre à Paris, et dans les petites rues, il leur arriva de recevoir quelques bonnes corrections de notre part. Avec la presse ce fut plus difficile. A la télé et dans les journaux comme il faut pour jeunes on nous traitait de communistes, de destructeurs de l'économie planétaire, de membres d'une secte démonique. Ils n'épargnèrent rien afin de nous atteindre. Tout cela bien qu'en 2018 le P.J.G. français ait obtenu 25% des votes aux élcetions parlementaires à peu près autant qu'en Italie et en Allemagne. Les attaques de la presse firent de « La Rue » un journal encore plus populaire. Grâce à Mme Dreyer, nous avions des spécialistes qui clarifiaient les articles et donnaient, lorsqu'il fallait, d'intelligentes réponses à des questions stupides.

Ma ligne directe avec Mme Dreyer m'aida beaucoup. Qu'il s'agisse de conseils ou d'arguments, ou de soutien pour mes gars, elle avait toujours un moment pour moi. En 2020 elle devint le premier « créateur de sens » de l'U.G. et de fait officiellement responsable de nous, les « montreurs de sens » en Europe et en Amérique du Nord. C'est elle que nous contactions pour nos requêtes ou inquiétudes, et chaque année elle organisait des réunions bilan au Canada. Je crois qu'elle aimait cette nature vierge autant que moi. A partir de 2020, nous nous y retrouvions tous les six mois par groupes de vingt. L'été nous faisions du canoe, l'hiver du ski. Le bilan était en fait constitué par de longs entretiens individuels avec elle. Elle voulait savoir si nous aimions notre boulot. En ce qui me concerne je n'avais aucune réticence, mais mais d'autres avaient de gros problèmes. Maria de Rome par exemple, catholique de formation, était venue à l'Union Globale pleine d'idéalisme. Après être devenue « montreur de sens » de Rome, l'Eglise catholique et la Mafia s'étaient acharnées sur elle. L'Eglise l'accusait d'avoir trahi le Christ et la Mafia s'en prenait à ses parents. Pierre, « montreur de sens » à Marseille, était trop sensible pour ce genre de tâche. Sa gentillesse ne s'accordait pas de la dure loi de la rue. Mme Dreyer trouvait réponse à tout, elle était souveraine.

Au sujet de la Mafia : surtout la Mafia Russe, celle-ci avait carrément essayé de bloquer l'U.G. Les grands chefs faisaient partie des super-riches et fidèles aux vieilles méthodes de la mafia ils voulaient les têtes de l'U.G. L'hiver 2020, lors du premier bilan des « montreurs de sens », Mme Dreyer nous apprit que deux scientifiques russes membres du P.J.G. russe avaient été assassinés. C'est un pays très difficile avait-elle dit et je préssentais qu'il yaurait un bouleversement en Russie ce en quoi je n'avais pas tort. Le peuple soutenait cette idée de Justice Globale de l'U.G., il n'y avait pas de doute là-dessus. Mais il était clair aussi que les politiciens étaient achetés et les élections manipulées. Les branchements sur Internet étaient rares dans la Russie rurale. Les imprimés, le bouche à oreille, les sportifs de haut niveau, c'est cela qui nous permettait de répandre notre idée. Le message nous l'avions rendu court et simple ; prendre l'héritage des super-riches et permettre à l'U.G. de construire avec cet argent une économie planétaire parallèle à l'économie de marché ; une économie planétaire planifée. Cela, tout le monde pouvait le comprendre. On dit que l'histoire se répète. C'était le cas en Russie. Les chefs de la Mafia s'étaient partagées les anciennes sociétés contrôlées par l'Etat, et les ressources minières, la policeet les militaires ayant leur part. Lorsque avec le P.J.G. apparut une force politique importante, les détenteurs du pouvoir essayèrent d'opposer à la démocratie la force brutale. En 2023 le peuple balaya leur pouvoir, et c'est alors que se produisit la seconde grande révolution russe. Lors des élections qui suivirent, le P.J.G. russe obtint d'emblée 50% des votes. A l'époque plus de la moitié des Russes étaient sans emploi. Le parlement russe décida de céder à l'U.G. de gigantesques gisements de ressources minières ainsi que des propriétés terriennes. La Russie devint un pays dans lequel l'U.G. eut d'énormes efforts à faire, pour convaincre les gens que son but n'était pas d'abolir l'économie de marché. L'U.G. avait devant elle en Russie un monde à l'envers. Alors que partout ailleurs les efforts de l'U.G. se concentraient sur la construction d'une économie planifiée, ce fut en Russie comme pluis tard en Chine complètement opposé. Dans le cas de ces deux pays il fallait remettre sur pied l'économie de marché. Il semblait que les Russes voulaient revenir au passé et réintroduire une économie d'Etat planifiée comme solution à tous les maux. Avec bien des difficultés, le P.J.G, russe et l'U.G. encourageaient les russes à se prendre en main et à monter leurs propres affaires. GUGLOBE fut mis à l'épreuve dans un centre contexte. Il calcula qu'il fallait que l'économie de marché russe s'accroisse d'un tiers de manière à s'équilibrer avec l'indispensable économie planifiée. GUGLOBE calcula aussi que les fonds nécéssaires pour atteindre ce développement pouvaient facilement provenir des réserves de l'U.G. Il y avait peu d'autres organisations ou sociétés désireuses de donner une nouvelle chance à l'économie de marché russe à part l'U.G. En Russie l'U.G. eut donc à agir en tant que « sponsor » de l'économie de marché : ce fut un comportement cohérent car au cours des décennies antérieures la Russie n'avait connu que des suppresssions d'aides au lieu de soutien pour une plus grande autonomie. L'idéologie de l'U.G. basée sur sa théorei de la Justice nécéssitait un équilibre entre une économie de marché viable et une indispensable économie planifiée. Les chefs de la Mafia qui avaient survecu à cette révolution en se réfugiant dans d'autres pays furent systématiquement débusqués, dépouillés et emprisonnés. Il fallait plus de vingt ans toutefois pourqu'une économie de marché normale s'implante définitivement.

C'est au cours du camp d'hiver 2021/2022 que je rencontrai ma future épouse. Moi qui aimais tant ma liberté, je me mariai. C'était un peu le même dilemme qu'avec le métier de « montreur de sens » : Je voulais être libre et néanmoins prenais des engagements. De fait le métier de « montreur de sens » était super. Dans la rue je me sentais à l'aise et grâce au soutien de l'U.G., il m'était possible de laisser libre cours à ma créativité. Outre les activités habituelles en tant qu'éveilleur de motivation et découvreur d'idées, j'organisais des soirées, des rallyes à bicyclette, des rencontre sportives, ainsi de suite. Bien sûr je rencontrais des taas de jolies filles, bon, en tout cas plus que le commun des mortels. Je n'hésitais pas non plus à m'approcher de ces petites mignonnes et à les attirer dans la douce enceinte de mon cœur et contre mon corps viril.

Ce fut différent avec Julia. Oui, c'est comme ça. C'est toujours celles qui sont différentes. Elles touchent ce que d'autres ne peuvent atteindre. Certes elle était jolie, mais elle avait aussi de l'humour, plus qu'aucune avant elle. Avec son esprit toujours en alerte elle me surprenait sans répit. Bien souvent je me retrouvais devant elle à court de mots. Elle était forte et je me rendais à elle. Les soirées avec elle furent des moments phares de ma vie : Julia, plus jeune de cinq ans tellement plus sensible et plus forte. Elle avait passé son enfance au Luxembourg et voulait devenir une responsable de l'U.G. Mme Dreyer organisa un poste de formation pour elle à Paris. Un monde nouveau s'ouvrit à moi. Je voulais être seul avec elle au lieu de super soirées. Je découvris les nuits romantiques, devins jaloux, m'intéressais à tout ce qui la concernait. Nous voulions vivre ensemble et nous voulions rester l'un avec l'autre. Elle était rigoureusement monogame et me lança cet avertissement : si tu te décides en ma faveur ça doit être en exclusivité. Confiance et assurance absolues ne pas être trompée, telles étaient ses exigences. Elle ne l'avait pas plus tôt dit que je le souhaitais à mon tour. Moi aussi je voulais être à elle exclusivement et sûr d'elle. C'est elle qui trouva notre appartement à Aubervilliers, au troisième étage, avec vue sur le canal S^t–Denis, et avec une concierge juste comme aux bons vieux temps. C'est là que nous vécumes, surpris de la vitesse avec laquelle le temps passait. L'hiver passa, l'été, un autre hiver, sans que nous trouvions la raison pour laquelle tout passait si vite. Je m'occupais royalement de mon travail, ça devint une activité de routine. En 2026, Julia tomba enceinte. Nous ne pratiquions la contraception qu'à contrecœur, peut-être avec le souhait non avoué d'avoir un enfant. Nous n'envisageâmes pas l'avortement et devinmes une petite famille. Notre fils s'appela Paul. Il prit beaucoup de notre temps mais nous donna beaucoup plus de joie.

Puis vint l'année 2029. Tout changea. Je fus « montreur de sens » depuis dix ans, à trente-cinq ans je me sentais en pleine forme. Physiquement et mentalement je ne pouvais être mieux. Avec Julia et Paul âgé de trois ans j'avais atteint le point culminant de ma vie. C'est avec une maîtrise presque insolente que je m'occupais de mon travail de « montreur de sens » et avec une certaine désinvolture. C'est au printemps de cette même année qu'une bande de mauvais gars vicieux, des extrémistes religieux je pense avaient abusé salement d'une amie à un de mes « frustrés ». Nous savions exactement qui étaient ces violeurs. Nous savions aussi que les gars échapperaient à la police. Nous leur avons donc donné une leçon. Evidemment notre intervention n'était pas légale, et en tant que « montreur de sens » je n'étais pas du tout autorisé à participer à ce genre d'affaire hors la loi. Néanmoins je conduisis vingt de mes meilleurs gars dans le secteur de ces pourritures et saisis les coupables. Pour être plus exact, nous les avons enlevés. Je ne veux pas entrer dans les détails maintenant, mais après notre intervention les gars furent aussi doux que des agneaux avec les nerfs à fleur de peau.

Deux jours plus tard je recevais un coup de téléphone du quartier général de l'U.G. à Toronto. Je devais m'y rendre le plus tôt possible. Billet d'avion, réservation, tout était prêt. Bon, je m'étais dit, quelqu'un t'a vendu. Lors de nos sessions de formation on nous avait bien mis dans la tête des millions de fois ; pas d'interventions hors la loi ! Si c'était le cas on se faisait jeter. Bon, certes d'un côté j'étais « montreur de sens », et me sentais bien dans mon boulot, mais d'un autre côté je ne pouvais jamais devenir aussi doux qu'un agneau comme il fallait que je le sois en tant que « montreur de sens ». Attendant le pire, je pensais si on te jette ça n'a même pas d'importance ; je serais libre de nouveau. Je pourrais m'en sortir avec Julia et Paul sans l'Union Globale. Jamais je ne pourrais jouer au pecheur repenti.

L'avion attérrissait à Toronto à 19 heures. A la réception de l'hôtel Harrison, on me tendit un message de Mme Dreyer : - je vous attends demain à neuf heures au quartier général à Atlantic Square. Je vous souhaite une bonne nuit ! – Elle avait écrit cela à la main au dos de sa carte de visite. Guère de bonne humeur je bus quelques bières du mini-bar de la chambre, mais ne réussis pas pour autant à bien dormir.

Le lendemain matin, à neuf heures, la mine sombre je grimpais les marches du centre de l'U.G. Dans ma tête je n'étais déjà plus un « montreur de sens ». J'étais libre et le resterais toujours. Je voyais le quartier général de l'U.G. pour la première et peut-être la drenière fois. Tel un gigantesque œuf en verre, le bâtiment se dressait dans le ciel. Grâce au modernisme informatique la porte s'ouvrit devant moi après contrôle des yeux des empreintes des doigts. La réception entourée par une cafétéria se trouvait au milieu d'un vaste hall d'entrée. Là, des réceptionnistes accueillantes me saluèrent personnellement. On me donna une carte informatisée bleue, elle vous conduira jusqu'à Mme Dreyer, me dit-on. Et de fait lorsque je pénétrai dans l'ascenseur avec la carte en main le haut-parleur annonça « troisième étage, salle 3029, Professeur Dreyer », et monta jusqu'au troisième. A peine étais-je sorti dans le hall que des flèches jaunes avec le numéro 3029 s'allumèrent au mur et m'indiquèrent la direction à suivre. Je me retrouvai enfin en face d'un panneau de porte clignotant portant le nom – Prof. Dreyer, section de tâches spéciales – ça clignotait bleu-jaune, bleu-jaune. Pas besoin de frapper, j'étais annoncé par le système visites. La porte glissa verticalement d'un coup : « Salut Ronda, entrez ! » Je fus surpris par l'amabilité de l'accueil et étonné par la taille du lieu. Trois personnages respectables étaient assis à une table de conférence construite pour au moins vingt personnes. On me jaugea d'emblée. J'eus l'impression qu'ils se demandaient quelle était la meilleure sanction que l'on pouvait réserver à une telle canaille. Mme Dreyer fit de son mieux pour ne pas trop dramatiser. Elle me présenta les trois jurés : Madame Breitenbach, une de nos meilleures psychologues... non, pas une psychologue, pensais-je, et me mis à espérer qu'on n'allait pas essayer de me faire passer pour psychlogiquement mal orienté. Mme Breitenbach devait avoir soixante ans avec de bonnes joues rouges bien rondes. Elle me sourit jovialement. Puis je voudrais vous présenter M. Irving, notre meilleur expert économique en micro-économique et M. Suzuki, philosophe dans l'âme. J'étais un peu étonné. Qu'avaient à faire de tels spécialistes dans une cour martiale ? J'étais décontenancé, je m'assis et avant d'avoir pu me faire une idée de ce qui se passait l'annonce eut l'effet d'une bombe. Mme Dreyer, de manière très directe, à sa façon, expliqua : Cher Ronda, vous allez être surpris par la raison de votre venue ici. Pour être brève, nous voulons vous donner une promotion. C'est un honneur pour nous de vous proposer le poste de « créateur de sens ». Lorsque j'entendis cela, j'eus l'impression d'être témoin d'une erreur, victime d'une confusion. Moi, « créateur de sens », c'était impensable. Il y en avait peut-être une quarantaine pour la terre entière, et Mme Dreyer était la seule parmi eux que je connaissais. C'est grâce à elle que je savais que les « créateurs de sens » avaient accès à une incroyable quantité de données. Ils ont leur propre bureau central et sont au courant de tous les secrets de l'U.G. Leur rôle n'est pas simplement de superviser les « montreurs de sens » mais en plus chaque « créateur de sens » a un rôle propre particulier. Mme Dreyer par exemple se battait avec la religion juive et ses représentants. Dans leur spécialité les « créateurs de sens » étaient des membres influents du comité de direction de l'U.G. et des assistants directs de GUGLOBE. Ils gagnaient dix fois plus qu'un « montreur de sens ». J'ai dû certainement avoir l'air époustouflé parce que les quatre avaient l'air assez amusé,... je vois, nous avons réussi à vous surprendre – pensait Mme Dreyer – avant que

42

vous ne disiez à nouveau spontanément « non », comme vous l'aviez fait la dernière fois lorsque nous avons voulu faire de vous un « montreur de sens », regardez d'abord cette documentation que nous avons préparée pour vous.

Je me détendis, ça tournait dans ma tête, laisse tomber ta liberté, pensais-je, il t'arrive exactement le contraire.

Le documentaire portait sur la formation du Mouvement de Justice Globale jusqu'à l'Union Globale. A ma honte je devais avouer que je n'avais suivi le développement de ces dernières années qu'à contrecœur. Le travail de « montreur de sens » m'avait bien accaparé. Le film montrait des statistiques, il indiquait le pourcentage de la population dans les pays où les Partis de Justice Globale étaient installés, et là où l'idée de Justice Globale était minée. Ma terre natale avait encore joué un rôle peu flatteur. Un vieux parti civique, les Sociaux-Démocrates de Belgique, s'étaient emparés du programme du Mouvement de Justice Globale et s'étaient rebaptisés Parti de Justice Globale Social de Belgique. Les pros de la politique avaient vu dans le mouvement de Justice Globale une possibilité pour eux de renaître. Leur premier but était de redresser leur vieux parti car, lors des élections antérieures, ils avaient perdu la moitié des votes. De toute évidence il fallait mettre un terme à de telles tentatives. Ces profiteurs en coulisse n'étaient pas dignes de l'idée de Justice Globale. Ils ne cherchaient qu'à bien se placer et à bien s'entourer, mais n'avaient aucune autre aspiration. Ils prenaient des engagaments vis-à-vis un tel ou un autre, et voulaient plaire à tous. Très vite, l'idée de Justice Globale avait été noyée au sein de discussion sans fin. De cette façon ils avaient retardé le début d'un vrai P.J.G. en Belgique, en pur style belge, pensai-je.

Le film montrait aussi les activités des « montreurs de sens » et des « créateurs de sens ». J'en croyais à peine mes yeux lorsque je me vis en gros plan en tant que premier

« montreur de sens » de France. L'un de mes discours à l'attention des frustrés était cité comme exemplaire, ce qui bien sûr me permit de me redresser un peu sur mon siège.

Au long du film il apparaissait clairement que l'U.G. avait réussi. Il y avait 178 Etats sur terre et les Partis de Justice Globale avaient réussi à s'installer dans 173 Etats. Dans 135 Etats les Partis de Justice Globale avaient réussi à faire passer la loi sur l'héritage. L'Union Globale gérait des millions d'hectares de terres cultivées. En Afrique et en Aise de gigantesques installations solaires transformaient l'eau de mer en eau douce pour irriguer les terres de l'U.G. La Onzième Conférence Globale des Etats était d'importance capitale. Elle avait eu lieu un an plus tôt. On y avait opéré le « grand tournant », c'est-à-dire l'implantation de la loi uniforme sur les héritages au niveau planétaire. Au cours de cette conférence l'U.G. et les 135 Etats avaient trouvé un accord. Depuis lors les ordinateurs collecteurs d'impôts étaient tous harmonisés. Il y avait un certain nombre de lois annexes pour inciter les Etats qui restaient à se joindre à l'accord. Il devint clair sur le plan planétaire que plus aucun héritage ne se faisait à l'insu de l'U.G. La Onzième Conférence avait décidé que 25% du revenu des héritages irait aux Etats respectifs et 75% à l'U.G. C'est aux Etats qu'incombait le gros du travail de recherche et de collecte de droit d'héritage par le biais de leur centre des impôts. En outre, les Etats prenaient en charge les indemnités de chômage pour les deux premières années de charge. L'U.G. se chargeait du chômage de longue durée.

Après le « grand tournant » des milliers de tâches nouvelles se présentèrent à l'U.G. Le film présentait les calculs de GUGLOBE et la vision d'un monde futur satisfait dans ses besoins. Il était prévu d'engager 3000 « montreurs de sens » de plus et 120 « créateurs de sens ».

Le film mettait aussi en évidence des problèmes. Quelques années auparavant, GUGLOBE avait calculé des surplus non prévus. La commission de l'U.G. et les « créateurs de sens » avaient proposé de distribuer ce surplus qui devait entraîner une amélioration de la qualité de l'aide sociale de base. C'est ainsi que la qualité de vie des chômeurs de longue durée devint tellement bonne que les gens furent de moins en moins motivés pour se préparer à travailler ou à poursuivre une activité personnelle. Dans les régions du globe les plus chaudes ce fut comme au bon vieux temps, on se laissa porter par le laisser-aller et la fainéantise. La Justice Globale avait pourtant besoin d'une économie de marché en bonne santé à côté de l'économie planifiée. Sinon, ce qui nous attendait c'était l'immobilisme social et le déclin culturel. L'histoire de l'humanité avait montré bien des fois que les sociétés trop bien prises en charge étaient tôt ou tard carencées. Une société en bonne santé a besoin d'ambition et de qualification d'une génération à l'autre pour prendre en charge les technologies existantes et progresser dans le développement. Que d'autre pouvait faire l'U.G. sinon resserrer la ceinture ? L'aide sociale fut reconsidérée au point d'être à peine suffisante de manière à ainsi pousser les gens à essayer de s'en sortir. Je n'étais conscient d'aucun de ces problèmes.

Mme Dreyer pensait qu'en tant que « créateur de sens » j'aurais cetainement plus souvent à me confronter à de tels conflits politiques, idée qui au départ ne me plaisait guère.

Le film montrait encore des avances spectaculaires dans le développement desquelles l'U.G. était impliquée ; par exemple, un nouveau monde de propulsion pour les planeurs stratosphériques. Les voyages à la vitesse de la lumière semblaient accessibles grâce à la technique des énergies contraires. Même avec des projets de ce genre, outre des techniciens, on demandait aux « créateurs de sens » leur avis.

Après le film Mme Dreyer exprima sa pensée : comme vous voyez, nous, les « créateurs de sens » sommes bien implantés. Chaque fois qu'il s'agît d'un problème important, nous sommes impliqués dans les débats, ce qui fait partie de notre responsabilité au sein de l'U.G. en tant qu'indicateurs de direction. L'U.G., comme vous le savez, n'est pas une organisation à but lucratif et c'est une des raisons pour lesquelles nous sommes tellement sollicités sur le plan de nos capacités à porter une évaluation. Quel sens voulez-vous donner à votre vie, voulez-vous devenir un spécialiste des directions à proposer pour la planète ? On vous y préparera bien sûr. En moins d'une heure j'étais passé du « montreur de sens » que l'on congédie au sommet des sommets, au « créateur de sens ». Je ne pouvais répondre à la question de Mme Dreyer que par une contre-question : pourquoi moi ? Sa réponse me prit de court, · c'est en rapport avec votre jeunesse – pourquoi ma jeunesse, j'ai presque quarante ans – non, dit-elle, votre jeunesse lorsque vous aviez vingt ans de moins. Vous aviez un ami un peu particulier à l'époque, un homme avec lequel vous aurez à faire en tant que « créateur de sens ».

Je réfléchis, il y a vingt ans j'étais étudiant..., un ami à cette époque ? Je n'en avais que deux, Michel et Zazo. Deux personnes qui ne pouvaient être plus opposées. J'étais partagé entre eux comme le Faust de Goethe entre le bien et le mal. Michel, le garçon sensible à l'écoute, à qui chacun ouvrait son cœur, qui aimait la nature humaine, et Zazo, le brillant jeune homme qui nous dépassait tous, qui réussissait mieux que tous, que les profs eux-mêmes redoutaient. Zazo aimait tourner en dérision la bêtise des autres et n'avait guère de scrupules à utiliser sa supériorité. J'admirais les deux et essayais d'être les deux à la fois. En comparaison je n'avais été que relativement médiocre. Après avoir plongé dans la vie des rues parisiennes, j'avais perdu tout contact avec eux.

Mme Dreyer résolut l'énigme. Savez-vous ce que Zazo est devenu ? – Non, - il s'agissait donc de lui. Qu'avait-il pu devenir ? Un riche homme d'affaires ? – il est devenu chef des Loonis il y a huit ans – dit Mme Dreyer ; vous les connaissez ? Oui, c'est une secte, dis-je ; eh bien s'il s'agît d'une secte ou d'une communauté religieuse ce sera à vous de le trouver en tant que « créateur de sens « et ce sera votre première tâche.

Les quatre me regardaient comme si je venais de gagner la loterie. Je les regardais, éberlué. Ils s'attendaient à une réaction, mais je restais maître de moi-même. La rue m'avait enseigné comment rester inperturbable dans certaines situations. Et parce que mon adrénaline était déjà monté une heureplus tôt, j'étais naturellement calme. Je pensais à Zazo, cet ancien bagarreur, et m'imaginais avoir à faire à lui en tant que « créateur de sens ». Nos anciennes rivalités allaient se raviver. Avec lui tout était rivalité. Comme par le passé il allait me faire passer pour plus bête que lui. Mais à Paris je m'étais aguerri.

Mme Dreyer me demanda, avant de décider si vous acceptez la tâche ou non écoutez donc notre spécialiste en micro-éonomie, M. Irving, à moins que vous n'ayez déjà choisi de refuser. Je signifiais de la tête que je ne refusais pas ce qui provoqua un sourir de soulagement chez elle.

M. Irving rassembla les documents devant lui. Pour un petit gabarit il avait la voix assez profonde. Cher Ronda, vous savez que les Etats nous aident dans notre recherche sur les héritages normaux. Personne ne nous aide sur le plan des sectes et des communautés religieuses. Peut-être vous souvenez-vous encore de votre discussion à ce sujet au bureau conseil.

Je m'en souvenais, au bureau conseil à l'époque il s'était agi de l'Eglise catholique Un professeur britannique avait calculé que l'Eglise catholique avait assemblé les trois quarts de sa fortune à la suite de vols ou d'extortions. Il suggérait d'appliquer avec rigueur la loi sur l'héritage à l'Eglise catholique. L'application de la loi permettrait une redistribution des cartes et donc une plus juste répartition des biens en corrigeant les injustices historiques. Le débat m'avait intéressé, au début.

M. Irving me présentait maintenant le résultat de ce débat. Lors de la Onzième Conférence Globale il avait été décidé que les communautés religieuses et les sectes déclareraient leurs biens tous les ... ans. On leur concédait une indemnité de $3000 U.S. par membre, le reste allait à l'U.G. Les communautés religieuses bénéficiaient toutefois d'une chose spéciale : elles pouvaient rester propriétaires de tout ce qui se rapportait indirectement et de manière non lucrative à l'Eglise, comme par exemple les activités charitables, les jardins d'enfants, les écoles etc. Trouver ce compromis avec les grandes religions mondiales ne fut pas facile. L'Eglise catholique surtout craignait beaucoup de s'appauvrir. M. Irving se mit à rire de bon cœur sur ce trait d'humour. Voilà pour les religions. C'est un petit peu différent avec le sectes ; nous ne voulons pas les protéger. Nous ne considérons pas qu'elles soient d'utilité publique et nous ne souhaitons pas qu'elles acquièrent quelque statut particulier que ce soit. Outre l'indemnité de trois mille dollars par membre, les sectes sont entièrement taxées tous les ... ans. Vous comprenez bien que votre ami Zazo soit particulièrement désireux de faire passer sa secte pour une communauté religieuse. Si vous vous penchez sur le problème en tant que « créateur de sens » Zazo essayera tout pour influencer votre décision. Ce qu'il faut savoir, c'est comment distinguer une secte d'une communauté religieuse, ou, en quoi une communauté religieuse est-elle meilleure qu'une secte. A cette question il y avait eu réponse lors du dernier congrès global. Le critère principal est l'exercice du libre-arbitre. Quiconque fréquente une école catholique ne doit pas être molesté même s'il se convertit à l'Islam. Et quiconque dans une université islamique critique un chef religieux ne doit être réprouvé. Il est fondamental d'être tolérant. Une religion sans tolérance n'est autre qu'une secte. Le second critère se situe sur le plan des idéaux de vie. C'est seulement s'il y a une quête positive, qu'il s'agisse de se rapprocher de Dieu, d'une harmonie, de l'amour ou simplement du bien que l'on peut parler de religion. Nous ne protégeons pas les Satanistes, le culte des personnalités et les cercles magiques. Jusqu'ici c'est clair, dit M. Irving, mais passons à l'essentiel, le côté économique. Tout comme c'est nous qui décidons s'il s'agit d'une secte ou d'une communauté religieuse, c'est aussi à nous que revient la tâche d'effectuer les prélèvements sur la fortune des sectes. Bien sûr nous sommes aidés par l'administration fiscale et les polices des différents pays, mais c'est nous qui devons mener l'enquête sur le fonds détenus, sur les tentatives de fraude et donner des noms. D'après nos estimations votre ancien ami Zazo a ammassé une fortune évaluée à $30 milliards U.S., oui, grâce à sa secte Looni. On peut en faire des choses avec cet argent et Zazo n'est pas prêt à laisser filer une telle fortune. Nous comptons au moins dix millions de membres Looni répartis dans 38 pays. Zazo est arrivé à ce chiffre grâce au système boule de neige. Vous en connaissez le principe : on double le nombre initial qui est ensuite chaque fois doublé à son tour. Chez les Looni il est du devoir de chaque membre de recruter un nouvel adepte tous les ans. Aucun Looni ne se refuse à accomplir cette tâche car il est bien servi au sein de la secte. Mme Breitenbach et M. Suzuki vont vous en parler. Il est fermement établi que les membres de la secte et sa fortune doublent chaque année. Mathématiquement nous considérons qu'il y a huit ans, la secte a démarré avec 40000 membres et des fonds équivalents au $ 3000 U.S. par membre. Aujourd'hui nous avons donc dix millions de membres et des fonds s'élevant à $ 30 milliards. En fait nous sommes certainement en deçà de la réalité : d'après nos calculs Zazo peut continuer à grandir ainsi pendant cinq années de plus. Il peut arriver à 300 millions de membres et à une fortune s'élevant à $900 milliards, presque autant que l'Eglise catholique elle-même. Zazo aura alors une influence planétaire ; il faudra compter avec lui. Si nous attendons ce sera pour vous le combat de David contre Goliath. Je ne pus m'empêcher de dire qu'il en avait toujours été ainsi entre lui et moi ce qui sembla plus intéresser la psychologue que M. Irving.

M. Irving fit l'association entre l'aide sociale de l'U.G. et le cercle économique de Zazo. Presque tous les Looni sont des habitués de l'indemnité chômage de l'U.G. Comme vous le savez, jusqu'à maintenant c'est l'U.G. qui verse les indemnités chômage aux chômeurs longue durée. C'est Zazo qui a récupéré cet argent, l'a économisé et placé. Avec cet argent et les économies des Loonis, il a acheté de la terre agricole et construit des villes. Il est particulièrement bien placé en Argentine, au Paraguay et au Chili. On trouve dans ces pays d'énormes plantations Looni. Avec son argent, Zazo a sponsorisé des campagnes électorales et placé « ses » présidents et « ses » minsitres. Depuis le Onzième Congrès Global, l'U.G. ne débourse plus d'argent mais plutôt distribue tous les mois des coupons pour les besoins essentiels des chômeurs. Zazo pourra toujours gérer l'argent dont il dispose, mais ne pourra plus compter sur les mêmes revenus à l'avenir. Aussi depuis le Congrès Zazo a-t-il changé de tactique en divisant ses plantations en parcelles de dix hectares, concédées à des membres distincts de la secte. Il se prépare à éviter la lourde taxation au cas où il serait considéré comme secte. La fortune de la secte échapperait ainsi à la taxation, puisqu'elle serait divisée en autant de propriétés dont la transmission ne serait plus taxable.

Puis M. Irving parla de l'univers du « créateur de sens » : Vous disposerez d'un budget maximum de $ 2 millions U.S.

Exceptionnnellement on peut en avoir plus. Tous les six mois il vous faudra faire un bilan complet de vos activités dans le cadre de GUGLOBE. Vos frais de déplacement sont gratuits et si néccéssaire vous pourrez même disposer de votre propre planeur stratosphérique. Vous aurez un numéro d'accès qui vous permettra d'utiliser toutes les commodités de l'U.G. Vous êtes membre du Congrès des « créateurs de sens » et deux fois par ans vous participez à des prises de décision sur les questions élémentaires au sein du bureau de l'U.G. La plupart des « créateurs de sens » utilise ces circonstances pour rencontrer les « montreurs de sens ». Comme vous le savez, Mme Dreyer organise ses rencontres dans le désert de neige canadien. Sa manière d'en parler sembla amuser M. Irving. Au début vous prendrez en charge une vingtaine de « montreurs de sens » puis plus tard jusqu'à quarante. Vous serez à votre tour sous le contrôle de Mme Dreyer. Voilà pour l'essentiel, les détails viendront après.

Je m'appuyai au dossier de mon fauteuil. Ce que j'entendais n'était pas une petite affaire. Je connaissais Zazo, si j'acceptais le travail il faudrait me battre toute une vie. Mme Dreyer en était consciente lorsqu'elle me demanda : alors, toujours d'accord ? De nouveau je secouai ma tête en signe d'assentiment et de nouveau elle sourit. Puis elle proposa à M. Suzuki de me présenter la philosophie Looni avant le repas.

M. Suzuki était d'origine japonaise mais son physique trahissait plutôt des ascendances africaines. Il me tendit une documentation écrite qui me simplifia considérablement la tâche. M. Suzuki aimait faire des rapports car tout en parlant, son corps prenait la mesure de ses mots et s'inclinait d'avant en arrière presque comme mes vieux copains lorsqu'ils étaient un peu partis. Nous philosophes sommes d'étranges êtres. Nous nous melons de tout et essayons de trouver des vérités éternelles partout. Tout en faisant cela, nous sommes des sceptiques. Nous voulons savoir, nous ne voulons pas croire. Je suis spécialisé, dit M. Suzuki, en « doctrine d'harmonie holistique », ce qui tombe bien en l'occurence, car les Looni ont adopté plusieurs aspects de cette théorie. Voici par exemple une série de principes :

Tout changement s'inscrit dans une recherche (nature, essence humaine, Dieu) pour atteindre une forme d'équilibre et une complémentarité, c'est-à-dire, une forme d'harmonie.

Ce n'est qu'à la fin de tout changement · ce qui implique avoir atteint l'harmonie parfaite · que l'on peut accéder à la totalité.

Toute existence matérielle ne peut donc être que l'expression de cette quête, sans jamais toutefois pouvoir prétendre à la totalité holistique.

Puisque la vérité est holistique, la pensée ne peut qu'approximativement l'atteindre à travers le paradoxe, puisque le changement est contradictoire en soi.

Les êtres humains ont donc un besoin fondamental de liberté pour penser et accepter les contradictions inhérentes au système.

Tout était heureusement écrit dans la documentation de M. Suzuki. Il attendait patiemment que je suive son raisonnement. Il faut que vous sachiez, Ronda, que les Loonis s'inspirent habilement de cette philosophie ; il s'agit de Dieu et du concept d'harmonie, ils le réduisent aux notions de liberté et contradiction. C'est typique pour une organisation qui veut avoir la mainmise sur ses membres. C'est ainsi que Zazo a construit une structure de pensée aussi solide que le roc. Bien des religions pourraient s'en inspirer. Les Loonis centrent leur vie sur leur âme. Ils sont en quête permanente de cette pureté et hamonie. Tout ce qui est matériel, tout ce qui se rapporte à l'argent, c'est l'organisation qui s'en charge de manière à ce que les « âmes » soient libérées de ces considérations. Ils vivent dans leur propres villes Looni en vase clos. Zazo ainsi maîtrise une dynamique de groupe bien connue : le sens de la vie à travers la communauté. Le sens s'entend dans la holistique et dans la quête d'harmonie. Et les Looni vivent de fait harmonieusement en collectivité. Il n'y a pas de possessions matérielles pour les distinguer, et donc pas de jalousie. Il n'y a pas de conflits autour de la vie amoureuse ou sexuelle car les Looni vivent selon le principe de l'ouverture complète aux autres. Ils respectent scrupuleusement la monogamie une fois mariés. Cette ouverture totale est pour eux synonyme de pureté et ils entendent ainsi vivre hors du mensonge et de l'illusion. Les Looni sont donc fidèles à leur partenaire, comme presque tout le monde d'ailleurs. Leur quête d'une pureté toujours plus élevée s'effectue sous le contrôle de « machines mentales » et des évaluations. Nous savons que ces machines mentales peuvent être utiles surtout s'il s'agit de profonde décontraction ou de support à l'apprentissage par ordinateur. Je me suis moi-même mis au courant d'une nouvelle théorie d'économie politique, tout en dormant, pour ainsi dire, grâce à ce système. Evidemment ce n'est plus la même chose si les machines servent à contrôler la pensée ou aux lavages de cerveaux. Pour nous ces enging peuvent être destructeurs. A quelle fin les Looni utilisent-ils ces machines, nous ne le savons pas vraiment. Il vous faudra le découvrir.

Mme Dreyer ajouta que ces machines mentales même à l'intérieur de l'U.G. prenaient de plus en plus de place. Elles étaient sur le point d'être utilisées dans la formation des « créateurs de sens ». Elles pouvaient permettre d'économiser les trois quarts du temps d'apprentissage.

M. Suzuki reprit son discours et son corps se mit à se balancer au rythme d'un exposé sur la liberté. Je navais jamais pensé qu'il porrait y avoir tant à dire sur le sujet. L'idée de liberté est étroitement liée à celle de bien-être, dit-il, nous ne cessons d'aspirer à des conditions de vie qui nous conviennent le mieux. Et nous considérons comme liberté la possibilité de réaliser ces conditions. Pas de quête de bien-être, pas de notion de liberté à défendre. Les Looni n'ont pas complètement tort s'ils soutiennent que la liberté c'est la possibilité de vivre autant que possible ce qui contribue à notre bonheur et non se battre autant que possible pour y arriver. Pour les Looni la liberté c'est l'assouvissement des besoins après avoir réduits au minimum les frustrations, ce que l'on définit habituellement comme « bonheur » tout simplement.

Ça me dépassait un peu. M. Suzuki revint heureusement vers des considérations plus concrètes. Cela aussi fera partie de votre travail – pour lui j'acceptais ma nouvelle charge · : les Looni pensent que leurs guides qu'ils appelaient chefs sont plus purs et plus spirituels grâce à Dieu que les autres. Ils renoncent à leur propre liberté au profit de la liberté collective Looni. Zazo ne pratique pas le culte de la personnalité comme le pape jusqu'à peu de temps encore mais les chefs, c'est-à-dire ceux qui pratiquent les évaluations sont sacrés pour eux. Si un chef dit que ça serait bien d'aller en Chine alors ils vont en Chine. Si un chef propose tel ou tel compagnon de vie, alors ils pensent qu'il s'agit de celui qui leur convient. Ce sont les chefs qui opèrent les machines mentales et prennent en charge les quartiers. Ces chefs sont sous le contrôle de chefs du troisième rang, qui sont à leur tour redevables aux chefs de second rang, eux-mêmes sous les ordres des chefs de premier rang directement sous les ordres de Zazo. Chaque Looni a la possibilité grâce aux évaluations et aux machines mentales de monter en pureté et de devenir chef de troisième, de deuxième ou même de premier rang. S'il s'avérait que les machines mentales effectuent des lavagess de cerveaux, c'est-à-dire que l'on ôte aux gens leur libre arbitre, alors la secte ne peut en aucun cas être considérée comme une communauté religieuse. Le gros obstacle serait si les chefs étaient eux-mêmes victimes de lavages de cerveaux, Zazo serait alors le seul à avoir un esprit lucide et donc à manœuvrer en toute liberté.

54

Ça lui ressemblerait bien, dis-je. Le regard de Mme Breitenbach se porta de nouveau sur moi à travers ses lunettes cerclées. Ce métal avec intérêt.

M. Suzuki remonta au créneau et proposa un casse-tête à tous les présents. Supposons, dit-il, que les Looni organisent des cours pour la holistique et l'harmonie. Le but de ces cours serait l'amour et l'altruisme. Tout penchant à l'individualisme serait contraire à l'esprit du cours et deviendrait une tendance à combattre. Le cours viserait à accroître le sentiment communautaire au détriment du sentiment d'individualité. On ne cultiverait plus le sentiment de liberté individuelle. Qu'en dites-vous ? Faudrait-il condamner cela ? Aurions-nous là un motif valable pour classer l'organisation dans le camp des sectes ? Ce serait un piège à mon avis car à ce moment-là on pourrait tout aussi bien condamner l'éducation religieuse musulmane ou même chrétienne. La question est de savoir à quoi ressemble l'exclusion du libre-arbitre, dit Mme Dreyer, le lavage de cerveau ou la pression font-ils partie du conditionnnement ? si oui il s'agit bien d'une secte. On ne pourrait pas accepter que les enfants de bas âge soient endoctrinés dès le début, reprit Mme Breitenbach, ce sur quoi M Suzuki intervint en disant que les enfants en bas âge sont aussi sujets à une formation religieuse très marquée chez les chétiens ou les musulmans sans que cela ne dérange qui que ce soit jusqu'à maintenant. Quand commence et où finit le lavage de cerveau ? Il n'y avait pas de réponse, et M. Suzuki déclara ; comme vous voyez, Ronda, nous sommes au seuil d'un débat passionant. Il n'y a rien d'iiréfutable sur quoi se baser, et ce n'est pas nouveau. Vous le savez. Vous avez toujours su prendre les choses en main, il faisait allusion au bureau conseil et au fait qu'il aurait pu ne pas y avoir d'U.G. sans mon intervention. Au bout du compte il laissa entendre qu'il faudrait laisser parler le bon sens et m'appuyer sur mon expérience des meneurs et de leurs objectifs. M. Suzuki faisait de toute évidence allusion au combat de rues pour le pouvoir ce qui me fit penser à ma récente expédition punitive. Comment étais-je venu à Toronto ? Avec un sentiment coupable, et comment fallait-il que je me sente maintenant sinon un héros ? Si les théoriciens savaient à quel point j'ètais impitoyablement terre-à-terre et à quel point je m'asseyais sur leur morale officielle ils y réfléchiraient deux fois avant de m'élire « créateur de sens ». J'étais presque prêt à intervenir lorsque Mme Dreyer me devança comme si elle avait presque pu lire ma pensée.

Elle remercia M. Suzuki en disant qu'avec les philosophes il fallait toujours s'y reprendre deux fois avant de comprendre. Elle trouva particulièrement à propos l'allusion au bon sens à la fin de son exposé. Toutefois, ajouta-t-elle, notre bon sens est parfois un peu brouillé. Vous le savez, Ronda, on agit parfois sous la pression des sentiments en oubliant les principes de raison. Je pense à votre récente action punitive dans le deuxième district. Je n'en revenais pas, moi qui les traitais de naïfs, ils savaient tout, oui. Mme Dreyer pursuivit, même si nous n'approuvons pas certaines choses, nous n'intervenons pas nécéssairement. On ne peut vous nier une certaine logique dans votre moralité, mais ça va changer si vous devenez « créateur de sens ». Vous serez sous les projecteurs, il ne faudra pas vous contenter d'une morale approximative. Vous serez parmi les plus hauts représentants de l'U.G. et vous serez soumis à un contrôle serré de la part d'utres membres directeurs. Nous formons une élite restreinte et ce que nous prendrons mal en main sera mis à profit par nos ennemis. Vous serez étonné combien de personnes prendront soudainement plaisir à vous critiquer. Il n'y aura pas que les Looni à profiter de l'occasion. Por nous ce qui prime c'est d'être irréprochable même si parfois nous voudrions laisser libre cours à notre exaspération parce que nous sommes vbridés par la réglementation. Vous le voyez, la vie au sommet n'est pas nécéssairement enviable. Mais maintenant je vous propose d'aller manger parce que je crois entendre des estomacs qui grondent. La salle à manger se trouvait sous le dôme de l'œuf en verre au sommet de l' œuf au vingt-deuxième étage. Des cloisons au papier translucide évoquaient le Japon. On nous avait réservé un petit espace tout contre la paroi en verre d'oú l'on avait une vue grandiose sur Toronto. Un etable élégamment préparée pour cinq nous attendait. Musique classique avec chants d'oiseaux nous accompagnait. C'était bien fait. Mme Dreyer nous fit remarquer une sphère suspendue au-dessus de la table. Grâce à elle nous pouvons nous isoler acoustiquement des tables voisines et surtout adjoindre à notre table de la musique, des bruits de la nature ou des informations. Et de fait nous n'étions absolument pas dérangés par quoi que ce soit bein qu'entourés de monde. Puis le repas je ne me souviens pas avoir éprouvé de tels goûts, du poisson, du vrai, de la morue, délicatement préparée avec une sauce blanche enrobés au beurre et brocolis. Le plat était accompagné d'un vin blanc, du Chablis des meilleurs. Si je n'avais été repu, j'aurais pu continuer à manger des heures encore. Le poisson est une rareté, dit Mme Dreyer, nous l'avons spécialement demandé pour aujourd'hui. Notre ordinateur savait que vous aimeriez manger du poisson, Ronda. Habituellement bien sûr, nous mangeons le quotidien de l'U.G. qui est d'ailleurs préparé avec goût. M. Suzuki se répandait en remarques sur le travail. Il en avait assez et aspirait à un peu plus de temps pour sa vie intime. Il voulait avoir plus de temps pour l'art et les activités sportives, la méditation. On s'habitue à trop travailler, dit-il. Mme Breitenbach essaya de l'interrompre ; ne pensez donc pas aux habitudes, un philosophe ne s'habitue à rien. Voilà ce qui fut la réponse du psychologue. Je me sentais de mieux en mieux avec cette équipe, et après un café arrosé de whisky je me sentais au meilleur de ma forme. Jusque là je n'avais pas pris de décision quant à mon acceptation, mais maintenant je disais, pourquoi pas ! Ce serait un véritable défi et puis il y avait tous les avantages de l'emploi qui me tentaient. Je n'en étais pas encore à me méfier du piège du repas d'affaires. Pkus tard c'est un instrument dont j'usai à bien des reprises.

De retour à la salle de réunion ce fut au tour de Mme Breitenbach de m'informer sur Zazo et ses disciples. En politique comme en ce qui concerne notre propre hasard nous aimerions savoir ce qui est juste et ce qui est faux. Mais qui peut donc savoir ? Comme M. Suzuki l'a constaté si justement, il ne nous est pas possibler de saisir toute la vérité avec nos esprits. Nous ne saisissons qu'une partie et nous devons émettre l'hypothèse que l'autre partie qui nous échappe ressemble à la première. C'est frustrant malgré tout car nous aimerions tant savoir quelle direction prendre à coup sûr. Peut-être M.Suzuki a raison lorsqu'il dit que toute vérité est faite de contrastes. Mais qui peut se contenter d'informations aussi incomplètes ? Qu'importent les certitudes pour l'imbécile ou surtout l'ignorant il ira de l'avant de toute manière Ce sont le êtres doués de discernement qui souffrent des contradictions le plus, ils en sont conscients. Ce sont ces personnes intelligentes qui sont les candidats parfaits de la philosophie Looni de Zazo. Ce sont les plus intelligents que Zazo réussit à séduire et qui lui servent de faire-valoir. Ce sont ceux qui sont intelligents et sensibles qui sont des Looni jusqu'au bout. Ils ne sont pas suffisamment forts pour cheminer seuls dans une vie pleine d'imprévus. Zazo leur offre une prise sur la vie grâce à la proximité avec Dieu, avec la nature, et la quintessence humaine.

Comment y arrive-t-il ?

Cette proximité avec Dieu et avec l'essentiel de l'existence pure les Looni la vivent par l'exercice de la pureté et la méditation. Ce que signifie la pureté, nous venons de l'apprendre par M. Suzuki. Avec la méditation, Zazo perpétue la tradition séculaire bouddhiste. Il y a des chrétiens qui ont eux aussi adopté cette méthode. Je ne vais pas ici m'étendre sur l'exercice de la méditation. Mais il est certain que beaucoup de gens que l'on peut prendre au sérieux sont convaincus d'avoir, grâce à la méditation, atteint un niveau de conscience supérieure. Quant à la proximité avec la nature, Zazo y pourvoit par un travail soutenu dans les plantations, tout cela en rapport avec la méditation, bien sûr.

Avec la théorie de Zazo on ne peut être qu'holiste et le sentir puisqu'on est en harmonie avec Dieu, dans son corps, dans son âme et dans la quintessence de l'être. Et la voie vers cet état holistique passe par la pureté, la médiation et le travail dans les champs. Pour nos sensibles Loonis ça signifie une occupation sans répit jusqu'à la fin de leur vie. Pour nous à l'U.G., ce qui nous intéresse d'abord, c'est cette dimension inconnue de l'idée de pureté (dépouillement matériel). Nous ne savons rien de leurs machines mentales. Nous savons seulement que chaque mahine est reliée par une ligne de données à un ordinateur central et reçoit de celui-ci un certain nombre de sollicitations. Ces sollicitations entraînent-elles des manipulations destructrices de la pensée et du cerveau, voilà ce qui nous reste à apprendre. Personne si ce n'est Zazo ne connait le code de ces sollicitations. Les machines mentales elles-mêmes – nous avons réussi à nous emparer de l'une d'entre elles – ne nous apportent aucune réponse. Et ceux parmi les Loonis qui ont déserté et que nous avons pu interroger ne savaient rien. En fait il ne s'agissait que de deux ou trois personnes, et il y a longtemps de cela, qui sont d'ailleurs même retournés à la secte. Tous les Loonis sont, à les entendre, contents de leur sort. Voilà pour le groupe des Loonis constitué par ces êtres sensibles et intelligents ; ils constituent à peu près la moitié de la population Looni et c'est parmi eux que sont recrutés les chefs aux divers niveaux.

L'autre partie de la population est constituée par des gens très différents qui pensent que subvenir à leurs besoins élémentaires c'est ce qui compte le plus. Ils ne se soucient guère d'idéal à atteindre. Pourvu qu'ils soient pris en charge, et qu'ils se trouvent dans un groupe de personnes qui leur ressemblent, voilà quileur suffit. Ils ne sont pas en proie aux déchirements essentiels comme les Loonis intelligents et sensibles. Ils sont assez simplement organisés. Connaissez vous la réclame de longue date Looni ? leur slogan : vous cherchez un foyer ? Vous le trouverez avec nous. Vous cherchez du travail ? Choisissez ce que vous voulez chez nous. Vous cherchez le compagnon idéal de votre vie ? il est chez nous. Pour eux, Zazo construit des maisons et fait des mariages. Il a mis sur pied des formations pour les métiers du bâtiment : maçons, charpentiers, plombiers, etc., et il leur fait construire des maisons traditionnelles très belles et en harmonie avec l'environnement sous le slogan : construisons avec la nature. C'est ainsi que les Loonis ont érigé de très belles villes et continuent aujourd'hui. Ces occupations qutidiennes sont ponctuées de sessions pour la pureté annoncées par le slogan : du travail naturel à l'holisme. Pour ce qui est des mariages c'est l'ordinateur qui s'en charge, et Zazo réussit à former des couples heureux dans l'optique de la pureté.

Depuis le Onzième Congrès les choses ont un peu changé. On sait un peu partout maintenant que l'U.G. répond aux besoins élémentaires des gens. Zazo sentant venir le vent a depuis un moment déjà rectifié sa propagande. Aujourd'hui ils disent : Les autorités vous donnent du pain, nous prenons en charge votre âme. Et regarder la télévision, ça vous amène à quoi ? Découvrez chez nous le vrai regard. Bien avant le congrès Zazo préssentait des changements sociaux. Savez-vous qu'après le grand tournant à la suite du congrès bien des craintes et des sentiments d'insécurité des chômeurs ont été calmés, certes, mais nous sommes loin de la société idéale. Nous psychologues préssentons l'arrivée de nouveaux problèmes, des appetits insatiables et la déprime. Bon mais ceci est une parenthèse, revenons-en à Zazo lui-même.

Ce que je vais dire ne dépend que de moi. L'U.G. par manque de preuve ne peut pas endosser la responsabilité de mes conclusions. Nous n'avons jamais pu soumettre Zazo à aucun examen, et il ne se montre presque jamais en public. On ne peut que reconstituer une image de lui à partir de diverses situations et quelques déductions logiques.

Zazo possède une brillante intuition. Par intuition il est capable d'évaluer avec justesse non seulement les faits historiques mais aussi les capacités des individus. Il s'occupe avec beaucoup de soin de ses assistants les plus doués et compétents et les oriente là où ils peuvent le mieux exprimer leurs capacités. Il est ainsi d'une grande aide autant pour les individus eux-mêmes que pour l'organisation toute entière. Ce n'est pas tant la richesse personnelle à laquelle il s'intéresse que le pouvoir. Il aurait pu depuis longtamps disparaître avec des millions de dollars. Non, il veut développer son organisation et avec elle son pouvoir. Pour ce fait il est très dynamique. Il organise des voyages d'information, des séminaires de formation, des festivals de musique de manière à conduire les Loonis plus près du but : chaque année chacun doit présenter un nouvesu membre. Un des Loonis qui avait fait défection nous a même dit que Zazo briguait une suprématie planétaire, ce qui me paraît un peu exagéré. Nous savons toutefois que dans certains Etats d'Amérique du Sud il dirige la politique. Il est très systématique. Quiconque se met sur son chemin est impitoyablement balayé. Il arrive que la police internationale soit à la recherche de membres de l'opposition mystérieusement disparus. Je pense que le mouvement n'a guère de scrupules. En éliminant des dissidents il se comporte comme un mafieux. Que pensez-vous, ai-je tort ? De par votre adolescence commune vous le connaissez mieux que quiconque sur terre.

Après avoir écouté pendant des heures, j'étais enfin content de pouvoir parler. Mes souvenirs de lui étaient aussi frais que si je venais de le quitter la veille. Il a toujours été rude, dis-je, et racontai une histoire significative qui s'était déroulé dans le pub où nous traînions. Ce n'était pas un pub pour étudiants, ces pubs là étaient bien trop édulcorés pour nous, aussi banals que les étudiants boutonneux eux-mêmes avec leurs rêves humides de nanas. Nous allions au « Bouvier », un bar d'habitués à la bouteille avec baby-foot et flipper. C'est là que Zazo, Michel et moi passions la moitié de nos cours. Voilà qu'un jour un gars dans la cinquantaine un peu ivre, était debout au comptoir. Michel dut se glisser à côté de lui pour commander nos bières. Le gars l'agressa... espèce d'encervelé, tu sèches encore les cours... Michel lui parla et deux minutes plus tard le gars lui parlait comme à un ami intime, je crois même qu'il avait pleuré et payé nos bières. C'est moi qui devais payer la deuxième tournée. Le gars me toisa et deux minutes plus tard je dus me débattre avec lui avant de m'en défaire. Bien sûr je payai les bières. Ce fut le tour de Zazo de commander sa tournée. Il prit tranquillement les devants en le traîtant de vieux dépassé, en lui disant qu'il avait raté sa vie et qu'il n'avait rien de mieux à faire qu'à boire en la fermant. Après quelques fanfaronnades de plus de ce style, le gars lui tapa sur l'épaule en s'écrasant et de nouveau paya les bières. Mme Breitenbach éclatait d'un rire qui n'en finissait plus. Je crois que je ne m'en serais pas mieux sorti que vous, dit-elle. Puis je parlai d'un test d'intelligence que nous avions fait tous les trois pour rire. Michel en avait 110, moi 135 et Zazo 178. Oui, dit Mme Breitenbach, il faut être très prudent avec ce genre d'individus.

En fin d'après-midi, Mme Dreyer me congédia en me disant de bien penser à ma décision de quitter mon univers de « montreur de sens », que je maîtrisais bien. Mme Breitenbach me fit un clin d'œil. Je devais prendre ma décision le lendemain, seize heures, salle 3029. Je gardai ma carte de circulation. La soirée à l'hôtel Harrison me parut beaucoup plus sympathique que la matinée. Tout le monde me souriait et je me demandais s'ils étaient au courant de ce que l'on venait de me proposer. Peut-être ne s'agissait-il en fait que de ma meilleure humeur. Julia n'en revenait pas, toi,

« créateur de sens » ! Si c'est le cas je vais bientôt me retrouver membre de la commission de l'U.G., me dit-elle. Elle était trop consciente de la hiérarchie bureaucratique pour imaginer une telle chose. Les « créateurs de sens », surtout Mme Dreyer, étaient ce qu'elle pouvait imaginer de plus. Pour elle, ça ne faisait pas de doute, je devais accepter, « vas-y, vas-y, vas-y ».

Ce soir-là je fis les cafés. Je suis comme ça. Si ma tête est trop pleine il faut que je m'éclate pour y voir clair. J'allais en disco jusqu'à trois heures du matin. Puis j'allais d'un endroit à l'autre avec une blonde bien chaude pour finalement me la faire dans sa voiture. Elle voulait mon adresse et en savoir plus sur moi. Je lui dis que je m'appellais Gérome, elle s'appellait Miki. Je sortis de sa voiture près d'un dépôt de marchandises, et me mis à marcher. Il commençait à faire jour, par chance je pus prendre un taxi pour rentrer à l'hôtel. On y servait déjà le petit déjeuner. Puis je sortis faire des courses au centre-ville. J'achetai des bottes canadiennes en cuir de bison de première qualité, pour moi, pour Julia une robe en soie, et pour Paul un ordinateur pour enfants. Il était déjà trois heures lorsque je revins à l'hôtel. Il était temps de rejoindre Mme Dreyer et l'Union Globale. J'avais dépensé tellement d'argent que c'était déjà une raison valable pour accepter ce nouveau poste. Et de fait, j'acceptai sans raison. Je me laissai guider par mon intuition.

Mme Dreyer ne s'attendait pas à autre chose. Elle me tendit solennellement les papiers de nomination. On me laissait trois mois pour préparer un remplaçant à Paris. Puis il me fallait constituer mon propre siège,... là où il vous semblera le plus adéquat, peu importe où sur cette terre, m'avait dit Mme Dreyer. Mais avant tout Mme Dreyer me conseillait de prendre une semaine de vacances, pour fêter ma promotion. Avec un clin d'œil, je lui dis... peut-être au Canada, avec un cours de formation dans les montagnes ! ça la fit rire. En me quittant elle me remit un communicateur qui contenait dans chacune des poches de mon pantalon. Avec cet appareil je pouvais la joindre partout n'importe quand. C'était un truc fantastique. C'était un appareil photo, un ordinateur, un téléphone et un projecteur laser tout à la fois. Ça fonctionnait par satéllite. Des lasers digitaux enrégistraient des films en trois dimensions. Autonomie, trois heures. Les images pouvaient être transmises en trois secondes. Les retours par projecteur compatible recevaient des données d'images en trois dimensions dans une salle, indépendemment de la source origine, film, pages d'Internet, photos de l'autre bout de la terre. L'accès à la banque de données des connaissances de l'U.G. était indestructiblement mémorisé. On ne pouvait disposer d'une meilleure source d'information car l'U.G. avait accès à toutes les données universitaires et gouvernementales. Le code était une combinaison d'empreintes digitales et d'iris de mes yeux.

Vous allez devenir un bon « créateur de sens », Ronda, je le sais, dit Mme Dreyer, et oui, au fait, j'oubliais presque, nous aimerions savoir dans les deux ans à venir si selon vous les Loonis sont une secte ou une communauté religieuse. De retour à l'hôtel je dormis comme je ne l'avais pas fait depuis longtemps.

A Paris, à S\ :sup:`t`–Denis, je dus m'y prendre avec douceur pour annoncer la nouvelle à mes frustrés. J'organisai une super fête d'adieu. Je transportai dans notre impasse des montagnes de pizzas de pomme de terre frites et des tonneaux de bière. Joe, mon successeur, était là aussi. Physiquement pas tout à fait aussi apte que moi, mais avec beaucoup de sens de l'humour. Il avait le profil de l'emploi. Mes frustrés l'avaient adopté d'emblée. Certains toutefois m'émurent jusqu'aux larmes. Ils essayèrent de me convaincre de leur façon de rester « montreur de sens » : « Qu'es tu veux ? t'veux êt' créateur de sens ? t'es pas bien ou quoi, allez mon pote tu vas t'met' dans la merde, t'es mieux ici... » D'autres me demandèrent si j'allais souvent revenir à

St-Denis. A leur manière, chacun me faisait comprendre que j'allais lui manquer. Et de mon côté c'était pareil.

Julia était heureuse, elle, et enceinte de notre fille Lilo. Elle me dit qu'elle avait toujours eu l'intuition que j'allais devenir quelqu'un d'un peu à part. Il nous fallut trouver où nous irions nous installer. En ville ou à la campagne ? en Europe, en Asie ou en Amérique ? Zazo habitait tantôt à San Francisco, tantôt à Tokyo. Les foules de Tokyo, ça na me disait rien. Après la fête d'adieu nous partîmes en vacances : la Mer du Nord, la Hollande, Tershelling, une petite île, ma préférée. Une semaine de détente seulement, pouvoir dormir à volonté, s'attarder au petit déjeuner, marcher sur la plage. C'était l'automne, il n'y avait personne. J'étais bien. Pas de touristes et pouvoir marcher près des vagues pendant des heures, bien au chaud dans des pulls épais, des bottes en caoutchouc, des vestes imperméables. Puis prendre des boissons chaudes revigorantes après la marche dans le café derrière la digue. Beaucoup lire, divin !

Après ces vacances, je travaillais encore quelques semaines à St-Denis avec mon successeur. Je le présentai partout à tous, lui expliquai les relations et l'initiai à tous les petits coups. C'est en faisant cela que l'idée me vint d'aller m'installer à San Francisco. Il fallait que je sois proche de Zazo, et puis le climat là bas est sympa. Et San Francisco n'était pas tout à fait aussi borné que le reste de cette putain d'Amérique.

Comment réagirait Zazo lorsque je le contacterais ? Est-ce que j'allais jouer cartes sur table dès le début ? De toute manière avec son ingéniosité il anticiperait toute agression. Pourquoi pensais-je en termes d'agression ? Etais-je préjugé ou mon instinct me disait-il que je ne m'en sortirais pas sans avoir à me battre ? Zazo n'allait certainement pas me dire toute la vérité. Il était probable que je n'aurais aucune possibilité de voir ce qui se passe dans les coulisses. Comment pouvais-je remettre un rapport crédible sur les

Loonis sans bien considérer la vraie nature de leur vie ? Que me restait-il donc à faire sinon à devenir Looni moi-même !

Julia ne trouva pas l'idée très bonne. Elle avait lu des échos négatifs sur les Loonis. Qui y va n'en revient pas, disaient les gens. Ils pratiquent certainement le lavage de cerveau. S'ils découvrent pour qui tu travailles, ils te liquideront. On supposait que bien des gens avaient ainsi disparu chez eux. Peut-être vont-ils manipuler ta pensée, dit Julia, et elle m'incita à en parler à Mme Dreyer.

Pendant quelques jours je jonglais avec cette idée puis je contactai Mme Dreyer. Elle approuva l'idée de devenir Looni et me dit qu'elle avait elle-même pensé à cela. Vous allez devenir le premier agent sous couvert de l'U.G., me dit-elle. Bien sûr, ça ne va pas aller sans risques. Toutefois nous avons un vaccin contre les machines mentales destructrices. On injecte un détecteur de drogues. Les machines mentales agissent en excitant les endorphines du corps. Le détecteur peut déceler l'existence de ces endorphines et provoquer des réactions qui annulent leur effet. Il existe d'autres machines qui n'activent pas les endorphines, mais celles-ci ont besoin de médicaments secondaires et ces médicaments aussi déclenchent la réaction du détecteur de sorte que nous nous en sortons toujours.

Je lui demandais d'expliquer comment tout cela pouvait se passer. Si l'on essaye de vous administrer un médicament ou de vous manipuler par le biais d'une machine mentale, vous serez immunisé par le vaccin mais pendant deux jours vous serez totalement incapable d'utiliser vos facultés. Vous aurez donc un rapport quotidien à faire, et si un jour il vous arrive de ne pas nous contacter, nous saurons qu'il vous est arrivé quelque chose d'anormal et nous vous débranchons afin de ne pas nous faire détecter. Dans ce cas, dis-je, ma carrière d'agent secret serait bel et bien terminée ; c'est vrai, dit-elle, mais il vaut encore mieux un agent secret au chômage qu'un agent secret au cerveau manipulé. Par ailleurs, dit-elle, nous trouverons une autre méthode d'ici peu pour atteindre Zazo ou les Loonis.

Mme Dreyer me donna l'adresse à Amsterdam pour le vaccin et me fournit une paire de chaussures à double fond pour y cacher le communicateur. Le communicateur était censé être indétectable. Cette communication me rassura et me donna confiance. Julia aussi était rassurée.

J'allais donc devenir Looni, et Julia s'en était faite à l'idée. Il ne nous restait plus qu'à trouver un bureau et un logement à San Francisco. J'informai Mme Dreyer par e-mail et la réponse ne se fit pas attendre. Dans l'heure qui suivit, Mme Dreyer me donnait une adresse de bureau, 7 Adelaine Street, et le nom de la secrétaire, Corinna Vaud. J'avais aussi une réservation pour le 01/11/2029 vol n° 2041 à 14 h 25 Paris – Le Bourget, Air Moustique. Je devais donner mon assentiment avant vingt heures le lendemain. Le logement, c'était à moi de m'en charger, avec toutefois un conseil quant au quartier et l'adresse d'un agent immobilier : Top-regency, San Francisco. Pour le loyer, je pouvais aller jusqu'à $ 2000 par mois. L'U.G. prenait en charge le déménagement. L'U.G. était bien organisée, pensais-je, passablement impressionné.

CHAPITRE 2
LE MONDE DE ZAZO

Au même moment Zazo et Demian étaient assis ensemble. Demian était l'élève de Zazo, il avait 28 ans, il avait de la morgue, il était membre du beau peuple, il était intelligent, d'une intelligence qui impressionnait même Zazo. Oui, Zazo, disait-il, un ami d'enfance, Ronda, est devenu créateur de sens. Sa mission spéciale : les Looni, section :

tâches spéciales, ce qui veut dire que l'on ne plaisante pas. Demian était fier de lui, il était chargé du système d'avertissement de danger. Mon vieil ami Ronda, dit Zazo d'un air rêveur, il a toujours été plutôt naïf. Notre information à Toronto nous a fait savoir que Ronda avait décidé de devenir un de nos membres. Demian n'avait pas besoin de préciser qu'ainsi il espérait se familiariser avec l'organisation Looni. Oui, comme je disais, naïf, dit Zazo. Que dois-je faire, patron, dit Demian, me débarrasser de lui ? L'éliminer, mais, mon jeune ami, vous avez vraiment beaucoup à apprendre. Pourquoi, patron, une fois éliminé c'est réglé. Ça leur enlèvera toute envie de s'intéresser à nous à l'avenir. A quel prix, dit Zazo, pourqu'ils nous harcèlent avec des inspecteurs et la police et qu'à la fin ils finissent par nous compter en tant que secte ! Mais patron, ils n'ont pas la moindre chance d'y arriver, qu'ils viennent ! Demian, pourquoi nous embarrasser d'une tâche aussi désagréable alors que d'un autre côté nous pourrions bien nous amuser avec ce brave Ronda. Bon, patron, envoyons-le au centre de formation d'Helsinki. Non, Demian, je crois que Copenhague suffit largement. Mais Copenhague, patron, ce n'est rien du tout. Si, Demian, pour notre brave Ronda, c'est bien suffisant. Demian avait du mal à envisager l'idée.

A Helsinki les Loonis dirigeaient jusqu'en 2039 un centre pour les cas réfractaires. Là, les cas qui posaient problème étaient « harmonisés ». On y envoyait les rénégats, les traîtres, les mégalos, etc. Ils en revenaient doux comme des agneaux, en harmonie pour le reste de leurs jours avec le système. Copenhague était pour les cas moins nuisibles, pour les dépressifs, les jaloux, les incroyants qui trouvaient là une voie de retour vers l'harmonie intérieure. Les nouveaux venus d'Europe du Nord passaient de toute façon par Copenhague. A Helsinki comme à Copenhague, les Loonis se servaient des machines mentales pour proposer aux nouveaux adeptes une analyse complète de leur personnalité. Ils voulaient rendre service à chaque nouvel individu. Par ailleurs, tout le monde connait les machines mentales qui favorisent la relaxation. Le fait que ces machines sont utilisés pour des tests n'a rien de particulier. Elles aident à se détendre et donc à fournir de meilleurs résultats lors des tests. A première vue, les machines mentales ne jouaient pas chez les Loonis de rôle prépondérant. Ils ne les utilisaient pas par exemple pour apprendre. Plutôt, ces machines servaient à Zazo pour engendrer des sentiments particuliers tels que des convictions ou des craintes. Parfois Zazo accompagnait son traîtement d'une hypnose profonde, mais dans la majorité des cas quelques « exercices de relaxation » suffisaient pour ramener quelqu'un sur la voie de la pureté.

Les appareils étaient le fruit d'une technologie sans cesse renouvelée. Point besoin de médicaments de support. Puisqu'elles étaient capables d'agir efficacement sur le comportement, on pouvait les considérer comme destructrices de la personnalité. Leur utilisation était hors-la-loi, car les individus n'avaient pas choisi de subir un tel traîtement. Par ailleurs il n'y avait pas de contrôle médical objectif de l'effet qui était donc sans garantie. Ce sont les chefs qui en administraient l'application et ils n'étaient pas au courant des effets sur le cerveau des individus. Ils étaient eux-mêmes suffisamment conditionnés pour être certains d'agir pour la bonne cause. Seul Zazo connaissait le contenu de l'ordinateur central à partir duquel toutes les machines mentales recevaient leurs données. Même Demian ne connaissait pas le code d'accès. Il se doutait que derrière les machines mentales il y avait autre chose qu'une simple fonction de relaxation et de concentration, mais malgré ses questions, Zazo ne lui avait toujours pas répondu que les machines n'étaient pas programmées pour conditionner les esprits. Demian se méfiait des machines et se gardait bien de les approcher. Zazo en profitait pour l'agacer.

L'un dans l'autre Zazo ne s'ennuyait pas avec son Demian qui persistait à vouloir envoyer Ronda à Helsinki plutôt qu'à Copenhague. Y avait-il peut-être là un peu de jalousie ? Et de fait, Ronda était la dernière personne à l'égard de laquelle Zazo avait fait preuve d'une certaine proximité affective. Une fois il avait même versé des larmes à cause de lui, par colère et déception. Il n'avait plus pleuré depuis. Ronda avait réussi à lui enlever en la séduisant une fille et l'avait fait sans galanterie aucune, loin de là. Aujourd'hui plus rien de semblable ne pourrait lui arriver. D'une part il avait perdu toute inclination au romantisme concernant les femmes, de l'autre il était devenu un peu plus malin, le premier changement étant, pensait-il avec certitude, dû au second. En ce qui concernait Ronda il s'avouait à lui-même que l'idée de rencontrer ce vieux copain d'école l'émouvait quelque peu. Demian avait-il senti cela ? Mais qu'en était-il en fait ? Ronda pouvait-il encore être son ami aujourd'hui, difficile à dire, peut-être y aurait-il encore une forme d'attachement. Mais Demian savait que Zazo était assez fin pour contrôler de tels états d'âme. En fait quelle pouvait être l'importance d'une telle amitié ? Depuis la plus haute antiquité les exemples ne manquaient pas d'amis les plus chers se trahissant et s'entretuant. Zazo savait que les relations entre les gens s'apparentaient plus au domptage d'animaux ou au jeu d'échecs qu'à un conte romantique. Pour lui les femmes étaient désirables tant qu'elles étaient jeunes et belles, autrement la seule personne désirable c'était soi-même, du moins lorsqu'on s'appellait Zazo. Lorsqu'il était de mauvaise humeur, ce qui arrivait rarement, il détestait les gens. Il les considérait alors comme des reptiles animés de leurs seuls instincts et il n'avait d'autre issue que de les punir sévèrement. Il était en général d'humeur égale, ou plutôt d'humeur sarcastique égale. Il aimait tourner en dérision la masse grouillante de pauvres types et leurs petites préoccupations. Il jouait au chat et à la souris avec eux, tour à tour les flattant, les bouleversant, les banissant comme bon lui semblait. Voilà que maintenant avec Ronda il avait à faire face à un épisode amusant de sa jeunesse, et alors qu'est-ce que cela changeait ? Il n'était pas

70

sentimental pour deux sous. La nomination de Ronda à l'U.G. constituait pour lui une diversion non dépourvue d'intérêts dans une vie qui commençait à être routinière pour lui.

Demian était moins mûr. Il était jeune et agressif. Il voulait monter, atteindre le sommet, là où Zazo, son idole, se trouvait. Il l'admirait plus que tout. Il l'imitait et tout au fond de lui-même il attendait le jour où il saurait tellement de choses qu'il pourrait écarter du trône l'homme par lequel il existait aujourd'hui. Sa vie était gouvernée par son ambition seule. Les deux, lui et Zazo, avaient le même but : détenir le pouvoir, et rien ne pouvait les faire dévier de cette idée. Femmes, famille, loisirs, cela importait peu. Dans cette obsession du pouvoir, lui et Zazo étaient semblables, si ce n'est que Zazo avait toujours une longueur d'avance sur lui quand il s'agissait de faire preuve d'intelligence.

Zazo connaissait son ambitieux élève mieux qu'il ne saurait jamais se connaître lui-même. De sa hauteur il se jouait des sentiments de Demian. Demian, peut-être pourrions-nous trouver un compromis qui nous permettrait de ne pas être trop durs avec Ronda ? Je dois reconnaître que je ne suis pas indifférent à certains souvenirs qui me rendent mon ancien camarade de classe encore sympathique. En voyant l'expression déconfite sur le visage de Demian, Zazo poursuivit en s'amusant franchement ; ne vous en faites pas, l'heure viendra où vous pourrez vous mesurer à Ronda. Blague à part, Demian. Au fait, j'ai d'ailleurs déjà mobilisé une de nos meilleures armes contre Ronda. Quoi, dit Demian, quelle arme ? Depuis quand êtes-vous au courant au sujet de Ronda ? Demian était sens dessus-dessous, son patron encore une fois l'avait devancé. Demian, dit Zazo, autant que je sache, c'est moi qui contrôle encore le système d'alerte avancée, ou non ? Bon, patron, mais je vous le demande encore, de quelle arme s'agit-il ? Elle est blonde et jolie, Demian, vous ne pouvez pas faire mieux qu'elle. Face à la mine déconfite de Demian, Zazo s'en payait une bonne tranche. Patron, je ne veux pas jouer le « je-sais-tout », mais ce type est « créateur de sens » et est heureux avec sa femme. Demian, elle est très blonde et très jolie, se contenta de dire Zazo. D'accord, patron. Bon, qu'est-ce que je fais ? D'abord, Ronda ne doit pas se douter de quoi que ce soit à notre sujet. Vous êtes au courant des décisions du Onzième Congrès sur les sectes et les communautés religieuses ; Ronda peut nous rendre un grand service. Si nous réussissons à le mettre de notre côté, c'est dans la poche pour nous. Nous allons faire de Ronda un excellent informateur à l'U.G. ! Super ! patron, ça c'est une idée, voilà ce qu'il faut faire.

A Copenhague tout était prêt pour l'arrivée des nouveaux. Cette fois l'accueil était particulièrement bien préparé, l'adjoint de Zazo s'y était particulièrement appliqué. Le centre Looni se trouvait à environ dix-huit kilomètres du centre historique de Copenhague, et était placé sur une butte artificielle qui formait une île dans l'Oresund. Le rite d'accueil était habituellement suffisamment cérémonieux pour y changer quoi que ce soit. Avec Ronda, c'étaient 250 nouveaux venus que l'on accueillait chez les Loonis. C'était plus que d'habitude. En plus une pompeuse cérémonie de mariage était organisée pour la circonstance. Dès le départ il fallait que Ronda ait une idée de la grandeur des Loonis.

CHAPITRE 3
RONDA CHEZ LES LOONIS

Il avait fallu quatre heures pour atteindre San Francisco. Le bureau était situé au centre ville face à un temple de consommation dans lequel on pouvait se perdre. J'entrai dans mon nouveau lieu de travail et fus agréablement surpris. L'équipement était du meilleur goût. Chaises en cuir, tables en bois massif, lampes design, et le matériel le plus moderne. A la première vue cela me semblait un peu trop chic, même la secrétaire, Corinna Vaud, qui paraissait sortir tout droit d'un feuilleton télévisé dans lequel l'argent, le pouvoir et l'amour étaient aux premières loges. Je ne pouvais pas savoir à ce moment-là avec quelle aisance on s'habitue au luxe. Corinna était des plus affables et compétente. Elle s'était chargée de tout. Le bureau, c'est elle qui l'avait aménagé. De plus, elle s'était aussi occupée de la kitchenette qui contenait du champagne et des casse-croutes. Elle avait installé le système de communication et avait fait connaissance avec les voisins. Je m'étais donné trois semaines à San Francisco puis j'allais devenir un Looni. Pour Corinna, j'étais censé suivre un cours à l'U.G. qui devait durer deux ou trois mois. Pendant ce temps elle devait me fournir un ensemble d'informations détaillées sur les « montreurs de sens » qui étaient sous ma responsabilité. Je voulais qu'elle rassemble tout ce qu'elle pouvait trouver : films documentaires, le passé des individus, les écrits, les actions. Immédiatement après mon retour je voulais pouvoir organiser la première réunion et me préparer à aborder chaque cas personnel. Elle me gratifia d'un sourire enchanteur.

Sur Internet, Julia et moi réussimes à mettre trois maisons de côté. Elle voulait voir les maisons sur le terrain, aussi prit-elle l'avion pour San Francisco avec moi, déjà bien avancée dans sa grossesse. Paul était resté avec des parents au Luxembourg. Nous finimes par nous décider pour une vieille villa qui nécéssitait des travaux, et qui comportait deux salles de bains et sept pièces avec vue sur l'Océan Pacifique et un loyer de $1600 par mois. C'est nous-mêmes qui nous chargeâmes des travaux. Il fallut peindre, s'occuper du carrelage, installer de nouvelles baignoires. En prenant tout en charge tout allait plus vite, d'autant plus que nous nous étions fait la main dans notre appartement à Paris. Peut-être avions-nous exagéré un peu, car c'est à la suite des efforts physiques trop violents lors du polissage du parquet que naquit notre fille Lilo. J'eus à peine le temps de conduire Julia à l'hôpital. Une fois tous ces problèmes matériels réglés je pris l'avion pour Toronto. Avant de partir chez les Loonis, je voulais avoir un dernier entretien avec Mme Dreyer.

Je la rencontrai à nouveau dans l'œuf en verre maintenant familier et Mme Dreyer me conseilla de changer d'identité. Les Loonis procédaient à des contrôles d'identité systématiques et je m'appellais désormais Johan Van Vel. Ce nom me plaisait bien car en tant que Wallon j'avais toujours regretté de ne pas avoir de nom flamand. Pour la première fois dans ma vie je dus subir un traîtement avec hypnose profonde de machine mentale. Il fallait bien m'imprimer ma nouvelle identité dans le cerveau et quant aux effets secondaires éventuels, me dit le médecin de l'U.G., il n'y avait rien d'irréversible. Je pris conscience dans ces circonstances de la relative simplicité de ma vie jusqu'ici malgré toutes les péripéties de la vie dans la rue. Jouer à l'agent secret, voilà qui était différent, je mettais ma vie en jeu sur un autre plan.

Après être passé par la machine mentale je me sentais tout à fait normal, mais en fait il s'était passé quelque chose. On me montra une vidéo de Julia et Paul et je fus incapable de les reconnaître. J'étais convaincu d'être Johan Van Vel, journaliste célibataire né à Anvers. D'un autre côté ma lucidité était intacte. Après coup quand je reviendrais à mon identité véritable, je pourrais me souvenir des tous les détails de l'univers Looni. Je serais à même de répondre à la question de savoir si les Loonis privent leurs membres de leur liberté mentale. Le rapport quotidien que je devais faire à l'U.G. devenait dans ma tête le souci quotidien d'avoir des nouvelles de ma vieille mère malade. Le soir un avion m'emmena à Amsterdam, car c'est là que l'histoire de l'aspirant Looni Johan Van Vel devait commencer.

Demian n'avait pas perdu de vue Ronda depuis son départ de San Francisco. Chaque étape, chaque appel téléphnique, chaque mot était couvert par Demian. Lorsque Ronda, alias Johan Van Vel, pénétra dans le centre d'information Looni à Amsterdam le 30 novembre 2029, c'est Demian en personne qui l'accueillit. Vous êtes le bienvenu, que puis-je faire pour vous ? Je voudrais en savoir plus sur votre organisation, dit Ronda. On entend des choses très contradictoires à votre sujet. Il en va ainsi de tout ce qui sort de l'ordinaire, n'est-ce pas, dit Demian, et puis les Loonis ne sont que des êtres humains, leur corps n'est autre que l'enveloppe de leur esprit, et ils sont donc eux-mêmes de par leur nature porteurs de contradictions avec en eux simultanément de bonnes et de mauvaises choses. Oui, dit Ronda, j'ai entendu parler de votre théorie des contradictions. Les théories holistiques de la contradiction, dit Demian, sont reconnues par de nombreux scientifiques et thérapeutes, même ceux qui n'ont rien à voir avec notre communauté religieuse. Par exemple pour ne parler que d'eux, j'ai pensé aux psychologues qui ont déduit la théorie de l'ambivalence de la théorie holistique de la contradiction. Etes vous intéressé par la science ? Je m'intéresse plus à la question de savoir s'il existe quelque chose comme une révélation ou un Dieu, répondit Ronda. Notre religion est complexe, nous nous approchons un peu du Bouddhisme. Pour nous le chemin de la connaissance passe par une série de niveaux de conscience. Il n'est pas facile de franchir ces niveaux et notre communauté fournit l'aide qui permet d'y arriver. J'ai beaucoup entendu parler des instruments de cette aide, dit Ronda. Oui, je sais, dit Demian, des bruits contradictoires. Voulez-vous bien vous donner la possibilité de forger votre propre opinion ? Nous proposons des sessions d'initiation, c'est gratuit, y compris le déplacement, et ça dure deux semaines. Vous aurez une vision d'ensemble de nos activités. Pourquoi pas, dit Ronda. La semaine prochaine il y a une session qui démarre à Copenhague. Mais comment financez-vous tout cela, fit Ronda, étonné. Il y a 40 millions de Loonis de par le monde et beaucoup sont riches. Nous nous finançons exclusivement par le biais de donations spontanées. N'ayez donc pas de scrupules si après la session vous ne voulez pas donner de suites, nous ne vous en voudrons pas, et vous ne recevrez pas de factures non plus. Ronda sourit et Demian lui demanda : « Alors est-ce que je vous réserve une place pour Copenhague ? » Il fit signe que oui de la tête.

A Copenhague on avait préparé de quoi loger 258 nouveaux venus. Ils étaient accueillis comme à l'accoutumé : d'aimables hôtesses Looni faisaient des cadeaux, elles offraient des chemises de soie bleue avec un soleil dessiné devant et derrière. Un soleil doré sur fond bleu, c'était l'emblème Looni. Tous les Loonis portaient de telles chemises. On servait du champagne qui contribuait à détendre l'atmosphère. Un homme âgé bien sympathique en chemise bleue tenait un discours enthousiaste sur la vie en général et en particulier chez les Loonis. Rayonnant de joie il racontait comment la vie Looni lui avait apporté toute son énergie vitale et de fait bien qu'ayant plus de soixante-dix ans il était aussi robuste et en bonne santé qu'un homme bien plus jeune. Le vieil homme disait, il n'y a point de mensonges entre nous. Nous sommes aussi francs à l'égard des autres qu'à l'égard de nous-mêmes. C'est la seule façon de pouvoir progresser vers nous-mêmes, vers les autres et être heureux. Notre relation à la nature est fondamentale, c'est pour cela que nous la respectons et cherchons toujours à vivre en harmonie avec elle. Chez nous, pas de matières plastiques, pas de nourriture génétiquement modifiée, pas d'enfants génétiquement manipulés. Johan sentait monter les premiers enthousiasmes parmi les recrues. Rien ne semblait être forcé, des Loonis émanait une sorte de joie de vivre spontanée. La vie chez eux paraîssait idyllique. Puis le vieil homme mettait l'accent sur ce qui comptait le plus dans la vie à savoir la proximité avec Dieu. Il avait pendant la première partie de sa vie cherché à réaliser toutes sortes de rêves jusqu'à ce que il y a trente ans, il avait pris conscience que le vrai bonheur vient de l'intérieur de soi, de la relation avec Dieu. Chez les Loonis il avait pu vivre dans cette voie. Les applaudissements à la fin de son discours semblaient ne plus vouloir finir, et quand le vieil homme proposa à l'assemblée de mettre les chemises bleues Johan ne remarqua personne s'y opposant.

Après cette conférence on proposa aux recrues de passer à table. La salle avec ses longs bancs en bois et ses tables faisait penser aux tentes campagnardes des fêtes de bière. Johan ne pouvait plus dire s'il avait déjà vu quelque chose de semblable. Sur la table on avait disposé des aliments de choix ; des asperges fraîches, du jambon cuit, des pommes de terre au beurre. Beaucoup de nouvelles recrues ne connaissaient pas les asperges, elles étaient vertes, fondaient dans la bouche avec un goût exquis. Le vin blanc était présenté dans des pichets en terre, et à la fin du repas on servit un Irish Coffee. On ne pouvait guère faire mieux pour plaire.

Puis on proposait des analyses par ordinateur. Chaque recrue pouvait, si elle le souhaitait, se faire faire une analyse strictement confidentielle de sa personnalité. L'évaluation portait sur toutes les données fournies: activités passées, origine, capacités, dons, souhaits, buts, idéaux, tout comme s'il s'agissait de postuler pour un emploi dans les sphères économiques les plus hautes. Les hôtesses d'accueil faisaient remarquer que ces examens avaient pour but d'aider les recrues à trouver la direction qui leur convenait dans la vie et peut-être aussi le compagnon idéal. Depuis que les Loonis jouaient aussi le rôle d'agence matrimoniale de plus en plus de gens allaient vers eux simplement pour cela. Le bruit courait que chez les Loonis on avait les meilleures chances de trouver quelqu'un qui convienne. On y utilisait les moyens techniques les plus sophistiqués, c'est-à-dire les programmes d'ordinateur les plus récents permettant de sélectionner les affinités à partir de lecteurs optiques de valeurs et de données psychologiques. Le nombre des Loonis ne cessant de grandir, les possibilités de trouver des partenaires grandissaient aussi.

Johan ne voulait pas se faire remarquer, ainsi lui aussi se proposa pour l'examen. L'idée d'une telle analyse ne lui plaisait pas à vrai dire. Dans l'ensemble il était surpris de voir à quel point les recrues se prêtaient facilement à tout ce qui leur était proposé à l'image du naturel avec lequel elles portaient leurs chemises. Il eut l'impression d'avoir devant lui un grand troupeau de moutons bleus. Un grand nombre était déjà disposé à remplir les formulaires mis à disposition un peu partout et à devenir membre de la communauté. S'étaient-ils décidés depuis leur arrivée ou bien étaient-ils venus ici déjà avec l'intention d'adhérer? Quelqu'un qui prend un tel engagement en si peu de temps ne peut avoir que peu de considération pour sa vie antérieure, pensait Ronda, le créateur de sens, ex-montreur de sens qui ne connaissait que trop le triste contenu de bien des vies. Mais son problème se limitait à résoudre la question de savoir si les Loonis agissaient sur la liberté de pensée de leurs membres. Mais que signifie « libre arbitre » vraiment ? Que penser de ces êtres qui, après une conférence, quelques verres de vin et une analyse par ordinateur décidaient de tout quitter et de devenir Loonis ? Une chose semblable ne pouvait lui arriver, c'était un individualiste convaincu, méfiant à l'égard de tout mouvement de masse ou de tout type de meneurs. Comment pouvait-il vérifier à quel moment se manifestait ce libre-arbitre ? Contre quoi fallait-il le protéger ? Que signifiait l'idée de liberté pour ces gens ? Avaient-ils jamais été vraiment libres ? Quelle liberté pouvaient-ils donc perdre ? Tout cela rendait Johan très pensif.

L'après-midi on devait discuter des résultats des analyses. La plupart étaient étonnés de voir à quel point leurs points forts et leurs points faibles avaient été repérés. On donnait des conseils sur les emplois appropriés, les passe-temps, les relations sociales. Chacun se reconnut et n'était pas peu fier de se voir ainsi traîté. Qui leur avait donc jamais auparavent proposé un tel examen complet par ordinateur ? Chaque recrue avait un tête à tête avec un Looni qui lui faisait part de l'évaluation. Johan se trouva face à face avec Mandy, une jeune femme sympathique. Etes-vous satisfait de l'analyse ? demanda-t-elle. Y trouvez-vous des éléments pour modifier votre vie antérieure ? Pour quelle raison êtes-vous venu vers nous ? Voilà quelques unes des questions qu'elle lui posa, et auxquelles Johan répondit avec maîtrise, de la manière la plus évasive possible. Sans aucun doute elle le connaissait bien, puisqu'elle savait qu'il était au chômage et célibataire. Vous savez, ajouta-t-elle, nous avons des occasions superbes de vous conduire vers une vie qui a un sens. C'est étape par étape que vous découvrirez avec nous un sens à la vie, ce qui ne peut pas aller sans réussir dans une activité professionelle. Mais nos spécialistes vous expliqueront le théorie des contradictions beaucoup mieux que moi. Vous restez avec nous toutefois, n'est-ce pas ? Johan fit signe que oui de la tête. « Activité professionnelle », il n'avait pas entendu cette expression depuis longtemps, aujourd'hui on n'entendait parler que de « boulots ». Activité professionnelle, cela lui fit penser aux bons vieux jours.

L'espace Looni ressemblait à une ville. Boutiques, restaurants, leur propre port, une ferme aquatique, des ateliers, il y avait tout ce qui est nécéssaire pour permettre le bon fonctionnement d'une société équilibrée. Il y avait toutefois une différence visible avec une ville normale, à savoir l'uniformité du vêtement, l'uniforme bleu. Mandy tenait un petit café où l'on servait des salades et du pain, sur des petites tables à dessert. On mangeait et buvait à volonté. On ne payait pas parce que l'argent n'existait pas. En principe nous ne buvons pas d'alcool, dit Mandy, nous voulons rester en bonne santé. Nous n'en buvons que pour des circonstances très particulières, par exemple lors de l'arrivée de nouveaux adeptes. Johan acquiescait. Le fait que les gens puissent obtenir tout ce qu'ils voulaient sans coupons ou argent le fascinait. Est-ce qu'un tel système pouvait vraiment fonctionner ? Les gens n'étaient-ils pas tentés de recueillir toutes sortes de choses afin de se faire une réserve pour eux-mêmes ? Ce n'est pas possible, dit Mandy, nous vivons en vase clos ; nous ne dépendons en rien de l'extérieur, nous n'échangeons rien avec l'extérieur. De plus, nous n'encombrons pas nos âmes de préoccupations telles que le besoin de posséder ou l'argent. Il y a bien plus important, ce qui apporte plus de joie par exemple. Vous le voyez, nous vivons bien, mieux en tout cas que ceux qui des indemnités versées par l'U.G., et bien mieux que ces pauvres types qui gâchent leur vie en ne se préoccupant que de biens matériels et d'argent. Johan ne pouvait rien trouver à redire à cela. En fin de journée Mandy conduisit Ronda à son logement. Tous les logements étaient standardisés. Les Loonis vivaient modestement mais avec goût. Chaque personne disposait de 20 m^2 : une pièce à vivre et dormir de 16 m^2 et une salle de bains de 4 m^2. L'intérieur était en bois massif travaillé en ronde-bosse. Chacun vivait ainsi dans un espace qui lui était propre. Pour les couples il existait bien sûr des logements plus grands variant selon le nombre d'enfants. Mandy proposa à Johan de passer la nuit avec lui. Vous pourriez vous sentir un peu seul lors de votre première nuit ici, lui dit-elle, et elle ajouta que pour elle la sexualité n'était qu'une étape parmi d'autres dans sa progression vers Dieu et la nature. Nous, les Loonis, vivons en principe notre sexualité de manière aussi naturelle que s'il s'agît de boire ou de manger. J'ai entendu dire, dit Johan, que vous êtes très fidèles. Oui, dit Mandy, c'est vrai, si j'avais un compagnon attitré je ne vous ferais pas cette proposition. De plus notre ordinateur était d'avis que nous pourrions très bien aller ansemble, ajouta-t-elle. Johan ne pouvait pas refuser, car de surcroît, Mandy était très jolie. Elle fit de cette première nuit de Johan chez les Loonis une nuit particulièrement douce et... l'ordinateur n'avait pas tort, ils s'accordaient très bien.

80

Les jours suivants les recrues découvrirent diverses initiatives Loonis. De nouveaux styles de maisons, une ferme aquatique d'un nouveau type, un chantier naval en construction. La ville Looni grandissait et s'étendait partout. Il y avait du travail pour tous car les gens travaillaient comme autrefois. Dans l'enceinte de l'univers clos des Loonis, il y avait ni concurrence ni robots. Par contre il y avait du travail pour l'ouvrier qualifié. Marc Jerom, le responsable du centre Looni de Copenhague, chef de deuxième rang, était particulièrement fier de l'indépendance grandissante du système Looni. Je vous le dis, disait-il, dans les dix années à venir nous n'aurons plus besoin d'un centime d'aide en provenance de l'U.G. Deux fois par an, des employés des impôts viennent évaluer la valeur de notre travail. Nous ne cessons de progresser, ce qui signifie que nous avons de moins en moins besoin des subventions de l'U.G., ce qui montre que nous sommes sur la bonne voie. Quiconque travaille pour nous ne perçoit ni salaire ni prime comme dans un système d'économie libérale. Nous n'avons pas besoin de telles choses. Nous travaillons parce que nous trouvons plaisir à le faire. Le système plaisait à Johan. Il fut séduit par un atelier de menuiserie. Il se voyait bien en train de dessiner et de réaliser des meubles. Il voyait Mandy à intervalles réguliers, ils s'entendaient bien.

Un matin on passa aux choses sérieuses ; au programme : contrôle mental. Les deux semaines d'initiation étaient terminées, et quiconque voulait rester chez les Loonis recevait son premier coup de pouce pour être mis sur la « bonne voie ». Quelques-uns s'en retournèrent vers le monde normal. Ceux qui s'en vont, dit Mandy, sont des toxicomanes en général. Chez nous, point de drogues ou d'alcool. Par le contrôle cérébral on mit les machines en marche. Elles devaient permettre aux individus de se détendre complètement, de manière à définir avec le plus de justesse les possibilités de chacun ainsi que leurs positions dans l'approche de Dieu et de la nature. Cette fois encore, les résultats étaient traîtés tout à fait confidentiellement. Pour Johan le contrôle mental était une mise à l'épreuve risquée de son identité parallèle. Si les Loonis découvraient qui était derrière Johan il s'exposait à une réaction plutôt désagréable de leur part. Johan lui-même ne savait plus rien de son identité antérieure... Il se contentait pour l'instant d'éproudver une aversion instinctive à l'égard de ce contrôle.

C'est Zazo qui était aux commandes des machines mentales à partir de l'ordinateur central. La procédure habituelle se déroulait en trois étapes. Au cours de la première étape, on localisait les énergies réfractaires, elles étaient annihilées au cours de la deuxième, tandis que la troisième étape consistait à implanter des idéaux Loonis. Pour Johan, l'ordinateur avait été programmé de manière à ne pas agir ainsi. Ce n'était pas par amitié, mais plutôt parce que Zazo avait découvert que Ronda avait subi le traîtement immunisatuer contre les machines mentales. Et puis il fallait que Ronda devienne son meilleur atout contre l'U.G. en ne rapportant pas d'activités illégales. Il ne pensait plus à Demian.

Demian, lui, prenait son petit déjeuner à San Francisco et se préparait avec impatience aux contrôles cérébraux des recrues de Copenhague. Pour « Ronjou », c'est ainsi qu'il appellait Ronda, il s'apprêtait à une procédure spéciale. A long terme il était bien d'accord lui aussi à mettre Ronda de leur côté en le gagnant à la cause Looni. Il avait toutefois pris sur lui de faire en sorte que ce fauteur de troubles soit mieux contrôlé. Ses sentiments n'étaient pas non plus dépourvus d'une certaine jalousie. Que se passerait-il si leur vieille amitié les unissait à nouveau ? C'est avec une certaine passion que Zazo avait dt de Ronda qu'il était incorruptible. Il l'avait affirmé presque avec sollennité ; cet homme, jamais personne ne pourra le corrompre. Peine perdu que d'essayer. Et en fait l'analyse de Copenhague confirmait bien cette intégrité du personnage. Demian se demandait si Zazo pouvait à nouveau apprécier la vieille amitié, écouter quelqu'un qui lui parlerait franchement. Son influence à lui, Demian, en serait amoindrie. Il lui fallait donc agir sur Ronda. Il s'escrima à trouver ce qu'il pouvait bien faire. Puis il pensa à Raja, son meilleur spécialiste en hypnose. Oui, cela lui parut une bonne solution, l'hypnose. Il fallut que Raja soit confronté quelques minutes à Ronda, et qu'il s'assure que tout se passe ensuite comme prévu.

On conduisit Johan comme toutes les autres recrues dans le laboratoire de méditation pour y effectuer le contrôle cérébral. Plafond et parois de la petite pièce étaient capitonnés de manière à recréer l'ambiance d'un studio d'enregistrement. Il y régnait un silence parfait. Au milieu de la pièce un fauteuil en cuir confortable. Il n'y avait guère d'espace autour. Derrière le fauteuil, l'appareil. Il ressemblait à un appareil standard tel que l'on pouvait en trouver dans les magasins spécialisés. Extérieurement il était composé d'un casque avec des lunettes écran à trois dimensions, équipement sonore à effets multiples, et des stimulateurs électriques sur la partie d'en haut du casque, afin d'agir sur des parties précises du cerveau. Le Looni qui devait installer Ronda dans son siège était attendu d'un instant à l'autre. Johan connaissait ces appareils, il savait qu'il avait déjà été sous l'effet d'un d'entre eux, mais il ne pouvait plus dire dans quelles circonstances. Il trouvait en effet bizarre parfois de n'avoir que des souvenirs ainsi très vagues mais cette sensation était très fugitive et ne durait qu'une fraction de seconde.

Raja, le spécialiste de l'hypnose, était Hindou. Il s'était soigneusement préparé pour la rencontre avec Johan. Il se rendait bien compte de l'intérêt particulier que Demian portait pour ce cas. Raja était conscient de son pouvoir charismatique et savait d'après les analyses de l'ordinateur que Johan avait lui aussi une forte personnalité. Une telle confrontation entre deux personnes fortes pouvait être positive particulièrement s'il naissait une sympathie réciproque entre les deux personnes. S'il y a antipathie dans de telles circonstances, il se passe quelque chose de complètement différent. S'il lui fallait jouer de son charisme dans un tel cas, rien ne marcherait. Il décida donc par précaution d'agir en douceur. Il prit soin de s'habiller discrètement avec un pantalon gris et une chemise verte, en cherchant à ressembler à un ouvrier spécialisé. Il frappa avant d'entrer. Comment allez-vous, Monsieur, dit-il sans emphase. C'est moi qui suis chargé de vous brancher à l'appareil. Johan acquiesca d'un geste et répondit ; Hello ! Avez-vous déjà été branché à une machine mentale ? Oui, dit Johan, mais ça fait très longtemps. Bon alors je vais tout vous expliquer de nouveau. Leur échange se poursuivit exactement comme Raja l'avait anticipé. Il mit le casque à Ronda, manipula les électrodes et expliqua que tout cela allait le plonger dans un état de relaxation des plus agréables accompagné de belles images et de musique douce. Cela fonctionne d'autant mieux que vous vous détendrez complètement. Laissez tomber vos bras et étendez les jambes. Johan suivit ses indications. Raja poursuivit tranquillement ; les bras et les jambes tombent confortablement et deviennent agréablement mous et lourds. Respirez calmement et profondément. Vore tête devient lourde à son tour, vos pensées paisibles. Détendez vous et suivez des yeux le pendule de l'horloge qui est au mur. Johan n'avait pas remarqué jusqu'ici la petite horloge à pendule suspendue au mur et se mit à suivre le pendule des yeux. Vous vous sentez encore mieux et plus détendu, dit Raja d'une voix plus lointaine. Moins de cinq minutes plus tard, Raja avait mis Johan sous hypnose.

Mme Dreyer s'appretait à donner l'alerte lorsque Johan établit son contact depuis Copenhague. Pour Johan, Mme Dreyer passait pour sa mère. Excusez-moi du retard, mère, mais la séance de machine mentale a duré plus longtemps que prévu. Vous avez aimé ça, Johan ? Oui, ce fut un

84

excellent moment avec musique douce, des images superbes... Mme Dreyer eut un doute, les réponses de Ronda étaient trop explicitement enthousiastes. Vous rappellez-vous quoi que ce soit ? Non, en fait je ne me souviens de rien. Qui vous a aidé à brancher l'appareil ? Un assistant quelconque, dit Ronda. Mme Dreyer sentait instinctivement qu'il y avait là quelque chose qui ne tournait pas rond. Johan, nous avons un deuil dans la famille. Faites un effort, interrompez votre séjour pour un jour ou deux. Tante Edith vient de mourir, il y a des démarches importantes à effectuer. Johan accepta sans broncher. D'accord, mère, je viens.

Zazo était contrarié. Ne deviez-vous pas laisser Ronda tranquille ? Patron, je n'ai fait que de le soumettre à une hypnose profonde inoffensive, qu'y a-t-il de mal à cela ? Quelle sorte d'hypnose ? Nous l'avons programmé sur l'expression « Bengal sheet », s'il entend cela il tombe en état d'hypnose. Alors nous pouvons lui tirer les vers du nez et si néçéssaire le conditionner un peu. Qu'y a-t-il de répréhensible ? Ce n'est pas bon du tout que l'U.G. découvre tout cela. Ronda est déjà en route pour Toronto ; et pourquoi ? Parce qu'il est trop content chez nous ? Patron, cela m'a surpris moi-même. Ah, vous avez déjà été vous-même surpris, Demian ! imbécile. Moi, je ne suis plus surpris de rien. Eh bien, pensez à ce que vous auriez à dire s'il vous fallait aller vous excuser auprès de l'U.G. J'attends une réponse d'ici midi ! Patron, vous rigolez, j'espère ? Zazo le foudroya du regard et le quitta. Demian était effondré. Il n'arrivait pas à croire qu'il avait commis une bévue. Raja lui avait rapporté qu'endormir Johan n'avait été qu'une simple formalité, parce qu'il suspectait que Johan avait dû être hypnotisé déjà une fois dans le passé. A l'U.G. l'avaient-ils fait mettre sous une hypnose incompatible avec celle qu'il venait de subir ? Il appela Raja, qui lui expliqua que c'était en effet possible de supplanter une hypnose ancienne par une nouvelle et ce faisant perturber les effets de la première. Il était en effet mieux que Johan soit parti immédiatement après l'hypnose. Après tout, n'avait-il pas l'intention de devenir Looni et espion ? Plus il pensait à cette affaire, plus il avait l'impression qu'il avait peut-être effectivement commis une erreur avec la mise sous hypnose. Celui qui avait été désigné pour vérifier la droitesse des Loonis avait été hypnotisé par ceux qui devaient se garder de tout faux pas. Comment pouvait-on remédier à cela ? Par une excuse comme Zazo l'avait demandée ? Devait-il se rendre à Toronto et demander à être excusé de cette erreur ? Non, il fallait penser à mieux que ça, il fallait qu'il paye de sa personne, c'était lui le responsable et non l'organisation Looni. Voilà ce qu'il devait expliquer à l'U.G. Naturellement cela entraînait la fin de ses fonctions chez les Loonis du moins pour un certain temps. Il ne pouvait plus représenter l'organisation. Puis tout à coup Demian en vint à penser que peut-être plus encore que sa carrière, sa vie était en danger. Zazo pouvait parfois être impitoyable. Ce maudit Ronda, à peine était-il apparu que déjà il était sur le point de causer sa perte.

A midi, c'était un Demian tout contrit qui faisait face à Zazo. Patron, cette excuse vous y pensez sérieusement, n'est-ce pas ? Avez-vous une meilleure solution ? Non, répondit sèchement Zazo. Bon, alors comment voulez-vous que je m'y prenne ? Je prends l'avion pour Toronto et là bas, je leur avoue que j'ai agi par jalousie. Je me sacrifie, patron. Oui, répliqua Zazo, et ce faisant il ne vous vient pas à l'idée que vous révélez à l'U.G. que nous savons que Johan n'est autre que Ronda. Et moi qui vous prenais pour quelqu'un de fin, Demian ! Demian rougit. Mais à quoi pensez-vous donc, mon pauvre ami ! Qu'est-ce qu'il me reste à faire alors, dit Demian. Vous avez raison, dit Zazo, la situation ne peut se régler sans victimes, mais il en faudra deux. Bon, répondit Demian, je ferai dorénavant de mon mieux pour ne plus commettre de telles erreurs. Est-ce que je peux espérer retrouver un jour votre confiance ? Nous verrons, répondit Zazo. Demian poussa un soupir de soulagement. Il connaissait assez bien Zazo pour savoir que la réponse aurait pu être pire. Il serra la main de Zazo avec gratitude et salua, puis, encore en présence de Zazo, il appela l'U.G. Il demanda à être mis en contact avec le responsable du « créateur de sens » Ronda, et vit sur un écran quelques secondes plus tard Mme Dreyer.

CHAPITRE 4
RONDA ENTRE L'U.G. ET LES LOONIS

Dès son arrivée à Toronto, Ronda s'était immédiatement rendu au quartier général de l'U.G. où il avait le soir même rendez-vous avec le docteur Gil qui lui avait conféré sa double identité deux semaines plus tôt. Il ne fallut pas plus de dix minutes au médecin pour découvrir que Ronda avait été mis sous hypnose chez les Loonis. Mme Dreyer avait alors immédiatement décidé qu'il fallait que Ronda reprenne conscience de son identité initiale. Ronda redevint donc lui-même, et le mot clé « Bengal sheet » que le médecin avait découvert perdit du même coup l'effet qu'il pouvait avoir sur Ronda.

Le lendemain matin, Mme Dreyer et moi-même concertions sur l'attitude à adopter face à l'hypnose dont j'avais été victime. Pouvions-nous déjà affirmer que les Loonis utilisaient des méthodes illégales et pouvaient donc être déjà catalogués en tant que secte ? En principe, dit Mme Dreyer, nous détenons une preuve suffisante de sorte que nous pourrions dès à présent considérer que vous vous êtes acquitté de votre tâche en un temps record. C'est à ce moment-là que nous avons reçu l'appel de Demian. J'avais l'impression de le connaître, mais sans pouvoir dire dans quelles circonstances je l'avais rencontré. Il se présenta en tant qu'assistant de Zazo et demanda à avoir un entretien. Mme Dreyer lui donna rendez-vous pour la fin de la semaine et nous décidâmes de repousser jusqu'à cette date nos prises de décision. Mme Dreyer me suggéra de mettre à profit le temps disponible pour assister à une conférence organisée à Toronto par Gideon, un autre « créateur de sens ».

Gidéon était chargé de traîter les problèmes avec l'Eglise catholique. Peut-être était-ce celui d'entre nous auquel incombait la tâche la plus rude. Jusque devant son domicile, il était toujours en proie aux manifestations. Les manifestants agitaient des banderoles avec des inscriptions comme « L'Eglise oui, le communisme non » ou « Oui à la liberté de religion, à bas la dictature de l'U.G. ».

Lors de la conférence, Gideon parla de l'organisation catholique un peu particulière comme sous le nom de « Opus Dei ». En comparaison avec ces groupes catholiques les Loonis paraissaient bien inoffensifs. Gideon parla de la manière dont l'Opus Dei avait essayé d'excercer une action sur son fils Daniel. A Oxford, où les cours de science étaient encore donnés par des professeurs en chair et en os, Daniel avait étudié le droit. L' « Oxford Law Circle », l'organisation chargée de proposer des cours de recyclage, était aux mains de l'Opus Dei. Tous les étudiants, y compris Daniel, avaient recours à ces mises à jour. Lorsqu'on découvrit que Daniel était le fils d'un haut responsable communiste de l'U.G., comme on les appelait, un cercle de formation avait essayé de mettre la pression sur lui. On lui avait demandé de renier publiquement le rôle de l'organisation ainsi que celui de son père. Daniel fit exactement le contraire, il fit publiquement part des réprésailles dont il avait fait l'objet et fit ainsi une publicité supplémentaire pour l'U.G. Peu après il fut victime d'un attentat qui détruisit son appartement à défaut de le tuer lui-même, parce qu'il était sorti prendre une bière dans un café voisin. Daniel s'inscrivit donc à une Université sur Internet, au grand soulagement de son père. Une fois de plus j'étais confronté aux risques encourus en faisant notre métier.

Mais Gideon montra aussi tout ce qu'il était possible de réaliser en tant que « créateur de sens ». Son équipe s'était accrue de 350 auxiliaires. Parmi ceux-ci, il y avait des inspecteurs hautement qualifiés, qui l'aidaient et étaient payés à la tâche et dont le but était d'évaluer la fortune de l'Eglise catholique. De son côté, l'Eglise avait mobilisé du moins autant de monde pour repousser les attaques de l'U.G. Toute tentative de la part de Gideon d'obtenir des données étaient contrecarrées. Gideon en était arrivé à utiliser les services de trois équipes de cinéastes sur Internet. Maintenant tout le monde pouvait assister sur le vif jusqu'aux villages les plus éloignés de la Terre à la manière dont l'Eglise catholique traîtait l'idée de Justice Globale. Ces révélations ne firent pas du tout de bien à l'Eglise.

Parmi les plus fidèles catholiques il y avait des gens pauvres isolés dans ces villages au bout du monde. Mais ces pauvres gens savaient aussi que l'U.G. travaillait pour eux. Parfois il n'y avait pas d'autre poste de télévision que celui du café local. Et là ces braves gens pouvaient voir comment l'Eglise entravait l'action de l'U.G. Beaucoup quittèrent l'Eglise. Cette initiative télévisée fut un grand succès pour Gideon. Au cours de la conférence Gideon fit part des astuces qu'il employait pour contrer le jeu de cache-cache de l'Eglise Catholique. A soixante ans, Gideon était plus dynamique que bien des jeunes. Les résultats de sa lutte sont aujourd'hui bien connus. En 2030, lors d'une conférence au sommet le pouvoir du pape tout comme les méthodes sclérosées furent anéantis. Un an plus tard, l'U.G. et l'Eglise signèrent un premier accord concernant la déclaration de biens immobiliers et autres avantages matériels. En 2032, L'Eglise Catholique abolit la papauté. La plupart des gens ne le savent plus aujourd'hui, mais jusqu'alors le pape, élu parmi les cardinaux, était censé détenir un pouvoir infaillible à l'égal de Dieu presque, dont il était le représentant sur Terre.

Dès le début, malgré nos dix-sept ans de différence, une sympathie spontanée s'instaura entre Gideon et moi. Nous avions un travail assez semblable à effectuer, mais il y avait autre chose. Lors de notre première rencontre il y eut entre nous un sourire de complicité, une reconnaissance réciproque de notre ouverture au monde. Le soir, lorsque le silence fut tombé sur l'U.G., nous fîmes quelques pas ensemble dans les rues de Toronto. Gideon vivait séparé de sa femme et de son fils adulte. Ses pensées étaient plus radicales que les miennes. Il avait trouvé des certitudes dans des domaines où je n'étais encore qu'un être en devenir. Je voyais la rue, il voyait la vie. Il était plus proche de la vie et précisément à cause de cela, il était plus alert mentalement et plus libre. Rien n'avait de prise sur lui, l'U.G. pas plus qu'autre chose. Je l'admirais. Il devint un ami proche. Jusqu'à sa mort il y a trois ans, j'appris beaucoup de lui et de ses actions sereinement menées.

Demian se présenta le vendredi, vêtu d'un complet gris, sobre et à la mode. Il s'adressa chaleureusement à nous, respectable Mme Dreyer, cher Ronda, je suis venu vous demander de m'excuser.

Je compris tout de suite où il voulait en venir. Il poursuivit. Non seulement j'ai enfreint les règles Loonis, mais aussi celles des droits de l'Homme. J'ai permis que vous soyez hypnotisé sans votre accord. Je l'ai fait par pure jalousie, parce que je craignais que votre ancienne amitié avec Zazo ne renaisse et qu'ainsi mon influence auprès de lui en soit amoindrie. Je regrette cette malheureuse initiative de ma part et suis prêt à faire tout ce qui est en mon pouvoir pour remédier à cette erreur. Mme Dreyer ignora cette excuse et lui demanda plutôt comment Demian avait été informé de la vraie identité de Johan. Demian s'attendait à cette question bien sûr. Nous avons réussi à déchiffrer votre code secret. Cela parut peu plausible à Mme Dreyer qui le rétorqua ; mais vous ne pouviez matériellement pas suivre toutes les conversations de l'U.G. ! c'est une tâche impossible. Non, pas toutes, dit Demian, celles qui se rapportent aux « créateurs de sens » simplement. Demain et Zazo s'étaient concertés sur toutes les réponses à donner. Demian ne fut donc pas déconcerté lorsque Mme Dreyer fit intervenir un technicien de l'U.G. qui vint confirmer que le code n'était pas déchiffré pour la totalité des communications. Demian continua à jouer le repenti et ajouta : nous avons un informateur dans l'organisation. Qui ? demanda Mme Dreyer. Je ne peux vous le révéler, dit Demian, à moins de trahir notre communauté dont je serais à jamais exclu. Mme Dreyer resta fermement sur sa position et insista ; j'ai bien peur que vous n'ayez pas le choix, Demian. Il demanda un temps de réflexion. Ils s'étaient concertés là dessus aussi avec Zazo, et s'étaient décidés sur qui dénoncer. Nous nous rendimes à la caféteria, et c'est en prenant notre café que Demian révéla l'identité de l'indicateur. Il s'agissait du professeur Willems. Mme Dreyer envoya immédiatement le service de sécurité pour l'arrêter, mais il se trouva naturellement que le professeur était absent depuis un certain temps.

En se manifestant Demian eut bien sûr l'effet escompté. Il disculpait l'organisation. Lui seul était responsable. En ce qui me concernait, j'étais revenu au point de départ. Loin d'avoir fini mon travail en temps record, rien n'était fait. Notre manœuvre avait échoué. Il fallait penser à autre chose et Gideon me fut fort utile en la circonstance. Regarde, me dit-il, si j'ai pu réunir 350 personnes à mon service tu peux te permettre d'arriver à en mobiliser au moins la moitié. Ce qu'il te faut, c'est les placer au bon endroit. Mme Dreyer me conseilla de mettre mon bureau en route et de rassembler mes forces. Elle ne pouvait pas savoir à quel point j'allais échouer sur ces deux plans. Et puis, ajouta-t-elle, votre famille vous attend, et vous avez du travail pour restaurer votre logement.

Julia avait meublé la maison en un temps record, et invité les voisins pour fêter notre installation. Elle me montra la ville qu'elle avait commencé à apprendre à connaître, et nous commençâmes notre potager. Paul détestait le jardin d'enfants, et la petite Lilo nous laissait guère dormir la nuit. Nous étions bien.

Corinna avait décoré le bureau de fleurs pour fêter mon retour. Elle nous servit du champagne, elle était délicieusement jolie. Après avoir fini la bouteille, elle me dit qu'elle avait rassemblé toutes les données sur les « montreurs de sens ». Il y a des personnes intéressantes entre eux, me dit-elle. Nous consultâmes les dossiers ensemble, et de la chaleur de son corps tout près du mien s'éleva une vague d'érotisme qui m'enleva tout entier. En parcourant les biographies imprimées, nos bras se frôlèrent, aucun des deux ne se refusa et ce contact nous électrifia quelques instants. A part ma brève aventure à Toronto j'étais resté fidèle à Julia jusqu'à présent. Et j'entendais bien le rester. Mais je n'avais pas les moyens de résister à la féminité séduisante de Corinna. Elle joua au chat et à la souris avec moi. Quand je me montrais insensible, elle jouait la séduction. Si elle me sentait attiré, elle jouait à la secrétaire bon genre. Ce n'était pas nouveau pour moi, mais je me laissais prendre avec plaisir à ce jeu-là. Cette fois, toutefois, il me fallait garder mon sang-froid. Je pouvais me laisser aller à profiter de ce jeu-là, mais il ne pouvait pas y avoir d'issue. Ainsi nous acceptâmes de jouer ce jeu de provocation les jours suivants avec un enthousiasme grandissant. Lentement mais irrésistiblement, nos joies et désirs se reportèrent de la maison au bureau. J'allais au travail avec de plus en plus d'entrain et j'étais de plus en plus agacé à la maison. Quand nous faisions l'amour avec Julia, je pensais à Corinna. Corinna ne cessait de me couvrir de compliments, et me flattait en tant que patron. A la maison, à l'inverse, Julia me critiquait, ma mauvaise humeur l'agaçait et avec les deux enfants sa vie n'était pas de toute façon si facile que ça. La situation se détériora au fur et à mesure de mon attirance pour Corinna. Je sus qu'il n'y avait plus rien à faire quand je me mis à faire l'amour avec Corinna dans mes rêves. Corinna le sentit et m'invita à dîner chez elle. La petite garce voulait me montrer comment elle vivait et comment elle cuisinait. Nous nous mîmes d'accord pour le week-end suivant. Je dis à Julia que j'avais l'intention de rendre visite à un « montreur de sens ». La nuit d'amour avec Corinna fut une nuit de pure extase. Ce qui s'en suivit fut moins planant. Bien que j'eus clairement expliqué à Corinna qu'il n'était pas question que je m'éloigne de ma famille et bien que Corinna m'eût assuré qu'elle-même souhaitait rester maître de la situation, les conséquences furent difficiles à assumer. J'étais de moins en moins à la maison et de plus en plus avec Corinna. Il y a vait tellement de douceur en elle. Julia finit par me lancer un ultimatum ; ou bien tu changes de comportement, me dit-elle, ou bien je m'en vais. Je décidais de rester en famille et demandai à Mme Dreyer de transférer Corinna. Je ne soupçonnais pas qu'ainsi les manœuvres de Zazo devenaient de plus en plus réalité.

Peu après l'inauguration de mon bureau, Zazo m'appella et m'invita à dîner en tête à tête avec lui. Une manière de se racheter, et puis, dit-il, je ne supporte pas les malentendus et, par ailleurs, il est grand temps que nous nous rencontrions à nouveau. J'attendais cette rencontre avec impatience. En lui parlant au téléphone de nouveau, je sentis la familiarité qui avait existé entre nous sans aucune trace de méfiance ou de rancœur. Il avait annoncé à sa manière le lieu et l'heure ; lundi prochain dix-huit heures au 17, Waterside Avenue. Tu y tomberas probablement dessus par hasard, vieux pote, n'est-ce pas ? dit-il, avec un rire non dénué de moquerie. Il n'avait pas changé.

Waterside Avenue, le quartier le plus chic de San Francisco. Y vivaient ceux qui avait comme but de vivre dans le plus grand confort matériel. En fait ils travaillaient plus qu'ils ne vivaient. Le quartier était protégé par des grilles bien étudiées et une armée de gardes du corps. A l'époque de ma troupe d'élite à Paris on avait pénétré dans de tels quartiers plusieurs fois et pris un butin intéressant. J'étais bien conscient que ces gens-là avaient gagné par le travail le luxe dont ils s'entouraient. Les héritiers des super-riches n'avaient plus les moyens de vivre dans de telles demeures.

Il leur fallait gérer les 1,5 millions de dollars de manière plus judicieuse. Ceux qui y vivaient étaient donc des gens extrêmement brillants ou des travailleurs forcénés. Pouvait-on leur en vouloir ? Pouvait-on ne pas les respecter ? Les gens qui pillaient de telles demeures aujourd'hui n'étaient plus que des toxicomanes poussés par leurs incontrôlables besoins. Parvenu à l'un des accès au quartier, je fus annoncé et un mini-van vint me chercher. L'entrée de la villa de Zazo était était gardée par deux athlètes à chemises bleues avec soleil doré qui ouvrirent la grille en fer forgé artistiquement travaillé. Une allée de vieux châtaigners conduisait entre des étendues de gazon, des mares et des ruisseaux au petit palais de rêve où vivait Zazo. Comme il convient lors des grandes occasions, Zazo m'attendait en haut du perron. Nous nous serrâmes dans les bras. Je n'avais pas oublié sa manière d'autrefois de frapper dans le dos. C'était une manière amicale de faire comprendre sa supériorité. Ne voulant pas être de manque je le frappai à mon tour dans le dos dans un échange amical. Bian sûr nous avions vieilli, mais le lien amical d'autrefois était toujours là entre nous. Nous nous regardâmes dans les yeux et sentîmes qu'au fond de nous-mêmes nous n'avions pas changé : toujours prêts à nous battre et à jouer les trouble-fête. Il me fit visiter son palais, c'est mon endroit préféré, me dit-il, c'est mon centre de formation dans lequel les chef de deuxième rang sont préparés pour accéder au premier rang. Le sous-sol n'était autre qu'un incroyable palais thermal en marbre blanc, avec bains de vapeur, saunas, jacuzzis et une immense piscine en forme de grotte. Rien ne manquait. Si ma mémoire est bonne, dit Zazo, tu préfères les bains de vapeur à l'eucalyptus. Il s'en souvenait et j'admirai cette extraordinaire capacité à tout retenir. Peut-être lors de notre jeunesse étions nous allés tout au plus deux ou trois fois au sauna ensemble. Nous avons tout ici, dit-il, et après le thé nous nous « échaufferons menthalement », et il rit à son jeu de mots.

Une carte démesurée du monde était accrochée dans son bureau. Un mini-projecteur laser était installé à l'endroit de chaque implantation Looni. En entrant il prononça « membres » et les lasers se mirent à projeter des chiffres en évolution permanente indiquant le nombre croissant d'adeptes par implantation. Tu vois, me dit-il, ça n'arrête pas de grimper. Il y avait deux cents mini-projecteurs indiquant les deux cents centres existants. Il y huit ans il n'y avait encore que cinq centres et pas en très bonne santé. C'était la preuve-même d'une gestion désorganisée, et il ajouta avec un large sourire, tu vois, même les bonnes religions ont besoin de directeurs compétents. Peux-tu imaginer ce que j'aurais pu faire de l'Eglise Catholique ? L'U.G. aurait alors eu bien plus fort à faire avec moi. N'en sois pas si sûr lui répondis-je, en pensant à Gideon. Je sais, dit Zazo, que tu y es pour beaucoup dans la mise sur pied de votre association, je te félicite ; nous avons donc tous les deux fait quelque chose de bien de notre vie. Et comme le hasard le veut, hasard qui, comme tu le sais très bien, n'existe pas, nous finissons par nous retrouver l'un contre l'autre. Pourquoi contre, lui dis-je, crois-tu que je te veux du mal ? Zazo rit de bon cœur ; toi, me faire du mal, non, certainement pas, mais je crains bien que l'U.G. comprend mal ma pauvre petite communauté Looni.

A cet instant-même, Zazo me fit penser à Moraine, qui avait parfois cette même façon sournoise de se comporter. Zazo, bien sûr, sur un autre plan et avec une autre classe. Mais il changea vite de discussion. Sais-tu, me demanda-t-il, ce qu'est devenu Michel ? Non, et toi ? J'aimais aborder le cas de Michel, entre autres, parce qu'il avait toujours été le rival, en douceur, de Zazo. Cette tête de mule, dit Zazo, vit à tes dépens, enfin, grâce aux indemnités de l'U.G. De temps à autre il peint un tableau et le vend, à la barbe des impôts, la canaille. Et où vit-il ? j'étais intrigué. Si ça ne dépendait que de lui, il habiterait à Ronce encore aujourd'hui mais il a eu la chance de tomber sur une femme dynamique qui l'a expédié en Italie du Nord près de San Remo, à Bussana, c'est ainsi que s'appelle cette retraîte. Comment sais-tu tout ça, Zazo ? Je n'oublie pas mes vieux amis, me dit-il. Zazo me posa des questions sur ma vie. Je lui parlai de l'époque parisienne, des combats de rues, de Julia, des enfants. Je ne dis rien de ma troupe d'élite. Il m'écoutait attentivement, et ses yeux suivaient la moindre expression de mon visage. Je sentais bien qu'il était en train de m'évaluer pour savoir à quoi s'en tenir, comme autrefois. Puis nous allâmes au sauna.

La piscine n'était autre qu'un lac souterrain avec des parois de pierre. Zazo avait fait faire un forage qui lui permettait d'avoir de l'eau chaude en permanence. Le lac était ainsi toujours tiède, et les ruisseaux devant la maison alimentés en eau douce. Autour, il y avait tout ce que l'on pouvait souhaiter. Caissons aquatiques pour massages du dos, petites grottes discrètement éclairées avec stalagtites, bancs de massage en marbre chauffé, jets d'eau pour massages plantaires, bains de vapeur, saunas avec températures variables, et parfums au choix. Après le bain de vapeur à l'eucalyptus nous nous fîmes masser. Le masseur me fit comprendre à quel point mon corps était contracté. A cette occasion, Zazo avait composé un buffet divin. J'engloutissais avec délice mayonnaises, salade de crevettes, et la suite, préparés avec les plus grands soins. Nous n'avons jamais eu d'invité plus important ici, déclara Zazo qui insista en croyant mon sourire sceptique. De toi dépendra le destin des Loonis, qui y a-t-il de plus important pour nous ? Il manœuvrait habilement pour donner à l'événement encore plus d'importance qu'il n'en avait. En buvant un excellent vin rouge, nous débattîmes des générations nouvelles génétiquement manipulées. Nous fumes d'accord pour que la société se serve de nos codes génétiques en vue du clonage de manière à perpétuer des gens intelligents comme nous l'étions. Il n'y eut rien à redire d'une telle soirée. Pour la semaine suivante, Zazo avait prévu une tournée de trois jours pour découvrir l'empire Looni. Il passerait me prendre chez moi, il connaissait l'adresse sans avoir besoin de me la demander.

Corinna n'a pas accepté son transfert, dit Mme Dreyer, elle nous a quitté. Je fus saisi d'un sentiment étrange. La veille de ma tournée chez les Loonis elle était devant moi avec des yeux brillants dans le couloir du bureau. Je ne vais pas m'y faire, me dit-elle. Je savais que je faisais une erreur, mais je la pris dans les bras. C'était plus fort que moi. Elle m'avait ensorcelé. Sa douceur, ses yeux, son jeune corps, tout cela suscitait en moi un désir incontrôlable. Pour moi elle était devenue l'Eve originelle, l'essence-même de la féminité. Les voisins déménagent, j'ai la clé, me dit-elle. Elle sourit et il ne fallait pas cinq minutes de plus pour oublier mes bonnes intentions et me laisser aller au plaisir suivre chacun de ses gestes. Pendant des heures elle se joua de moi, me rendit fou d'impatience et de désir, elle me frôlait, me repoussait, esquissait une caresse. N'y tenant plus ni l'un ni l'autre, nous abandonnâmes à l'autre nos corps en sueur en nous avouant que nos corps étaient faits l'un pour l'autre. Je rentrais tard à la maison, de mauvaise humeur à cause de ma mauvaise conscience.

Zazo arriva dans un véhicule spatial à fusion nucléaire. Enfant, j'avais toujours rêvé d'un tel véhicule. On pouvait aussi bien aller dans l'eau que sur la terre ou dans les airs. Si l'on veut voler, dit Zazo, il faut utiliser les aéroports pour s'y faire enrégistrer, mais j'ai un permis helico qui me permet d'atterrir ou de décoller où bon me semble, à condition d'être en contact avec les contrôleurs aériens et avec l'approbation des gens dont j'utilise l'espace. Ce qu'il fit. Il quitta San

Francisco par la route, puis une quinzaine de kilomètre il emprunta un chemin rural peu usité et après avoir contacté les contrôleurs aériens il se prépara à décoller. Pratiquement à la verticale, telle une flèche, le véhicule se propulsa dans l'espace. J'en fus un peu retourné, et Zazo s'excusa de ne pas m'avoir averti. Quand on s'y attend, dit-il en riant, les choses n'ont pas le même effet, n'est-ce pas ? Quelques minutes plus tard nous volions à cinq fois la vitesse du son, et deux heures plus tard, nous atterissions dans une sorte de parc naturel près de Tokyo, au Japon. Dispersées dans la nature j'aperçus quelques pagodes parmi les arbres. J'aime aussi beaucoup ce centre de formation, dit Zazo. Tu vas voir un Jardin japonais comme il y en a peu. Il se posa en douceur entre deux pagodes. Vues de près maintenant les constructions étaient de taille imposante. Des chemises bleues s'affairaient partout. Il y en avait qui tondaient, d'autres ramaient sur des bâteaux en bois glissant sur les eaux sombres d'un lac entre les nénuphars, d'autres encore ratissaient autour des innombrables massifs de fleurs. Avec amabilité ils saluèrent Zazo, mais sans aucune trace de considération particulièrepour sa personnalité. Je le lui fis remarquer. Penses-tu, me dit-il, que je sois aussi crétin que le Pape ! Je ne suis qu'un des responsables de haut niveau, et de plus pour les Loonis les qualités de l'esprit comptent bien plus que la personne. Il marquait encore un point.

Sous un toît en bois sculpté merveilleusement nous goûtâmes du thé vert, du Gyokuru Hikari, dit Zazo, au cours d'une cérémonie de thé japonaise. C'était en effet très particulier. La cérémonie n'était qu'une série de salutations et de lenteurs. Le temps ne comptait plus. Le gong d'une pagode voisine mit fin à cette tranquillité. Zazo suggéra de nous rendre à la méditation. Des milliers de Loonis étaient assis dans une salle aussi grande que le stade de patinage de l'équipe parisienne des Steelsharks. C'est immense, dis-je, oui, répondit Zazo, la salle couvre plus d'un hectare. Nous nous installâmes en silence. Comme je n'étais pas habitué à leur manière de s'asseoir, on me concéda un tabouret. La plupart étaient assis sur de petits coussins, les autres directement sur le sol. Personne ne disait mot, pas d'orchestrateur non plus, seul le silence. Je commençais à m'assoupir quand quelqu'un me frappa le dos avec un bâton. Je m'y attendais tellement peu que j'en fus d'un coup complètement éveillé. Mon corps se tendit dans l'expectative de ce qui pouvait suivre, mais il ne se passa plus rien. Je vis alors une autre personne devant moi se faire frapper de la même manière dans le dos, l'individu ne réagit pas plus que moi. A la fin de la session, quelqu'un se mit à battre les bouts de bois l'un contre l'autre de plus en plus vite.

Une fois sorti, je demandai à Zazo la raison de ces coups dans le dos. C'est, me dit-il, juste une façon de réveiller ceux qui ont tendance à s'assoupir. Mon air perplexe le fit bien rire. Il lui fallait régler quelques affaires et il me proposa de l'accompagner. Tout me paraissait naturel, rien ne semblait être fait en fonction de ma présence. La vie de ces gens-là, celle de Zazo, allait son cours. Zazo écouta un rapport du premier responsable du centre, un chef de premier rang. Il annonça les bonnes, puis les mauvaises nouvelles. C'est ainsi que ça se passait. La bonne nouvelle c'était le nombre toujours croissant d'adeptes. La mauvaise c'était le conflit avec l'administration locale quant aux pernis de construire et à l'acquisition de terrains. Le responsable de premier rang expliqua qu'il y aurait une possibilité pour eux, à peu près 25 hectares de terre voisine cultivée en riz appartenant à l'U.G. Ils avaient proposé à l'U.G. une surface cultivable deux fois plus grande ailleurs en échange mais sans succès, l'U.G. se refusant à toute tractation. Votre ami le créateur de sens peut peut-être faire quelque chose en notre faveur ? Zazo me regarda avec un sourire de circonstance, mais n'attendit pas une réponse ; nous verrons, dit-il. Ils étaient donc au courant au centre, pensais-je, et repensai au coup de bâton dans le dos. Zazo s'exprimait avec aisance en japonais au téléphone, il parlait sans problèmes avec un ami politicien du coin. Il avait toujours été doué en langues. A l'époque du lycée il avait appris l'arabe au cours de ses loisirs. Après le coup de téléphone il me dit que ça allait s'arranger pour les achats de terrain et les permis de construire. Puis les deux débattirent d'une extension de la plantation en légumes, et après que Zazo avait consulté les projets, il décida de passer à l'acquisition des terrains et à y construire des bâtiments encore plus importants. Je demandai à Zazo pourquoi à l'instar de GUGLOBE ils n'avaient pas d'ordinateur de planification ce sur quoi il me répondit d'un air dédaigneux ; l'idée d'un tel outil de planification de merde ne nous plaît guère. L'économie de marché, dit-il, est absolument nécessaire et il lui faut toute sa liberté. Depuis quand, ajouta-t-il, es tu donc devenu un accro de la réglementation ! Il ouvrait ainsi entre nous le premier débat de principes. Il était d'accord sur le principe d'une taxation planétaire des héritages de sorte que les cartes puissent être redistribuées à nouveau, et que d'autres aient les atouts. Mais à part cela il ne voulait rien changer au système traditionnel. Une fois, dit-il, les anciennes structures du pouvoir démantelées il faudra attendre des siècles avant l'émergence d'une nouvelle structure de super-riches. Une taxation par siècle sur l'héritage lui paraissait suffisante pour remettre les choses à plat. La colossale administration de l'U.G. impliquait des milliers de contrôles et de barrières qui n'étaient pas sans ressembler au totalitarisme. Je veux me sentir libre, dit Zazo, je ne veux pas de « grand frère ». Et je sais que toi, mon vieux pote, tu es tout aussi amoureux de liberté que moi, autant que je me souvienne. Il avait raison, j'avais toujours aimé ma liberté plus que toute autre chose et j'avais toujours eu les administrations en horreur. Mais mon opinion divergeait de la sienne quant à l'U.G. Il libéra son premier responsable du centre et me conduisit dans le parc. Nous prîmes une barque en bois et tout en ramant au hasard nous nous lançâmes dans des discussions serrées. Je défendais l'U.G. dans son soutien de ces 50% qui ne pouvaient trouver d'emploi et qui ne pouvaient donc pas s'exprimer dans une activité. Zazo n'était pas d'accord, car une fois les cartes sur table, chacun avait à nouveau sa chance, disait-il. Ceux qui n'étaient pas capables de se prendre en main par paresse ou qui ne se mettaient pas à travailler un bout de terre, eh bien, il n'y aurait pas d'autre solution que de les abandonner à leur sort. Regarde-nous, dit-il, bientôt nous n'aurons plus besoin de subventions. Et comment voulez-vous vous montrer reconnaissants ? en nous enlevant ce que nous avons amassé pour gagner notre autonomie. C'est juste, ça ? dit-il. Si nous vous prenons quelque chose, lui dis-je, nous ne remettons pas tout en cause, par ailleurs tes artisans seraient mieux à leur place au Moyen-Age que dans l'actuelle économie de marché. Pour des choses qui prennent une heure à des ordinateurs ou des robots, il te faut une journée au moins. Veux-tu revenir en arrière ? Pourquoi pas, dit Zazo, moins de robots, plus d'activités naturelles, si le monde s'en porte mieux ! Tu es en décalage par rapport à la réalité ; lui répondis-je, le but de l'économie de marché c'est de proposer les produits le meilleur marché possible au plus grand nombre, c'est logique. Nous ne pouvions arriver à faire concorder nos divergences. Puis finalement la phrase m'échappa ; tu peux parler de liberté, lui dis-je, toi qui t'entoures d'un troupeau de moutons à qui tu fournis l'herbe. Le visage de Zazo s'assombrit, moutons qui paissent, me dit-il, qu'est-ce qui te fait dire ça ? Je ne m'étais jamais préoccupé de diplomatie ni soucié de manœuvres d'approche. Je n'avais guère l'étoffe officielle du « créateur de sens » , que j'étais devenu presque malgré moi, au langage contenu. Comme autrefois je le provoquais. La pression qu'exerce ta communauté est tellement forte que les individus n'ont plus aucune possibilité de t'échapper. Quiconque ne se maintient pas dans le droit chemin est rappelé à l'ordre par le biais des machines mentales ou tout simplement disparait pour ne plus jamais revenir. Zazo dans son fort intérieur souriait à tout d'ingénuité. Ce Ronda ne semblait pas avoir appris grand-chose depuis son adolescence. Il était toujours aussi fougueux. Il répondit tranquillement ; mon bon ami, ne sois pas insolent, tu sais à quel point je déteste la violence. La brutalité ce n'est pas mon genre. Peut-être tout au plus peut-on reprocher à l'un ou l'autre Looni son excès de zèle, mais il ne s'agît jamais de choses bien graves. Il existe des brebis gâleuses dans tous les troupeaux, même chez vous, n'est-ce pas ? Je pense t'assurer que quiconque vient chez nous peut nous quitter à sa guise. Tu en as toi-même fait l'expérience, non ? Mon brave Zazo, répondis-je, tu ne peux pas nier préparer les gens et les conditionner à tes idées avec tout ce dont tu disposes pour agir sur eux. Et alors, dit Zazo, quel mal y aurait-il à cela s'il s'agît de les conditionner à de bonnes idées ! Quel mal, dis-je, que tu leur enlèves leur liberté tu leur ôtes la possibilité d'exercer leur autonomie, tu tues leur identité. Zazo sourit de compassion. Bon, si tu me parlais en tant que « créateur de sens », tu ne t'exprimerais pas ainsi. Et si tu n'étais pas mon ami, je ne te répondrais pas de la même façon. Laissons donc les chhoses comme elles sont, parlons clairement. Tu ne me diras pas que tu es assez bête pour croire que le troupeau de moutons qui nous vénère est conscient de ce fort besoin intérieur d'être mentalement libre et indépendant ! Ces frères et sœurs amoureux de liberté n'attendent qu'une chose, finir par trouver quelqu'un qui leur montre le chemin à suivre, dit Zazo. Oui, répondis-je, et c'est précisément parce qu'il en est ainsi que tu devrais les aider à atteindre cette indépendance au lieu de les considérer comme un troupeau à nourrir. Zazo grimaça un sourire ; est-ce que ce n'est pas ce que tu as exactement essayé à Paris en tant que « montreur de sens » ? Et toi-même n'es tu pas finalement devenu le patron d'un troupeau de moutons à ton tour ? Dis-moi, ta promotion, c'est d'être passé de la réalité au rêve ?

Le « grand inquisiteur » de Dostoiewski me vint à l'esprit. Nous avions, à dix-sept ans, vidé plusieurs bouteilles de rouge au cours de discussions sur le « Grand Inquisiteur ». Nous avions fini à l'époque par nous accorder sur un point :

le diable était plus une réalité quotidienne que Jésus. Et aujourd'hui ? Etais-je vraiment devenu un idéaliste ? Peut-être, oui, Mme Dreyer m'avait converti. Au lieu d'accepter les faits tels qu'ils étaient, je voulais les orienter vers le bien. J'en étais arrivé à un point crucial dans ma vie, et Zazo me démontrait aujourd'hui de main de maître à quels paradoxes j'étais arrivé.

Je me défendis en lui disant que nous n'étions pas doués d'esprit et d'intellect pour baisser les bras devant la stupidité des masses, ce qui fit éclater de rire Zazo. Il avait des arguments impitoyables. Combien d'esprits intelligents, dit-il ont reconnu que les êtres humains sont capables d'avoir un discours moral mais incapables de vivre selon une morale ! De Platon à Nietzsche, jusqu'à Sabrò et même jusqu'à notre triste tentative d'ôter les gènes du mal de notre code génétique, nombreux sont ceux qui admettent le dualisme. Te souviens-tu de ce biologiste allemand spécialiste de génétique et de son invention ? Il avait proposé aux Chinois de lancer sur le monde entier des bombes d'anti-agressivité. En fin de compte tous s'étaient mis d'accord, si on lançait de telles bombes, et si on manipulait génétiquement les êtres humains pour qu'ils soient bons, l'humanité en mourrait. Ainsi, seuls quelques idéalistes s'accrochèrent à l'idée et decidèrrent d'accepter les manipulations génétiques pour être bons. Et leurs enfants, sais-tu ce qu'ils sont devenus ? On n'en a plus entendu parler si ce n'est pour savoir qu'ils étaient devenus végétariens. Je suis convaincu que leurs gènes sont de toute manière morts depuis longtemps, balayés par les gènes plus forts de l'agressivité et de l'égoïsme. Et aujourd'hui ceux qui peuvent se permettre de telles manipulations génétiques ne souhaitent qu'une chose, c'est d'avoir des enfants plus beaux, plus intelligents, en meilleure santé et plus robustes ; en d'autres mots ils ne recherchent que la performance dans un système où c'est le meilleur qui gagne. Et les cas isolés qui ont recherché l'amour et les principes moraux ont tous été éliminés sans exception. Mais putain ! de quelles contes de fée es-tu donc en train de parler !

Sans me démonter, je lui signifiais que l'humanité était en train d'aborder une ère nouvelle. L'U.G. était en train de rendre caduc le combat pour la vie. Les gens allaient anfin pouvoir bénéficier du loisir nécessaire pour se trouver eux-mêmes sans avoir à se battre pour leur part de gâteau dans la vie. La lutte et l'intérêt personnel n'avaient de raison d'être que dans le cadre d'une économie de marché. Et ceux qui voulaient vraiment s'exprimer et canaliser leur énergie dans ce genre de lutte pouvaient continuer à le faire. L'autre moitié de l'humanité se retrouvait avec suffisamment de temps et d'espace pour exprimer ses valeurs et vivre en fonction de celles-ci. Mais toi, c'est justement cette moitié qui souhaite vivre selon d'autres critères que tu veux réduire à l'état de légumes.

Zazo répliqua ; que font les gens s'ils ont du temps de libre ? Tu crois qu'ils vont se poser des questions et se creuser la tête pour devenir des idéalistes ! Ils vont s'asseoir toute la journée dans leur fauteuil télécom et consacrer leur temps aux derniers jeux à trois dimensions, à des films interactifs, aux variétés, à Internet. Les plus excités vont se jeter sur des cyber-jeux 3D dans leurs trampolines à simulation d'effets ou faire du tennis une fois par semaine. Tes idéalistes sont d'une passivité à l'égard de laquelle je n'éprouve qu'indifférence et leur inutilité ne dérange personne, eux-mêmes y compris. Au mieux ces gens-là sont en quête d'un héros dont ils peuvent devenir des « fans ». Tu ne trouveras le désir d'émancipation et de responsabilisation que dans un ou deux pour cent des cas. Vous, les idéalistes de l'U.G., avec votre philosophie approximative sans barrières et sans opinions bien définies, votre seule raison d'avoir du succès auprès des gens c'est votre conception de l'aide sociale – une bonne idée, je te le concède – dont j'aurais pu être moi-même l'auteur. Mais votre conception de la liberté, c'est de la

104

merde. Les gens ont besoin de savoir où ils vont, et nous voilà revenus au point de départ, et crois-moi, les Loonis se sentent bien à l'intérieur du cadre que je leur fournis.

J'étais à court d'arguments, et Zazo en rajoutait encore une couche. Ton U.G. abandonne les gens à leur sort. Si ça ne dépendait que de vous, chacun aurait sa chance de devenir un crétin affalé dans son fauteuil télécom. Nous, au moins, nous prenons les gens en main, et si vous voulez dénoncer nos méthodes proposez d'abord quelque chose de meilleur. Il est facile de se cantonner à dénoncer. Nous sommes spécialistes en la matière grâce à nos théories des contradictions. Tout avantage a en lui son propre désavantage. Critiquer sans avoir déjà à sa portée une solution à proposer, c'est comme pisser contre le vent. Et si tu as vraiment de meilleures idées à proposer, alors vends les d'abord à tes propres acolytes. On te paye après tout pour avoir des idées, non, tu es « créateur de sens », que je sache ! Zazo m'envoya en riant une tape dans le dos. J'écumais de colère, de dépit à l'égard de moi-même. Je m'étais confronté à Zazo un peu tôt et insuffisamment préparé.

Zazo eut pitié. En d'autres temps, il aurait savouré sa victoire jusqu'au bout, mais aujourd'hui il s'effaçait derrière l'empire qu'il voulait me montrer. Tout comme à Copenhague, il y avait aussi au Japon toutes sortes d'activités modèles. Ils faisaient du jardinage bio dans une ferme modèle de près de deux cents hectares où ils faisaient pousser des légumes superbes. Rien à voir avec nos cultures sélectionnées à l'U.G. où l'on visait plus l'efficacité que la qualité. Des centaines de gens travaillaient dans les champs. Nous n'utilisons pas de produits chimiques, dit Zazo, nous utilisons les atouts de la nature et nous désherbons, bien sûr, à la main. Statistiquement, l'agriculture bio nous permet d'augmenter la durée de vie de cinq ans en moyenne, déclarait un Zazo triomphant.

Le soir venu j'avais l'intention d'aller à l'hôtel. Je n'étais guère attiré par l'idée d'une cellule de moine dans l'enceinte du temple. Je craignais être réveillé tôt le matin par un moine zélé qui viendrait me secouer pour participer à la séance de méditation matinale. Au bar de l'hôtel, Zazo laissa venir à nous deux charmeuses geishas. Comme tu sais, me dit Zazo, leur rôle est de venir nous tenir compagnie. C'est la coutume ici. C'étaient de vraies geishas, selon la coutume, très agréables de compagnie. Tout en buvant du saké chaud, les jeunes femmes nous parlaient de la politique locale. Peu avant minuit, je me retrouvais dans mon lit, pensif. Je ne m'y prenais pas très bien dans cette affaire. Il me fut difficile de dormir. Le jour se levait lorsque j'eus enfin une idée. Il fallait que j'en revienne aux machines mentales. Le révélateur que l'on m'avait injecté à Amsterdam pour me protéger des machines mentales destructrices pouvait servir à prouver que les machines mentales étaient effectivement utilisées. Il me fallait découvrir combien de temps après la manipulation metale il était encore possible d'en trouver les traces, et m'emparer d'un Looni pour le prouver. Personne bien sûr ne viendrait de son propre gré, il n'y avait pas non plus de traîtres chez les Loonis, mais j'avais mes gars, ma troupe d'élite. Que me restait-il à faire sinon que d'enlever avec eux quelques Loonis pour effectuer mes contrôles sur eux ! L'entreprise était hors-la-loi, certes, mais je n'avais pas le choix. Si ça marchait, la réussite viendrait justifier mes moyens. Si ça ne marchait pas, les Loonis que j'aurais enlevé ne pourraient se plaindre d'aucun mauvais traitement et personne ne saurait qui étaient les auteurs de l'enlèvement. Je pouvais faire une confiance aveugle à mes gars, et je pouvais m'arranger avec eux sans problèmes.

Après le petit déjeuner, Zazo me fit visiter une clinique à eux en marge de leur colonie. Elle contenait plus de mille lits et était équipée des appareils les plus perfectionnés. Elle était ouverte aux gens de l'extérieur aussi, moyennant paiement bien sûr. Avec un sourire condescendant, Zazo me fit remarquer que tout récemment deux gros bonnets de l'U.G. étaient venus s'y faire soigner. Je n'en revenais pas, dit-il, comment se faisait-il que des responsables de l'U.G. aussi haut placés puissent se faire soigner chez les Loonis et non dans un hôpital spécialisé de l'U.G. Zazo me donna une explication toute simple. Nos médecins travaillent avec un dévouement sans bornes. Ils ne courent pas après l'argent, et ne regardent pas leur montre. Et si exceptionellement il nois faut un grand spécailiste que nous ne possédons pas, nous le payons bien. Nos cliniques sont donc ce qu'il y a de mieux. Et tu le sais bien, en ce qui concerne la santé, on ne se contente jamais que ce qu'il y a de mieux. Le résultat est que nos cliniques sont prises d'assaut et qu'il faut réserver trois mois en avance.

Puis il me prouva encore combien les Loonis étaient loin de vivre au Moyen-Age. Dans une de leurs pagodes, je découvris une usine à gènes pour des mémoires d'ordinateurs organiques. Nous fabriquons des bio-ordinateurs de première classe, dit Zazo, regarde. Dans un compartiment en verre devant nous plongé dans un liquide nutritif, je vis un amas cellulaire vivant qui frémissait. Zazo fit glisser l'élément dans un coffret en métal de la taille d'une boîte de chaussures. C'est un « spectromographe », expliqua-t-il. Il me proposa de m'adresser à cette machine vivante qui était déjà programmée. Je demandais donc à ce coffret qui apportait le plus de justice à la terre, l'U.G. ou les Loonis. Après quelques secondes le coffret répondit : la question sur la justice est discutable. L'U.G. prend en charge 44 % de la population planétaire avec son plan d'aide sociale, les Loonis ne constituent que 11% de la population de la planète. Zazo trouva la réponse plutôt médiocre, et je n'étais pas d'humeur à reprendre la discussion de la veille. Nous avons aussi une petite usine de fabrication de robots, ajouta Zazo, et il me montra le hall de montage voisin. Ici, me dit-il, tu vas voir des robots dont les gestes sont tellement fins qu'il est parfois difficile de les distinguer des êtres humains. Ceci dit en passant, l'U.G. est un de nos clients, ajouta-t-il. Un jeune homme vint vers nous avec un plateau sur lequel il portait deux verres de jus de fruit. Puis-je vous proposer de vous désaltérer ? c'est du jus de mangue qui vient d'être pressé. Merci, Ben, dit Zazo. Je manifestai mon étonnement, Ben ! Oui, dit Zazo, c'est une de mes lubies, j'appelle tous les robots « Ben ». En regardant de plus près je remarquai que les traîts de Ben étaient effectivement quelque peu figés, mais à part cela, on ne pouvait guère voir de différence avec un être humain. Zazo s'amusa de mon étonnement. Il s'agît là d'un prototype d'étude fabriqué à partir d'un bio-cerveau et d'un corps en matériaux composites. Tu ne vois là qu'une ébauche. Il s'adressa au robot. Ben, vieux pote, dit-il, vas-y, vitesse dix ! Je n'en crus pas mes yeux, le robot s'éloigna tel une flèche, je pouvais à peine distiinguer ses jambes. Aucun être humain ne pouvait se mouvoir ainsi.

Zazo voulait me montrer encore bien des choses, mais je déclinai son invitation. J'en avais assez de lui accorder tant de victoires. Bien qu'à Toronto on m'aît préparé à la magnificence de l'empire Looni, la réalité à laquelle j'étais confronté me déstabilisait quelque peu. J'avouai à Zazo que j'avais considérablement sous-estimé les performances de son organisation. En fait ce que je souhaitais maintenant, c'était me détendre, prendre quelques verres de bière et reprendre l'avion le lendemain matin. En signe de compassion, Zazo me donna quelques tappes amicales dans le dos, cette fois, aucune réplique de ma part. Je fis un rêve au cours de ma nuit à l'hôtel. Il s'agissait d'un gang de rue japonais. Tout d'abord ça se passait bien avec eux, puis, petit à petit, ils devinrent agressifs et aussi collants que du chewing-gum. Il devint évident qu'il s'agissait de Loonis. Ils essayaient de me convaincre et n'étaient absolument pas disposés à baisser les bras. Je finis par leur hurler de me laisser tranquille. Il m'était impossible d'adhérer à leur mouvement. Mais il n'y avait rien à faire, ils continuaient à me parler, imperturbables. J'essayai de m'éloigner, de fuir, de les cogner, rien n'y faisait. Ils étaient toujours là et je ne pouvais les atteindre. Ils étaient trop habiles. Inlassablement ils s'évertuaient à me persuader. Je me réveillai en sueur. En nous quittant, Zazo me dit : Appelle moi quand tu veux. Je lui signifiai que oui de la tête et l'embrassai amicalement.

De retour à San Francisco, j'accueillis ma nouvelle secrétaire, Miss Wandercast, cinquante ans, généreuse, aimable et travailleuse. Avec elle tout ne pouvait que bien se passer. Elle était en train de préparer ma première réunion avec les « montreurs de sens ». Il faut y arriver, me dit-elle. Elle avait décelé à partir des notes prises par Corinna que je souhaitais que cette réunion se déroulât dans les montagnes canadiennes où j'étais moi-même allé et où j'avais appris, entre autres choses, à faire du ski. Elle était bien informée. Elle avait réservé le camp pour la mi-février. En quittant le bureau je repensai à ma dernière rencontre avec Corinna dans l'appartement voisin alors vide. C'était plus fort que moi et je levai les yeux vers la porte qui faisait face à celle de mon bureau. J'eus la chair de poule lorsque je lus « Corinna Vaud ». Le jour suivant, l'avion me menait à Toronto pour une rencontre avec Mme Dreyer et Gil, le médecin de l'U.G.

Mon rapport rendit Mme Dreyer perplexe. Elle me demanda si je pensais qu'il était encore possible de récupérer Zazo pour la bonne cause. Il pouvait être d'une valeur incalculable pour l'U.G. Je la dissuadai sans hésiter. Toutefois je la rassurai en lui disant que je pensais encore pouvoir faire quelque chose. Puis je pris rendez-vous avec Gil pour un examen contrôle au cours duquel je voulais innocemment m'informer sur le révélateur. Je voulais savoir s'il avait les moyens d'identifier l'action manipulatrice destructrice des machines mentales Loonis. Je ne pouvais me permettre d'éveiller des soupçons en lui, aussi me contentai-je de lui demander combien de temps mon révélateur allait encore être valide. Il me répondit que le traîtement que j'avais subi permettait d'immobiliser les facultés mentales pendant deux jours au cours des trois ou quatre semaines suivant l'intervention. Puis l'effet allait en diminuant. Après deux mois, il faudrait avoir recours à une technique spéciale pour déceler toute intervention sur les facultés mentales. Qui possède cette technique ? demandai-je à Gil. Tout médecin raisonnablement bien équipé, me dit-il. Craignez-vous avoir subi de manipulations au cours de votre dernier passage chez les Loonis ? me demanda-t-il. On ne sait jamais avec eux. Votre vaccin date déjà d'un mois, vous auriez donc pu avoir vos facultés immobilisées pendant toute une journée. Avez-vous des trous de mémoire ? Vous manque-t-il une journée dans votre emploi du temps ? Ce n'était pas le cas, lui dis-je, puis je demandai incidemment combien de temps après qu'un traîtement par la machine mentale aît été appliqué les révélateurs pouvaient encore déceler cette intervention ? Avec la technique classique habituelle, on pouvait avoir une preuve au cours des deux premières années. Cela me suffisait, j'avais ce que je voulais savoir.

Puis vinrent les fêtes. Paul et Lilo étaient fascinés par les décorations de Noël et les feux d'artifice du nouvel an. Le 10 janvier 2030, je partis pour Paris pour une entrevue avec ma troupe d'élite. Il neigeait à Paris une fois de plus. Les gars étaient contents de me revoir. Pendant deux jours nous fîmes la fête et profitâmes de tout ce que Paris pouvait nous offrir. Point n'est besoin de donner plus de détails sur mes gars parce qu'aujourd'hui encore, cela pourrait nuire à certains d'entre eux. Peu de choses avaient changé depuis mon départ, et Joe, mon successeur, s'en sortait bien. Il ne sollicitait guère ma troupe d'élite, presque pas en fait. Mon projet d'enlèvement ne les enthousiasmait pas beaucoup. On savait que les Loonis s'entouraient de protections encore plus efficaces que celles de bien des hommes politiques. Et de fait, si j'avais moi-même su à quel point leur système de protection était redoutable, j'aurais abandonné mon projet. Mais dans les circonstances actuelles il me fallait tout mon pouvoir de conviction pour mener à bien ce projet. Au fur et à mesure celui-ci prit forme. L'opération ne pouvait pas se dérouler en territoire Looni. Il fallait intervenir lors d'un déplacement, à l'occasion d'un congrès par exemple.

Demian, de son côté, continuait à faire du zèle pour marquer des points. Ce coup-ci il était sûr de ne pas avoir commis d'impair. Sans tenir compte des instructions de Zazo, il avait continué à faire filer Ronda et ce qui se passait à Paris maintenant montrait qu'il avait eu raison. Il savait donc ce que Ronda projetait de faire avec sa petite bande de délinquents. Il avait obtenu ses information à partir d'une technique absolument fiable. Personne ne pouvait rien lui reprocher. Il s'attendait donc à ce que Ronda s'informe sur les congrès ou autres événements auxquels des Loonis pouvaient participer et il en informa Zazo. Zazo crut vivre un film policier des plus banals. D'un côté un Demian jouant au petit chef et de l'autre ce Ronda et son projet infantile d'enlever des Loonis. Où pouvait conduire tant d'imbecillité ? Quelle pouvait être l'issue de ce conflit entre Demian et Ronda ? Les deux semblaient s'être cherchés ; ils allaient se trouver. Pourquoi ne pas laisser aller les choses tranquillement leur train et attendre et voir ce qui se passerait ! D'un autre côté la naïve audace de Ronda le genait plus que la désobéissance de Demian. Jusqu'ici, il avait traîté Ronda avec ce sentimantalisme attaché aux souvenirs de leur adolescence commune et voilà que Ronda en retour se préparait à une attaque vicieuse. Zazo décida de lui donner une première leçon.

De retour à San Francisco j'étais content de moi. Ma troupe était prête à intervenir. On m'attendait avec joie à la maison et au bureau tout allait bien. J'avais pris rendez-vous avec Zazo le week-end suivant pour parler de choses et d'autres dans son installation thermale paradisiaque. Mme Vandercast me rappela qu'il fallait prendre en main mes « montreurs de sens ». Deux d'entre eux avaient d'ailleurs des problèmes et besoin de mon aide. Il s'agissait d'Anja, dont elle avait eu un message par e-mail de Los Angeles et d'Edmond à Philadelphie, Pennsylvanie. Anja était confronté à une secte exerçant la magie et Edmond voulait s'en aller. Je ne les connaissais pas et la réunion n'avait lieu que dans un mois. Je décidai sans plus tarder de me rendre à Los Angeles. Je reconnus facilement Anja à l'aéroport à ses longs cheveux roux. C'était ce que l'on appelle communément une femme à poigne, avec ses yeux observateurs petits et vivants comme ceux d'un animal, toujours prêts à briller dans un sourire entendu. Elle débordait de force et d'énergie. Elle ressemblait à ce que j'avais été et s'occupait de ses frustrés avec tout son cœur. Elle était de plus en plus perturbée par le fait que toujours plus de jeunes étaient séduits par les supercheries voodoo d'une bande de magiciens brésiliens. Les trois pivots de cette bande étaient un homme et deux femmes qui avaient étendu un cercle magique de plus en plus grand avec des figurines transpercées des rituels de magie et des incidents habilement orchestrés. Anja avait déjà distribué des prospectus pour dénoncer ce charlatanisme. Elle avait qualifié son action d'anti-magie, et s'était attiré la haine du cercle magique. Elle commença à s'inquiéter vraiment lorsqu'elle trouva un poulet ensanglanté suspendu devant sa porte d'entrée et une lettre de menaces adressée à sa fille. Il faut donner à ces charlatans une leçon magistrale sur leur propre terrain de manière à leur faire passer une fois pour toutes leurs envies de duper les gens, dis-je à Anja. Je ne voyais pour bien nous y prendre que le recours à une technologie fine. Je cherchais grâce à mon appareil de communication parmi les sources d'information de l'U.G. un spécialiste technique en effets spéciaux, lorsque je crus trouver en George Wright, un britannique, l'homme qu'il me fallait. Je l'appelai et lui présentai le problème. Monsieur, dit-il, je vois ce qu'il vous faut ; de la vraie magie à l'encontre de faux magiciens. Son humour me plut. Il m'indiqua qu'il avait effectivement la possibilité de jouer quelques tours à ces charlatans. Aussi indirectement qu'il convenait à un sujet britannique, je demandai à George s'il pensait pouvoir entrevoir la possibilité de nous permettre d'accéder au plaisir d'utiliser une de ses merveilles techniques. Je suis prêt à tout, ou presque, pour un « créateur de sens », répondit-il. Nous décidions sur le champ de nous rencontrer chez lui à Brighton deux jours plus tard.

Je profitai du jour suivant au bureau pour contacter Edmond et voir son problème. Edmond me raconta de manière émouvante comment il était de plus en plus entiché de la vie des Amish. Sans recours aux techniques modernes et en respectant scrupuleusement l'enseignement de Calvin, évangéliste suisse du XVIe siècle, il avait vécu pendant quelques semaines dans une ferme à Morgantown près de Philadelphie. Il lui était impossible de remplir dorénavant les fonctions de « montreur de sens » Il avait mauvaise conscience et ne pouvait plus s'occuper de ses jeunes avec conviction. J'avais moi-même déjà entendu ce mot « Amish », mais j'ignorais complètement de qui il s'agissait, aussi lui demandai-je de me donner quelques explications. Le regard vague il m'expliqua que Dieu et la nature ne faisaient qu'un – je pensais tout de suite aux Loonis – le même leitmotiv. Mais chez les Amish, toutefois leur croyance était fondée sur des siècles de pratique. Depuis quatre siècles ils vivaient de la même manière, sans adopter des progrès techniques et sans machines mentales ou tout autre instrument de conditionnement bien sûr. Edmond m'expliqua que cette vie simple et dépouillée était un bon moyen de ne pas tomber dans le piège de la société de consommation et donc de ne pas se disperser en de futiles quêtes. Notre vie est exclusivement tournée vers Dieu, dit-il, et si vous trouvez un remplaçant je ne toucherai plus jamais à un téléphone de ma vie. Je voyais bien qu'il savait ce qu'il voulait, et je m'engageai à lui trouver un remplaçant dès que possible. Je cherchai dans les banques de données de l'U.G. sous la rubrique « Amish », ils ne baptisaient pas les enfants. Ils étaient contre tout ce qui se rapportait à la laïcité tel que les bijoux, l'art, les sophistications de la culture, les techniques modernes et n'utilisaient donc pas d'électricité. Leur nombre s'élevait à eux millions principalement en Pennsylvanie au Montana, en Idaho, aux USA donc, ils étaient plutôt en progression. Chrétiens protestants, ils étaient pour la séparation totale de l'Eglise avec l'Etat. Lors de la 11e conférence, on n'avait pas détecté de fraude chez eux tout en étant considérés comme communauté religieuse. Edmond était donc en de bonnes mains. Il n'y avait pas de souci à se faire à son sujet. Il ne me restait plus qu'à lui trouver un remplaçant. La banque de données de l'U.G. sur le personnel me fournit une centaine de noms accompagnés de leurs qualifications, des résultats aux divers tests, et du portrait que chacun avait fait de lui-même. Il me fallut la journée pour extraire deux noms du lot : un homme et une femme. La plupart des postulants étaient diplômés de l'Université en socio-pédagogie. Les diplômes n'avaient guère d'importance à mes yeux, peut-être parce que je n'avais jamais moi-même étudié. Mon choix s'accompagnait d'autres critères tels que la fidélité aux valeurs de l'U.G. à un idéal donc, tels que le dynamisme, la persévérance et l'intelligence telle qu'elle apparaissait au travers de certains tests. Je ne nierai pas non plus que les auto-portraits enrégistrés sur vidéo aient joué un rôle important sur ma subjectivité et aient provoqué certaines sympathies. Mon choix se porta donc sur Gabriella, une italienne, et Svenna, un Lapon. Je les contactai et leur demandai s'ils étaient prêts à accepter un poste de « montreur de sens » aux Etats-Unis. Les deux furent surpris mais contents, toutefois Svenna me dit qu'il était lié avec une jeune femme qui possédait un bateau de pêche et qu'il voulait devenir pecheur à son tour. Gabriella devint donc « montreur de sens » dans les pays Amish.

Tard le soir, Mlle Vandercast était en congé pour quelque temps, je fermais le bureau. Comme par une force magnétique, je fus attiré par la porte de Corinna. Je frappai, pas de réponse. Je sonnai, elle ouvrit, et je fus sur-le-champ

114

sous son charme à nouveau comme si j'avais continué à la voir régulièrement. Elle m'embrassa et me dit comme si de rien n'était ; c'est sympa que tu viennes. Viens, assieds-toi, je venais d'ouvrir une bouteille de vin. Je m'assis, nous bûmes le vin. Le mobilier de son ancien appartement avait été transféré là. Comme si elle lisait dans mes pensées ; oui, dit-elle, j'ai reconstitué l'ancien appartement, j'avais besoin de cette proximité avec toi. Elle sourit, je commençais à perdre la tête. Le vin était bon, il fleurait la terre, elle s'approcha de moi et de ses mains expertes elle me fit planer haut, longtemps.

Je matin suivant je partis pour l'Angleterre chez George Wright. Je n'avais jamais vu un tel amas chaotique de composantes d'ordinateurs, de mini-robots, de lasers et autres appareils, plus curieux les uns que les autres. George me présenta deux solutions intéressantes à mon problème. Avec ça, dit-il, vos magiciens ne comprendront plus rien. Il s'agissait d'un désintégrateur à mini-positrons, et d'un modificateur de voix. Il vous faudra toutefois une autorisation pour le déintégrateur. Je contactai imédiatement l'administration de L'U.G. à Toronto qui me fit parvenir dans la foulée l'imprimé de demande d'autorisation par le biais de mon appareil spécial de communication. Cinq minutes plus tard, je renvoyai le document duement rempli et dix minutes après j'avais à ma disposition le permis d'utilisation pour une durée de quatre semaines. Tout était retransmis par rayon laser jusqu'à l'hologramme de l'U.G. George m'expliqua comment utiliser l'appareil qui ressemblait à un téléscope d'autrefois. Tout objet pesant jusqu'à deux kilos et que vous alignez sur le point de mire, là, sera désintégré. En un éclair c'est disparu. Il me fit la démonstration sur un vase, je le vis disparaître sous mes yeux. Vos charlatans n'en reviendront pas de voir leurs poupées magiques se dissoudre comme par enchantement. Au fait, me dit-il, attention, les objets sont perdus à jamais. Maintenant, dit-il, passons au transformateur de voix. Ce qu'il y a de nouveau ici, c'est le modulateur directionnel. Les ondes sonores peuvent être manipulées avec tant de finesse que vous pouvez faire dire à n'importe qui ce que vous dites vous-même. Vous faites parler quelqu'un avec vos propres mots malgré lui lorsqu'il ouvre lui-même la bouche pour parler. De sa bouche peut donc sortir le contraire de ce qu'il veut dire. C'est fou, non ? dit George, qui pointa vers moi une sorte de pistolet et je lui demandais si l'appareil était déjà en fonctionnement, enfin, c'est ce que je voulais demander car au lieu de cela je m'entendis dire : est-ce que vous avez du thé ? George me dit qu'il fallait bien utiliser l'appareil de manière à synchroniser crédiblement les deux textes. Le texte ne pouvait être plus long sans quoi on allait pousser la magie un peu loin. J'avais quatre semaines pour utiliser les deux appareils.

Le samedi je me rendis chez Zazo. Je le trouvais plus froid que lors de notre dernière rencontre. Je le branchais sur le thème de la formation et nous en vînmes naturellement à parler congrès. Zazo me dit que d'ici peu allait se dérouler un congrès de médecine à New York, auquel participerait la moitié des conseillers Loonis concernés. Tout le monde s'intéresse à nos scientifiques, dit Zazo, nous sommes trop forts pour ce monde. Quant à moi, j'avais l'information qu'il me fallait.

Dimanche j'étais enfin disponible pour la famille. J'étais enfin de retour chez moi. J'avais du temps libre et je remarquais que j'avais vécu dans ces derniers temps comme un homme d'affaires dans le domaine économique, de rendez-vous à rendez-vous.

En début de semaine je présentai à Anja les techniques anti-voodoo. Elle était enthousiaste ; nous allons pouvoir les confondre en public, me dit-elle, car le mardi suivant le cercle magique faisait une démonstration dans la salle des fêtes à la mairie. Les charlatans voulaient contrer la publicité anti-voodoo qu'Anja avait faite. De par la ville on pouvait voir des

116

affiches annonçant un super-spectacle de magie organisé par le Cercle des Magiciens de Los Angeles. L'idée de donner une leçon en public à ces gens du spectacle voodoo nous amusait beaucoup, et nous nous entrainâmes les jours suivants.

Deux jours plus tard j'étais à l'aise avec les deux appareils et je me retrouvai installé dans le siège de technicien d'éclairage au dessus de la scène. Anja, méconnaissable sous une perruque blonde, s'était placée au premier rang. Nous avions placé une immense banderole qui disait « Le Grand Cercle Magique » sur le fond de la scène. Les Voodoos avaient dû penser qu'il s'agissait d'une attention de la part des responsables de la salle et ne s'attendaient pas bien sûr à ce que, au moment voulu, j'ajoute grâce au système de commandes à distance un mot qui changeait tout : « Menteur ». Le spectacke commença, je laissais faire tranquillement au début, puis trouvais que le moment était venu lorsque le prestidigitateur en arriva à faire disparaître des objets. D'abord je fis disparaître le chapeau magique, puis la baguette magique. Ce fut du goût du public. Le prestidigitateur était déconcerté et sur le point de craquer. Lorsque je fis disparaître deux de ses quatre anneuaux en fer, il n'eut plus la force de cacher son dépit, arrêta tout, essuya la sueur sur son front et quitta la scène. Le public ne savait pas à quoi s'en tenir. Les trois responsables Voodoo pénétrèrent alors sur la scène afin de s'adresser au public chacun à son tour. Ce fut à Anja d'intervenir. Elle se leva et dit à haute voix ; les voilà les trois prêtres voodoo brésiliens qui ne cherchent qu'à exploiter la peur et effrayer les gens. Une des femmes s'approcha du devant de la scène et fit signe à Anja de s'asseoir. Puis Anja continua à parler par la bouche de la femme Voodoo ; nous sommes des gens respectables, notre chapeau au dessus de nos têtes témoigne de notre honnêteté. La femme voodoo ne comprenait plus rien, elle s'entendait dire ce qu'elle ne disait pas, elle saisit sa gorge et se retourna vers ses compagnons pour solliciter leur aide. Les deux autres ne comprenaient pas son désarroi.

117

Avant que les trois ne parlent d'une même voix, j'ajoutai le mot « Menteur » à la banderole. Il y eut un murmure parmi le public. L'exaspération des participants fut à son comble. Les trois organisateurs étaient décontenancés. Un des hommes s'avança sur la scène pour faire une déclaration. Je lui fis dire : en fait, nous sommes des escrocs, puis il hésita, et voulant s'y reprendre, je lui fis répéter oui, des escrocs. Il saisit sa gorge dans ses mains et recula, hébété. Les trois quittèrent précipitamment la scène. Pendant quelques minutes il ne se produisit plus rien. Le public, perplexe, commença à se plaindre. Un autre prestidigitateur vint alors sur la scène. Il posa une boîte sur la table. Je n'étais pas disposé à lui laisser entreprendre quoi que ce soit et je fis disparaître la boîte sur-le-champ. L'homme, incrédule, regarda autour de lui puis s'en alla. Il y eut à nouveau un temps mort de quelques minutes. Le public commençait enfin à se retourner contre eux. La femme du groupe des trois responsables chercha enfin à parler à son tour. Elle s'entendit dire : Nous sommes de pauvres salauds. Interloquée, elle s'enfuit, et le spectacle s'acheva ainsi. Le rideau tomba, et plus personne ne monta sur la scène de la soirée. Le public mécontent quitta la salle à son tour. Certes, ils n'avaient rien payé, mais ils n'avaient pas non plus jamais vu de spectacle aussi raté. Dans la presse le lendemain on pouvait lire : Le Cercle Magique organise un spectacle de dupes. Les orchestrateurs voodoo quittèrent Los Angeles quelque temps après.

A la mi-février je tins mon premier camp de neige. Tous mes montreurs de sens étaient présents. Il était tombé plus de deux mètres de neige fraîche, ce qui rendit nos mouvements difficiles et transforma le trajet en moto-neige en une spectaculaire aventure. Les motos-neige étaient instables et se retournaient sans arrêt en nous ensevelissant chaque fois dans la neige profonde. Jeff ne perdit jamais patience et venait sans relâche au secours de tout le monde. Il s'efforça de nous enseigner comment skier dans la poudreuse, nous les enfants des villes ; poids du corps en arrière, genoux souples, prendre appui sur les bâtons et hop, négocier le virage d'un bond. Il eut beau faire, nos jambes ne suivaient pas. Bien que je sache moi-même assez bien skier, cette poudreuse était un obstacle insurmontable, du moins pour changer de direction. Deux jours durant nous étions plus semblables à des bonhommes de neige qu'à des hommes. Nous fimes ensuite du ski de fond, et Jeff dut s'accompagner du pistolet à laser à cause des Grizzlis. Nous explorâmes la forêt vierge canadienne et par la même occasion nos propres limites physiques. Nous ne vîmes pas de grizzlis, nous étions probablement bien trop bruyants. Ce fut une excellente manière de bien faire connaissance avec mes montreurs de sens. Excepté Jack, qui savait toujours tout sur tout, j'éprouvais une forte sympathie pour tous. Au cœur de cette nature vierge, je décidai aussi d'en finir avec cette aventure avec Corinna. Mon esprit allait bien pouvoir prendre le dessus de mes instincts les plus bas. Tout en faisant du ski de fond à travers cette forêt scintillante de cristaux de neige, je me pris aussi à douter de ma décision d'enlever des Loonis, était-ce bien la bonne méthode ! Tout passa très vite, les trois semaines s'étaient déjà écoulées. L'air pur du matin, les promenades quotidiennes à ski, la cuisine préparée ensemble, et les repas communs ainsi que les échanges, tout cela avait purifié nos cœurs. J'étais certain que mes montreurs de sens étaient bien en phase avec moi, excepté peut-être ce Jack-je-sais-tout.

Il nous fallut remettre les pieds sur terre.

La salle des congrès à New York était truffée de systèmes de sécurité. Le catalogue des foires indiquait la date et la nature du congrès Looni. Le 19 mars 2030, congrès de spécialistes en médecine : les avantages de la spectrotomographie en médecine préventive. Afin de pouvoir étudier les lieux, je me présentai en tant que « créateur de sens » désireux d'organiser un congrès moi-même. On m'expliqua donc tout jusqu'au moindre détail. J'en tirai la conclusion qu'il était exclu d'intervenir à l'intérieur du bâtiment, il fallait intervenir à l'entrée.

Puis je quittai New York pour Paris. J'informai mon équipe d'élite et nous définîmes les détails de l'opération. L'enlèvement s'effectuerait dans une voiture volée, ce serait parfait si l'on pouvait disposer d'une voiture de police et nous-mêmes se déguiser en flics. A New York c'est encore ce qui pouvait le mieux marcher. Ce serait cher, il faudrait négocier avec une bande des rues de New York. Je retournai enfin à San Francisco. Les enfants étaient de plus en plus gentils et... Julia aussi. Mlle Vandercast m'avait préparé un dépliant sur les Loonis avec différents sujets rangés par ordre alphabétique. Ça pouvait être utile, me dit-elle, d'un coup d'œil on pouvait y trouver des réponses. Le premier soir après mon retour, en passant devant la porte de Corinna, en quittant le bureau, je pensais que j'avais décidé de mettre définitivement fin à cette relation. Le lendemain soir j'allais donc la voir pour conclure cette affaire. Elle m'embrassa avec indifférence, et me demanda de l'excuser car elle était peu disponible ce soir-là ; elle attendait une visite, oui, un jeune gars sympa qu'elle venait de rencontrer. Quel genre de gars, lui demandai-je. Oh, le genre de gars dont on tombe facilement amoureuse, répondit-elle. Quoi, dis-je presque malgré moi, tu es tombée amoureuse d'un jeune gars sympa ! Oui, dit-elle, tu es fâché ! Moi, dis-je, non, non, qu'est-ce qui te fait dire ça ? Bon, dit-elle, c'est mieux comme ça, il me reste une semaine chez moi. Viens mercredi prochain, si ça te dit, je te raconterai tout. Dans le couloir j'avais l'impression d'avoir reçu une douche froide. Je m'étais absenté quatre semaines et la garce avait trouvé le moyen de tomber amoureuse. A la maison j'avais froid, et j'allumai un feu. Bien que Julia soit des plus douce ce soir-là avec moi, je ne pouvais chasser de mon esprit Corinna et son nouvel amant. Je les voyais devant moi, Corinna s'offrant à lui, j'ajoutai du bois dans la cheminée. Nous passâmes, Julia et moi, une nuit des plus tendres. Je ne pouvais ne pas penser à eux la semaine entière. Qui était-ce ? Il était plus jeune que moi, bien sûr, j'avais moi seize ans de plus que Corinna. Le mercredi soir j'étais devant chez elle une bonne bouteille de rouge à la main. Elle était superbe, comme d'habitude. Je lui posai des questions sur sa nouvelle relation. Je ne sais plus s'il s'agit vraiment d'amour, me dit-elle, il est si jeune, il n'a que vingt-deux ans, et puis il est si réservé. Réservé ! dis-je, oui, répondit-elle, pas comme toi... Je pris sa main que je me mis à caresser en douceur, elle laissa sa tête aller sur mon épaule et j'embrassai ses cheveux. Oui, toi, tu es tellement plus direct, je l'embrassais sur la bouche ; elle posa sa main sur mon sexe, et mon cerveau fut à nouveau paralysé. En la quittant je réfléchissais à ma situation. Qu'était-il advenu de mon projet de rompre avec Corinna ? Le fruit s'était offert à moi, j'avais tendu la main et je l'avais saisi. Fallait-il résister, pourquoi ne pas profiter de la situation ! Au Canada je m'étais dit qu'il fallait maîtriser les bas instincts, et après... En sortant maintenant de son antre d'amour, j'étais à peu près sûr que je ne m'abandonnais pas à de bas instincts en faissant l'amour avec Corinna, mais bien aux plus élevés. Peut-être allait-elle bientôt être accaparé complètement de ce nouvel amour, mais même si c'était le cas je ne voulais pas qu'elle me manque. J'étais convaincu sans plus de réticences que nous en avions eu lorque nous étions enlacés qu'elle ne pouvait m'échapper à cause de son nouvel amour. Je lui étais indispensable aussi.

Tout était étonnement calme à la maison. Il n'y avait personne. Ce n'était pas une heure pour faire des courses, j'étais perplexe puis je découvris un bout de papier sur la table de cuisine.

Nous sommes repartis à Paris. Il n'est plus question de vivre avec toi. Bonne chance avec l'autre. Je t'en prie, laisse

nous tranquilles. **Tu pourras voir les enfants lorqu'ils seront plus âgés et en mesure de comprendre.**
Julia.

P.S. : Tu peux te regarder à la t.v. chaîne c-78.

Je n'arrivais pas à croire ce qui arrivait. J'allais machinalement vers le poste de télévision chercher une preuve tangible. C'est Demian qui apparut tout d'abord sur le c-78, et il se mit à parler à sa manière tout en rondeur.

Chère Julia, mille mercis d'avoir choisi ce canal après notre communication téléphonique. Le programme est protégé et ne peut donc passer que deux fois, ne le regardez donc qu'une fois si vous voulez que votre époux le voie à son tour. De toute manière je suis certain qu'une fois suffira. Ce que vous allez voir a lieu dans un appartement proche du bureau de votre mari au moment même où cela se passe. Je me permettrai d'ajouter que votre époux a ce type de fréquentation avec cette jeune femme depuis un certain temps déjà. Nous avons été contraints à ce type de révélation par mesure de représailles contre votre mari, en effet celui-ci s'est mis dans la tête avec l'aide d'une bande de voyous parisiens d'esayer d'enlever des scientifiques appartenant à notre organisation, lors d'un congrès. Vous allez donc être témoin en direct des agissements un peu particuliers de votre époux. Il vaut mieux que vous mettiez au préalable les enfants dans leurs chambres.

L'image sur l'écran s'effaça et après quelques secondes je commençais à me voir, alors que je passais par tous les états, en train de déshabiller Corinna avec toute la frénésie charnelle avec laquelle je l'avais fait il y avait à peine quelques heures. Je me voyais, complètement sous l'emprise de mon appétit, exprimer ma jouissance. Puis l'image s'effaça et Demian apparut à nouveau ; salut Ronda, pas besoin de t'expliquer, tu comprends, je suppose ! On aurait encore pu aller un peu plus loin avec le film, on aurait pu jouer au chat et à la souris, toi et ta petite bande, mais ton ami, mon patron, n'a pas voulu aller plus loin. Mais j'ajouterai quand même une chose : Pour qui ne joue pas franc jeu, il n'y a plus de règles, tout au moins, s'il s'en prend à nous. Dans ce domaine, tu as encore des progrès à faire. Et l'image disparut une dernière fois.

Je n'avais jamais été et ne devais plus jamais dans ma vie être aussi désemparé. En quelques minutes tout avait chaviré. Ma famille n'existait plus ; je connaissais Julia, je n'arriverais guère à la regagner à ma cause avant bien longtemps. Sa confiance en moi était perdue presque irrémédiablement. Ses idées sur ce plan étaient bien arrêtées, elle ne tolérait absolument pas d'infidélité. Sur le plan de mon activité, c'en était fini avec ma petite troupe d'élite, ils étaient débusqués. Au cours de notre dernière rencontre nous avions évoqué bien des souvenirs et si cela avait été enrégistré j'avais bien des soucis à me faire. A quelles fins Demian pouvait-il se servir de toutes ces preuves ? les donner aux flics ? Pourquoi pas. Je me faisais prendre un peru de la même manière dont je m'étais à l'époque débarrassé de Moraine. Il me fallait contacter mes gars. Les Loonis avaient aussi maintenant la possibilité de montrer que je ne pouvais plus remplir les fonctions de « créateur de sens ». Ils pouvaient me mettre en pièces à leur guise. Sans dire que mon seul projet réalisable d'agir sur les Loonis était fichu. Quelle issue me restait-il ? Que me restait-il à faire avant tout ? Il me fallait me rendre à Paris. Je ne pouvais prendre le risque de contacter mon équipe par téléphone, il y avait trop d'obsédés à l'affût de messages codés. Sur le chemin de l'aéroport je m'arrêtai au bureau. Je n'excluais pas l'idée que Corinna eût pu être de mèche avec les Loonis. Tout était possible.

Personne ne répondit lorsque je sonnai à son appartement. Je forçai la serrure et découvrai que l'appartement était vide.

Plus de meubles, plus rien, si ce n'était des bricoles sans valeur qui traînaient de ci et de là. Mon oiseau s'était envolé. Je pris le prochain avion pour Paris. Il était inutile d'essayer de retrouver Julia dans cette immense ville, je n'avais pas plus de chances que de gagner à la loterie. Je ne pouvais tomber sur elle que par hasard. De plus j'avais l'impression qu'avec les enfants elle devait chercher à s'installer en dehors de la ville. Et puis, même si je devais la rencontrer, à quoi d'autre pouvais-je m'attendre si ce n'est à une de ces scènes de vie conjugale brisée !

Je n'eus pas de mal à trouver mes gars. Mais il fallait d'abord s'assurer d'être parfaitement à l'abri de toute surveillance. J'expliquai alors ma totale déconfiture. Ils restèrent bien plus calmes que moi. Nous passâmes en revue notre dernière rencontre pour en conclure que nous n'avions finalement pas trop parlés de manière à être compromis. Nous n'avions par exemple pas fait allusion à « Mistral ». Nous n'avions que grossièrement évoqué quelques épisodes mal définissables. Rien à craindre en principe, j'étais quelque peu soulagé. Je venais de passer deux jours sans dormir et après quelques verres de vin je tombai dans un sommeil profond dans un lit d'appoint à Paris... Au réveil j'avais trois de mes gars près de moi pour me remonter le moral. Nous parlâmes des Loonis, notre projet d'enlèvement il n'en était plus question bien sûr. Il était de plus en plus évident d'un autre côté que Demian n'était guère plus qu'un exécuteur servile et que c'était Zazo qui tirait toutes les ficelles. J'appelai Zazo. Eh bien, Ronda, dit-il, le soleil ne brille plus vraiment pour toi en ce moment, n'est-ce pas ? Ce qui s'élève doit retomber un jour, non ? Je hochai la tête en silence. Tu as perdu deux femmes d'un coup, pas mal, non ? Mais rassure toi, il y en a d'autres. Ton comportement inquisiteur devenait bien trop perfide. Il fallait calmer un peu tes ardeurs, mon pôte, et tu peux t'estimer heureux que j'étais de bonne humeur lorsque j'ai pris mes décisions. Au fait, si à l'avenir tu décides d'oublier un peu ta petite équipe de délinquants, j'accepterai de mon côté, à certaines conditions, de ne pas parler de tout cela à tes patrons. Il éclata d'un rire tonitruant et ajouta sarcastiquement : tout le monde a droit à une dernière chance, non ? Est-ce que je peux faire quelque chose pour toi ? Je secouai ma tête en silence. Bon, eh bien, prends soin de toi. Appelle-moi quand ça ira mieux. Quel aplomb ! les gars étaient impressionés. Ce n'est pas le genre de gars qui se laisse avoir par les méthodes habituelles. C'est vrai, dis-je, comment fallait-il alors s'y prendre ? Ce type plane si haut qu'on ne peut l'avoir que comme au tir au pigeon. C'est comme avec les extrémistes de droite qui avaient violé Susann. Seul un traîtement de choc avait pu les calmer. Mais il sera difficile d'appliquer la même méthode à ce type, les Loonis sont bien trop prudents. Il y a de fortes chances qu'ils soient encore en ce moment en train de nous espionner. Un de mes gars avait encore en sa possession un P3 paralyseur, un ancien modèle qu'il avait volé à la police il y a trois ans. Ce genre d'arme n'existait plus aujourd'hui. Mais quoi qu'il en soit, c'était une arme qui calmait efficacement les gens. Je savais de quoi il s'agissait, la police française avait utilisé de façon expérimentale ce genre d'arme. Physiquement l'arme était relativement inoffensive, elle immobilisait pour un certain temps l'individu, mais psychiquement il n'en allait pas de même, le P3 avait un effet un peu particulier. Le choc qu'il provoquait atteignait certaines parties du cerveau, au point qu'il entraînait une modification sensible de la personnalité. La victime devenait notoirement plus « sage », dans le jargon de la police, plus modérée dans son comportement. La Justice française avait fini par interdire l'utilisation de telles armes, parce qu'elle portait atteinte à la dignité humaine. Mes gars me dirent, bien sûr, tu ne peux pas te permettre de te faire prendre avec ou tu perds ton boulot. Il vaut mieux que l'on s'en serve à ta place. C'était évident, l'U.G. ne tolérerait jamais qu'un créateur de sens soit compromis dans une telle affaire. D'un autre côté je n'avais plus grand chose à perdre, Zazo avait déjà entre ses mains des preuves suffisantes pour me couler complètement quand il voudrait : « créateur de sens » pris en flagrant délit de tentative d'enlèvement de Loonis à l'aide d'une bande de délinquents parisiens. Bien sûr Zazo lui aussi n'était pas irréprochable. J'étais sûr qu'il intervenait de façon illégale sur ses adeptes, mais je n'avais pas de preuves tangibles. Je le connaissais bien toutefois ; au cours de nos discussions sur la liberté mentale il n'avait pas caché son mépris pour les êtres humains, il avait bien qualifié les hommes de parasites à la terre et ajouté d'un sourire quelque peu machiavélique que les Loonis savaient, eux, comment prendre bien en main ces imbéciles. Mais avec toutes ses initiatives reconnues de par le monde, il possédait une parfaite couverture pour lui et pour les siens et personne ne pouvait lui reprocher quoi que ce soit. Ma troupe d'élite avait raison, il n'y avait encore que quelques mois que je n'avais pas eu les moindres scrupules d'utiliser des méthodes illégales pour punir ces fascistes religieux d'extrême droite qui avaient violé la copine d'un de nos gars. La configuration était semblable aujourd'hui, nous ne pouvions arriver à rien si l'on s'en tenait aux méthodes légales. Me fallait-il avoir plus de scrupules maintenant que j'étais « créateur de sens » ? Il n'y avait guère que deux possibilités concernant Zazo : soit il continuerait d'agir impunément, soit on lui donnerait une leçon telle que le paralyseur par exemple permettrait de lui donner. Tout le monde était d'accord, et ma troupe d'élite avait une vision encore plus radicale ; on ne pouvait en arriver à rien si l'on s'en tenait aux méthodes trop prudentes de l'U.G., ce gars échapperait toujours à la justice. Et voilà que j'étais confronté à ce conflit entre moralité et réalité. Il y avait d'un côté les grandes valeurs morales, dont Mme Dreyer voulait me rapprocher et de l'autre ce bon vieux caractère impitoyable de la lutte quotidienne pour la vie. Je ne savais que trop que les grands principes étaient impuissants contre des escrocs habiles. Je pensais à Gideon, aurait-il trouvé une solution plus appropriée dans le cadre de la légalité ? Peut-être eût-il fallu se servir des médias ? ou mener une enquête plus discrète ? Plus j'y pensais plus j'étais convaincu que Zazo aurait magistralement repoussé quelque tentative que ce soit. Pour moi il était hors de question de le laisser intact. Je me sentais plus proche de l'archange Michael avec son épée punitive que de Jésus et son pardon. J'étais un lutteur et j'étais décidé á donner une correction à ceux qui pensaient pouvoir agir impunément. Zazo était une menace pour les hommes et il m'avait fait perdre ma famille. Le paralyseur me paraissait exactement l'arme qui lui convenait, il fallait le calmer. Mes gars se rendaient bien compte de ce qui se passait en moi ; on va le faire à ta place, tu peux compter sur nous. Non, répliquai-je, il n'en est pas question, c'est mon affaire.

Je quittai mes amis mon arme dans mes bagages. Je restai deux jours de plus à Paris, duex jours pendant lesquels je profitai de ces lieux familiers pour laisser aller mes pensées. Je me doutais que les choses iraient naturellement leur chemin, comme toujours. Ma vie avait atteint un embranchement, d'un côté au moins il n'y avait pas de retour possible et donc les circonstances s'enchaîneraient inéluctablement. Je choisissais d'agir par la force et je quittais donc irrémédiablement le domaine de la respectabilité. J'allais perdre mon emploi de « créateur de sens ». La raison qui habituellement me guidait me disait de m'abstenir, d'être patient et de prendre le temps de trouver des solutions. Mais cette fois c'était mon cœur qui l'emportait. Je pris l'avion pour San Francisco, le paralyseur dans ma malette diplomatique de l'U.G.

La maison était insupportablement vide sans la famille. Je fus pris d'une grande tristesse, j'avais la gorge serrée et je me rendis alors compte que de loup des villes endurci et froid que j'étais devenu sentimental et vulnérable. Seul dans la grande maison, loin du rire et des larmes des enfants, la fin de ma carrière professionnelle devenait une évidence. Les meubles et les bibelots que Julia et moi avions rassemblés dans l'enthousiasme perdaient tout sens. Que Mme Dreyer m'appelle selon sa phénoménale intuition, rien ne comptait plus. Je revenais en arrière, je redevenais loup. Et c'était exactement cela qu'il fallait que je devienne si je voulais prendre Zazo avec mon paralyseur. Je ne pouvais y arriver que si j'étais de glace. Je redevins froid et calculateur.

Quelques jours plus tard je m'invitai chez Zazo. Je voulais savoir où et quand il apparaîtrait en public. Je ne pouvais l'avoir qu'en dehors de l'espace Looni, car même en tant qu'ami j'étais chaque fois fouillé de la tête aux pieds par ses gardes du corps.

Zazo ne me parut pas aussi ouvert que d'habitude. Je lui avais demandé de pouvoir me détendre encore une fois dans son luxueux bain de vapeur. J'essayais par quelques plaisanteries de détendre un peu l'atmosphère, rien n'y fit. Je lui expliquai que pour parachever le rapport sur lui que je devais remettre à l'U.G. j'aurais aimé faire un portrait de lui en tant que conférencier au cours d'une tournée. Mais peut-être, ajoutai-je, ne te montres-tu plus en public ? Rarement, dit-il, je suis déjà trop vieux pour ce genre de tourisme, peut-être trop paresseux. Et ta famille, est-ce que ta femme est revenue ? Non, répondis-je ; offensée, dit-il ; oui, quelque chose du genre. Elle ne pardonne pas facilement ta petite femme. On verra, me contentais-je de dire. Ne t'inquiète pas, tout s'arrangera tôt ou tard, conclut Zazo. Je l'espère aussi. Quand même Ronda, l'idée d'enlever mes gens, t'es vraiment pas bien ou quoi ? Je ne répondis rien. Tu méritais bien une leçon. Mieux vaut cela que de te retrouver au chômage. Oui, dis-je, mais laissons tomber cela, veux-tu bien, parlons plutôt de ta prochaine tournée professionnelle, quand pourrais-je t'accompagner ? Il me fallut me patienter pendant deux semaines avant d'arriver à lui faire dire la date d'une conférence qu'il allait faire à Londres.

Zazo devait donner le 28 mai 2030 une de ses rares conférences à l'extérieur des centres Loonis au Théâtre

Créatif de Londres : le thème ; « Un temps pour l'âme – la sagesse Looni ». La publicité en était faite sur toutes les voies de communication commerciale. Quiconque le souhaitait à partir de Londres par téléphone ou par e-mail pouvait obtenir la date de la conférence et l'heure, gratuitement, ainsi que la brochure publicitaire. Le Théâtre Créatif de Londres était équipé de 50000 places. La conférence était transmise sur six chaînes de télévision. Le nom du conférencier n'était pas mentionné, et ce en accord avec la philosophie Looni qui mettait l'accent sur le contenu et non sur l'individu. A cette occasion Zazo me fit part d'une conférence. Ces singes insulaires, par qui il signifiait les britanniques, n'ont jusqu'à présent montré que peu d'intérêt pour notre religion. Ce sont des maniaques depuis des générations. C'est un pays marqué pour l'isolation du code génétique de l'obstination, me dit-il. Il considérait cette conférence à Londres comme une tentative historique pour rompre cette obstination britannique. Cela lui paraissait une raison impérative pour se forcer à prendre les devants. Il pensait que la vie était trop courte pour perdre son temps en futilités. En mon fort intérieur je savais qu'il n'allait pas s'agir de futilités pour lui à Londres.

Bien sûr il restait bien des difficultés à surmonter. Le Théâtre Créatif était bien protégé. Et puis j'avais toujours Demian à mes talons. Je le soupçonnais de m'avoir espionné à Paris lors de mes rencontres avec ma troupe d'élite et d'avoir mis Corinna sur mon chemin. Par prudence je le lançai sur une fausse piste. A la même date que la conférence de Zazo, je fis semblant d'organiser une rencontre avec mes gars à San Francisco. Demian devait contrôler mes communications, nous utilisions donc un code, mais le code était tel cette fois que Demian pouvait au prix de quelques efforts arriver à le briser. Nous feignîmes une tentative d'effraction de la villa de Zazo au moment-même de la conférence. Deux jours avant la conférence je pris rendez-vous avec mes gars à Paris. Puis en Belgique, ma terre natale, dont je connaissais les moindres recoins, je me permis de semer Demian. Personne ne pouvait me filer chez moi. En un moment historique de ma vie dans lequel je m'engageai tout entier, je traversai la Manche dans un hors-bord. J'assistai au concert donné par Richard Einhorns le 26 mai à 20 heures, au Théâtre Créatif de Londres. Je profitai de la brillante représentation de l'orchestre philharmonique des Pays-Bas pour inspecter très tranquillement, avec quelques transcriptions musicalles sous le bras, l'accès à la scène et la possibilité de me cacher à proximité. Il y avait une vaste garde-robe près de la cabine du souffleur, elle servait de cloison, je m'y installai vaille que vaille pour les deux nuits à venir. Lorsque le service d'ordre Looni investit les lieux, ils n'eurent aucune chance de me trouver.

La soirée de la conférence arriva enfin. Zazo m'avait donné une entrée au premier rang et ne dut pas s'étonner de ne pas m'y voir. Demian avait dû lui parler du faux projet, et Zazo devait s'assurer que je me retrouve entre les mains de la police. En fait j'étais plus près de lui que n'importe qui. Je m'attendais à ce qu'il y ait un garde du corps dans la cabine du souffleur et j'avais sur moi une sarbacane. C'était une arme qui me restait de l'époque des combats des rues. Elle était en aluminium et téléscopique avec des rayons au carbone à l'intérieur. C'était une petite arme idéale pour envoyer des projectiles à fine tête en acier et au corps en silicone. Silencieux et d'une grande précision jusqu'à dix mètres. J'avais sur moi des projectiles pouvant endormir un gêneur qui auraient très bien fait l'affaire dans la cabine, mais il n'y vint personne. A travers une fente dans le rideau je voyais Zazo devant moi à deux mètres de distance. Je l'écoutais l'arme à la main. A la manière dont il parlait et à la manière dont il m'avait traîté au cours de nos dernières conversations personnelles,on ne pouvait absolument pas penser qu'il put faire de mal à qui que ce soit. Au contraire il émanait de lui sympathie et chaleur. Une fois de plus j'étais près de succomber à son charisme. Je me pris à douter.

130

Fallait-il vraiment le condamner ? D'accord, il était quelque peu ironique à l'égard des autres et traîtait les hommes comme des jouets, mais pouvait-on pour autant parler d'un être pervers ? Plus je le regardais là devant moi, moins j'étais sûr de moi. Il fallait que j'inverse le sens de mes pensées. Pour quelles raisons m'étais-je donc donné tant de mal à venir ici ? Pourquoi en étais-je arrivé à penser qu'il était pervers ? Bien sûr, c'était grâce à son charisme qu'il arrivait à magnétifier tout le monde, et pas seulement moi. Peu importait en fait que les millions de personnes qu'il avait rassemblé dans son organisation aillent au diable. Tout a son propre intérêt, peu lui importaient êtres humains ou la moralité. La fascination qu'il exerçait sur les autres, voilà ce qui le rendait vraiment dangereux. Ce n'étaient pas simplement les Loonis mais jusqu'à ma propre famille qui avaient dû pâtir de lui. Zazo venait de dire : ... tous les êtres humains s'efforcent d'établir la paix entre la nature, Dieu et eux-mêmes..., lorsqu'un éclair aveuglant jaillit du trou du souffleur et vint mettre terme à ses boniments.

En une fraction de secondes, une confusion extrême s'empara du cerveau de Zazo ; les étapes antérieures de sa vie s'engouffrèrent dans sa tête en une folle séquence d'images fulgurantes. Son corps meurtri lui échappait et avec lui tout contrôle de lui-même. Son esprit semblait avoir quitté son corps et vivre de sa propre conscience. Il voyait de l'extérieur son propre corps étendu sur le plancher de la scène épris de convulaions. Puis tout sombra dans l'obscurité. Autour de lui il n'y eut plus que murmures et chuchotements, faibles d'abord, puis de plus en plus forts. Qu'est-ce que c'était donc ? il comprit tout à coup, il devait s'agir de mauvais esprits ou de démons qui cherchaient à se l'arracher. Ils sifflaient, cancannaient, caquetaient, gargouillaient autour de lui en fracas obsédant. C'était comme s'ils l'avaient déjà emporté parmi eux, comme s'il était déjà dans leur monde. Lui se débattait pour échapper à cette obscurité, à cette interminable agression. Il voulait revenir à son corps, oui, revenir à lui et hurlait ce retour en criant non ! non ! Mais personne n'entendait rien. Il était en train de vivre la petite mort, expérience qui allait le marquer jusqu'à la fin de ses jours. Ses gardes du corps durent intervenir pour le maîtriser.

Je l'avais atteint dans le mille. Et j'étais convaincu avoir fait ce qu'il fallait lorsque quelques secondes plus tard, le service de sécurité de Zazo me débusqua. Il y eut un parfait charivari. Les spectateurs se jetèrent vers la sortie et les médias furent sur moi en moins de temps presque qu'il n'en fallut au sevice de sécurité. Pourquoi avez-vous fait cela ? Qui êtes-vous ? criaient-ils dans la salle. Les flashs m'éblouissaient. « La racaille méritait qu'on lui cloue le bec, » me contentais-je de répondre. Et puis la police londonienne me conduisit au poste de police. Juridiquement on ne pouvait guère s'entendre sur le sujet. On ne pouvait même pas prouver qu'il y ait eu véritable blessure, car le corps était intact, et il ne manquait pas dix experts qui avaient travaillé pour la police parisienne pour dire que l'on ne pouvait même pas parler de douleur infligée au sens propre. Les experts étaient même plutôt d'avis que cette traumatisante expérience infligée à la victime pouvait même être plus bénéfique que nocive, mais la haute Cour de Justice avait interdit l'arme par égard à la dignité humaine et la libre disponibilité de son propre corps. Je fus donc condamné pour port d'arme illégal et pour un ou deux autres motifs secondaires au cours d'un jugement provisoire rapide. Je n'avais pas d'antécédent avec la justice, j'étais « créateur de sens », et je bénéfiaciais de circonstances atténuantes. Aussi considéra-t-on que ma détention de trois jours au poste suffirait comme peine et on se contenta de me donner une amende à payer.

Mme Dreyer me rendit immédiatement visite à la prison. Elle était désolée, désolée que j'en étais arrivé là. Tout ce qui avait trait à la justice ne l'intéressait guère. Pourquoi ne pas être venu me consulter ? me dit-elle. Parce que votre réponse ne m'aurait été d'aucune utilité, me contentais-je de répondre. Et puis j'étais trop révolté, je ne voulais pas la blesser. Avec des larmes, elle me tendit les papiers de démission. Vous pouvez encore bénéficier de votre statut et voyager aux frais de l'U.G. pendant une semaine, me dit-elle. Vous laisserez tous vos documents ainsi que le communicateur auprès de Mlle Vandercast. Je vous souhaite le meilleur pour la suite, Ronda. Je la serrai dans les bras pour la première et la drenière fois.

La rencontre avec Julia fut encore plus étrange. Mme Dreyer l'avait encouragée à venir à Londres. Assise près de moi elle me parut toutefois très lointaine. Aucune parole de sympathie, aucun regard tendre. Tu as beaucoup changé, me dit-elle, et ajouta : Ne t'inquiète pas pour nous. Ça se passe bien. Je demandais pour les enfants, et elle me fit comprendre qu'ils étaient fort heureusement trop jeunes pour comprendre et qu'ils oublieraient vite. Le jardin d'enfants ça leur fait du bien, dit-elle, et ajouta gratuitement qu'il valait mieux que je les laisse tranquilles pendant un certain temps. Pour la première fois je me rendis compte avec quelle facilité un profond amour pouvait dégénérer en gestes insignifiants. Je lui demandai si elle pensait qu'un jour nous pouvions nous retrouver, mais elle me répondit de manière très terre à terre qu'il lui fallait d'abord prendre soin des enfants et d'elle-même, et elle me demanda si je pouvais lui faire parvenir tel et tel accessoire de cuisine par le biais de ses parents. Il ne lui semblait pas possible d'éprouver à nouveau des sentiments profonds à mon égard. Au moment de nous quitter je voulais la serrer dans les bras aussi, mais il ne fut pas possible d'échanger plus d'un poignée de main.

CHAPITRE 5
L'ODYSSEE DE RONDA

Mon dernier voyage me conduisit de San Francisco, où j'avais réglé les problèmes de logement et d'accessoires d'intérieur, à Paris, mais non pas pour chercher à y voir Julia ou les enfants. J'avais aussi réglé mes problèmes affectifs avec eux. Je ne voyais tout simplement pas d'autre endroit dont je me sentais plus proche. Mais même ces rues-là n'étaient plus tout à fait les miennes. Les gars de mon équipe faisaient bien tout ce qu'ils pouvaient pour me remonter le moral, mais je ne pouvais plus supporter la saleté de la ville. Mes amis vivaient de l'allocation de l'U.G. et lorsqu'ils n'étaient pas assis dans leur fauteuil-télécommande, ils se faisaient un peu d'extra en travaillant au noir comme vigiles pour des magasins ou des clubs de tennis. C'était d'un ennui mortel. Nous avions vieilli, les gangs étaient contrôlées par des jeunots. Nous ne pouvions plus partager avec eux les mêmes jeux. Je devins à mon tour bénéficiaire de l'alloation de l'U.G., trouvai un logement près de mes potes, et très vite, nous prîmes l'habitude de nous voir un jour sur deux. Il n'y avait là rien de bien passionnant, mais que faire sinon ? Où pouvais-je reprendre une nouvelle vie ? Pourquoi pas au Canada ? Je m'y étais toujours senti bien au milieu de cette vaste nature. Mais je n'avais plus les moyens de m'y rendre. Il y a des espaces en Europe aussi, pensais-je. Oui, c'était à la campagne qu'il me fallait aller, j'y menerais une vie plus saine : le calme, l'air pur. Je pouvais travailler à une ferme, je gagnerais toujours plus même si c'était peu de chose, qu'en touchant à l'allocation maximale de l'U.G. Le travail physique en peine nature me feriat du bien. Je ne pouvais plus supporter de traîner sans rien faire. De mes derniers sous, je m'achetai à un prix exorbitant l'équipement de randonneur : pantalon et veste thermiques, chaussures thermiques, pour faire face aux températures de plus 30° C à moins 40° C, une petite tente thermique ronde, un sac de couchage thermique lui aussi, un matelas à air, et un mini-set pour cuisiner. L'ensemble ne pesait pas plus de quatre kilos, et rentrait aisément dans mon sac à dos qui était à peine plus grand qu'un ballon de foot. C'était du matériel high-tech qui permettait au corps de respirer tout en étant imperméable à 100%, et qui allait me rendre d'inestimables services au cours des années à venir.

Je partis à pied à travers la campagne estivale vers le Sud, libre comme l'enfant attentif aux odeurs et aux fleurs. Depuis bien longtemps, je n'avais pas écouté le chant des oiseaux, ni ne m'étais étonné de voir avec quelle facilité les odeurs, les sons, l'atmosphère pouvaient me faire remonter dans le temps. La nuit je m'allongeais dans les prairies, compagnon de la multitude d'insectes vivant au ras du sol, et plongeais mon regard dans le ciel vers l'infini : des millions de soleils réchauffant des milliers de planètes, loins et à jamais hors d'atteinte même par les moyens les plus évolués. Je m'étais mis en règle avec l'U.G. pour pouvoir, grâce à ma carte d'identification personnelle, percevoir les coupons de subsistance minimale dans n'importe quelle ville. Dans les bureaux d'allocation, je rencontrais des compagnons de route, ou, si l'on veut, comme on les appellait à l'U.G., des sans-abri. A mon grand étonnement, beaucoup d'hommes et de femmes avaient choisi de vivre ainsi ; peu de femmes, une sur cinq peut-être, et on rencontrait les couples les plus extravagants. J'appris peu à peu leur lagage codé par signes et inscriptions. Un demi-cercle avec un traît sur le côté par exemple, griffonné discrètement sur un mur, montrait que dans une rue adjacente on pouvait trouver un abri couvert, ce qui pouvait être fort utile pour passer la nuit en ville par temps de pluie.

Mon équipement de première classe me rendait de grands services, et faisait bien des envieux. Les autres étaient souvent trempés jusqu'aux os et avaient froid. J'étais toujours à l'aise. Je sentais bien qu'un jour j'allais me faire voler ce bien inestimable. Je décidai donc de le maquiller avec une peinture au teflon, qui ne nuirait pas aux propriétés du matériel, et que je subtilisai dans un magasin spécialisé.

Enduit de gris et de marron mon équipement ne se faisait plus remarquer. Somme toute il y avait peu de problèmes entre vagabonds. Ça aurait pu être bien pire. Et puis leur allocation était supérieure à celle des sédentaires. Ils étaient relativement satisfaits de leur sort et ne souhaitaient pas donner une mauvaise images d'eux-mêmes, et chacun se faisait un pont d'honneur de ne pas répandre d'ordures. C'était du moins le cas dans les pays d'Europe du Nord. Les Européens du Sud avec leur têtes de Portugais répandaient eux leurs ordures dans les bois à tel point qu'être propre soi-même n'avait plus de sens. En neuf mois j'atteignis le Portugal. Neuf mois qui passèrent comme deux semaines. J'appris les plantes comestibles, les champignons, les baies et me baignais dans les eaux pures des sources. Le temps ne comptait plus. La seule contrariété vint des bureaux d'aide sociale au Portugal. On savait que les autorités portugaises travaillaient lamentablement, mais à quel point, j'allais le découvrir. Un jour, en sortant une fois de plus d'un bureau sans succès – panne de circuit informatique ; en fait je pense que les employés étaient incompétents – je repensais à l'idée de travailler à une ferme. J'en avais par dessus la tête du laisser aller portugais, et je n'avais guère envie de travailler en pleine chaleur en Espagne, et je repartis pour la France. Après de longs méandres je passais la frontière qui séparait l'Espagne de la France à Bayonne. Je me sentais chez moi. De Bayonne, je longeai la côte atlantique. C'était l'été, j'en profitai pour prendre mon pied avec les estivantes bronzées, dans les vagues, et parfois dans les dunes aussi. De temps à autre il me fallait consacrer une journée au travil pour l'U.G. Enfin j'arrivai à Creon, petite ville idyllique à l'est de Bordeaux. Au marché je rencontrai par hasard un viticulteur en quête d'une main d'œuvre pour les vendages. Parce que cela l'arrangeait de me déclarer, il fallait passer par l'U.G. C'était une très ancienne ferme de famille, l'épouse, elle, était toute jeune. Elle avait un visage d'ange et se déplaçait avec une sensualité absolument époustouflante. Je n'avais jamais cherché à fréquenter des femmes mariées, mais celle-ci ne me laissait pas le choix. Comme avec Corinna, l'aventure fut terre à terre et sans détours. Nous reconnûmes notre désir réciproque au premier regard, et il ne s'agît plus que d'attendre le moment favorable. Mais le viticulteur surveillait son bijou de près. Ce n'était pas évident de nous rencontrer, impossible pendant la cueillette. La seconde semaine de vendage je pus enfin plonger mon corps dans le sien. Nous jouissions d'un complet débordement des sens lorsque nous entendîmes le mari atteindre en soufflant la crête de la colline où nous nous étions nichés. Ainsi se termina mon premier travail à la campagne. Je redescendis la colline le mari à mes talons. Il me poursuivit en pleurant pendant plus d'une heure. J'étais désolé pour lui, et content, d'un autre côté, de ne pas avoir de tels soucis.

A Bergerac, je trouvai à nouveau du travail dans les vendages. Monsieur Pellier s'était spécialisé dans les vins nobles. Tout était d'une très grande propreté. J'eus même la chance de pouvoir à nouveau me détendre dans une baignoire. Nous travaillions comme des esclaves du matin au soir. Le soir on nous servait un repas restaurateur. C'était supportable bien que le salaire soit à peine supérieur à l'allocation de l'U.G. Fin octobre, les récoltes étaient finies, je repartis sur les routes. Je remontai la vallée de la Dordogne qui devenait de plus en plus belle. Mais l'insatisfaction commença à me gagner. Je commençais à en avoir assez de la nature. Petit à petit cette vie de vagabondage commençait à me peser, j'en avais un peu marre. Il me manquait un but. Cette vie n'avait pas de sens, il en fallait un. Amusant, non ! moi, l'ex- « montreur de sens », l'ex- « créateur de sens » assis près d'un cours d'eau, en quête d'un sens ! Tant que j'avais eu à m'occuper des autres, je n'avais pas eu besoin de me préoccuper d'un sens à ma propre vie, mais maintenant j'étais devenu un vagabond, sans foyer. J'avais vécu ainsi pendant une année, beaucoup appris, certes, mais il me semblait plus pouvoir retirer grand-chose de cette manière de vivre. Et puis nous nous installions dans l'automne, il ne faisait déjà plus si beau, que faire ? Je ne savais plus trop quel chemin prendre, mes pensées tournaient en rond. Ne sachant où aller je dérivais ainsi quelques jours tel un animal désorienté dans la région de Puybrun.

Zazo, après ce que les Loonis appellaient « l'agression » de Ronda, dut se confronter très vite à Demian. Celui-ci essayait de se substituer à Zazo chaque fois que possible. Il sentait que son patron n'avait plus la détermination d'autrefois, la même poigne. Mais il restait à Zazo suffisamment d'intelligence pour se rendre compte de ce dont il était capable, et pour prendre la mesure de la situation. A la suite de l'agression il avait perdu sa confiance aveugle en lui-même. Il n'avait plus les mêmes certitudes concernant les grands problèmes de l'existence. La vie ne lui paraissait plus aussi simple, et les êtres humains apparaissaient, eux, avec une plus grande complexité. Toutefois il ne souhaitait pas laisser le sort des Loonis entre les mains de Demian. Les médecins, ses amis, lui avaient conseillé de se retirer de ses fonctions, de prendre le temps de récupérer, et de confier les responsabilités quotidiennes à un successeur compétent. Il avait toutefois une idée bien précise du genre de pouvoir que Demian voulait exercer, et de ce qu'il ferait avec. Il n'avait pas de successeur possible, il ne pouvait pas y en avoir, le système qu'il avait construit reposait sur lui, était à son image, et les secrets de ce système étaient d'une nature trop explosive pour être révélés à qui que ce soit. Il ne fallait pas que quiconque sache ce qui se passait derrière la scène. Grâce à un esprit perpétuellement aux aguets, il arrivait encore à maîtriser l'ambition de Demian. Il lui faisait faire le travail le plus ingrat, l'accablait des erreurs qu'il avait faites, et laissait entendre qu'il ne lui faudrait guère plus qu'une poignée d'années avant de retrouver sa pleine force d'autrefois. Ce dont Zazo ne se doutait pas, c'était que Demian continuait à s'acharner à espionner Ronda qu'il n'arrivait pas à chasser de son esprit. Et Demian était au courant de toutes les pérégrinations de Ronda.

Assis à Camps sur les bords du Cère, je pensais au symbolisme de ma carrière. Si j'avais échoué, c'est à cet homme, à Zazo, que je le devais, lui qui avait en même temps été à l'origine de ma promotion. Il ne m'avait guère porté chance depuis notre adolescence. En sa compagnie, j'avais toujours éprouvé tension et exaspération, et c'était moi qui me mettais dans ces états. Chaque fois que nous faisions des coups, à l'école, dans les magasins, aux gens un peu bizarres, c'était sur moi que retombaient les responsabilités, moi qui en subissais les contre-coups. Maintenant, encore une fois, c'étati moi qu'on mettait au pilori et Zazo s'en sortait bien. J'étais encore une fois le perdant. Ce qui m'attirait irrémédiablement, c'était de mesurer nos forces, mais ma force il s'en emparait, et j'en restais dépourvu. Avec Michel il en allait de manière toute différente. Michel par sa douceur ne provoquait pas de rivalité, ne sollicitait pas d'épreuve de force, et ma force, il me la laissait. Fréquenter Michel, c'était se renforcer soi-même, parce que nos actions étaient construction, même si parfois ça manquait de piquant. Peut-être y avait-il ainsi entre les hommes des compatibilités et des incompatibilités fatidiques. Que fallait-il faire ? Partir en quête de la relation compatible qui favorisait l'épanouissement ? qui serait donc la bonne ? qui serait constructrice ? Si oui, serait-ce alors bon pour moi que de me retrouver avec Michel ? Et puis je me dis que même s'il n'en était pas ainsi, ce serait intéressant de voir ce qu'était devenu ce bon espoir. Celui donc qui m'avait déjà donné de la force dans mon adolescence m'en donnait à nouveau puisqu'il m'aidait à prendre une décision quant à la direction à prendre ; la sienne. L'idée de le revoir me donna un second souffle. Je me souvins de ce que Zazo avait dit, il s'était associé à une femme dynamique qui l'avait expédié en Italie du Nord, aux environs de San Remo. Ça commençait par Bu... et le reste je ne m'en souvenais plus. Je me mis en marche pour l'Italie du Nord, pour San Remo, vers Michel.

L'automne s'effaçait déjà devant un hiver désagréable lorsque je me retrouvais Via Romana à San Remo. Un vent fort agitait violemment les palmiers, et je me rendis au bureau d'aide sociale. Il y avait beaucoup moins de clochards qu'en France, et je n'avais guère à attendre pour obtenir mes coupons. Toutefois il y avait un inconvénient, les quelques sans-abri qui se trouvaient là se devaient conformément à la réglementation de l'U.G. de ne faire que du travail d'intérêt général ce qui impliquait plus de travail qu'en France. Cela expliquait peut-être pourquoi les clochards étaient moins nombreux. Pour moi, cela se traduisit par du travail sur la plage, alors que j'étais à peine arrivé. Il s'agissait de ramasser des algues. Nous entassions cette matière gluante dans des bidons que l'on mettait à sécher sur des terres pauvres afin de les enrichir. C'était une action parmi d'autres visant à débarasser la Méditerrannée de cette plaie qu'étaient devenu les algues. Même les Baléares étaient menacées par cet épais tapis. On considérait cette « pêche des algues » comme une fructueuse et prometteuse activité commerciale.

Le petit village commençant par Bu..., près de San Remo, était Bussana. Il s'agissait en fait de deux villages : Bussana Nova et Bussana Vecchia. L'histoire du village était assez symbolique par elle-même. Il y avait trois siècles, la communauté catholique du village avait péri sous le toît de l'eglise qui s'était effondré sur eux lors d'un tremblement de terre au milieu-même du sermon. Le séisme s'était déclenché au moment-même où le prêtre avait dit ces mots : « Que Dieu nous protège des tremblements de terre, qu'il protège notre saint père le Pape, qu'il protège l'Eglise catholique et ses fidèles... ». Le village à moitié détruit resta désert pendant très longtemps. On construisit un nouveau village, et l'ancien devint plus tard un village d'artistes, et ... de touristes.

Le boulanger à qui je demandai à Bussana Nova comment trouver un peintre appelé Michel me donna pour Michel le

« pintore » un petit gâteau, car il savait qu'il les aimait beaucoup. Il y avait un tableau de Michel au dessus du comptoir, un cadeau, me dit fièrement le commerçant, qui aujourd'hui vaut déjà plusieurs milliers de dollars. De toute évidence, Michel n'avait rien perdu de son pouvoir de séduction.

Pendant que je montais vers l'ancien village, le ciel se dégagea. Le soleil se mit à briller sur des oliveraies et des serres remplies d'aillets. Les cars de touristes se succédaient sur la route sinueuse. Ils venaient de Monaco, de Nice, Antibes, Milan même, avec leur chargement d'amateurs d'art. Je tombai sur Michel allongé dans un hamac entre deux oliviers. Il lisait un livre intitulé « La doctrine secrète du chevalier templier » d'Alan Oslo. Il n'eut pas l'air surpris de me voir debout devant lui après plus de vingt ans. Il était content, ce qui est fait pour être ensemble se rejoindra toujours tôt ou tard, dit-il. Il ne se rendait pas compte à quel point ces mots venaient toucher ma fibre symbolique. Il était passionné par sa lecture, et autour de quelques verres de vin, il me parla de ses dernières réflexions. Imagine-toi, ce qui est d'égale importance pour les Juifs, les Chrétiens, les Musulmans, c'est l'Ancien Testament. En dépit de toutes les différences, les lois de Moïse constituent la base de ces religions. Et voilà que commence ici la grande supercherie. Il me raconta comment ces religions avaient pris tellement d'importance grâce aux notions de crainte et de pouvoir, sur lesquelles était bâti l'Ancien Testament. Les hommes avaient été conditionnés à penser qu'il leur arriverait malheur, s'ils ne vivaient pas en accord avec les lois de l'Eglise. Mais d'autre part, Jésus, Mahomet et bien d'autres avaient montré que le Dieu que l'on rencontre à l'intérieur de soi est un Dieu d'amour et de miséricorde, et que le Dieu courroucé de l'Ancien Testament n'a rien à voir avec le Dieu créateur de toutes choses et omniprésent. Dieu est bien au-dessus des sentiments revanchards, et des récompenses. Le Dieu menaçant et brutal de l'Ancien Testament est l'invention d'esprits désireux d'établir un ordre sur lequel régner. Cette déviation opérée par des hommes soucieux de pouvoir est peut-être l'expression de l'ange déchu, Satan, ou quelque autre nom que l'on emploie pour désigner l'ombre matérielle de Dieu. Dès qu'il s'agit de matérialisme, d'argent, de pouvoir, dès que la crainte et l'effroi prédominent, le Dieu que peuvent atteindre les âmes libres s'éloigne. En d'autres termes, le Dieu de l'Ancien Testament n'est en réalité rien d'autre que le Diable, puisqu'il est le fruit d'esprits matérialistes. Tu te rends compte, ceux qui adorent ce Dieu adoreraient en fait le diable. Ça explique pourquoi ceux qui le font ont en fait tellement de succès dans l'univers matériel. Le problème selon Michel c'était que les hommes étaient faits de chair et d'os et se laissaient donc emporter inéluctablement par l'univers matérialiste.

J'eus l'impression d'écouter un sermon. Michel énonçait certaines vérités, à ne pas en douter, mais je n'étais pas d'humeur à partager ses considérations philosophiques. Je voulais du concret, j'étais envieux, je voulais voir ses tableaux, savoir comment il vivait, rencontrer les siens, regarder les touristes envahir les rues de Bussana, préparer un bon repas. Je me sentais bien et c'était grâce à lui. Il me fit clairement entendre que j'étais le bienvenu.

Son épouse était vraiment une maîtresse femme. Elle tenait une galérie à Bussana, et vendait les œuvres de Michel à des prix exubérants. Elle le contraignait à produire au moins deux esquisses par jour, pour les transactions quotidiennes. On ne peut pas de toute évidence vendre deux grands tableaux par jour, comme ça se fait par endroits, mais avec les esquisses et deux œuvres majeures par mois nous nous en sortons mieux que beaucoup d'autres. Elle ne pense qu'à l'argent, dit Michel, et à cause de ça elle est la proie facile du démon. Mais s'il me fallait vendre mes tableaux moi-même je serais probablement déjà allocataire de l'U.G. Celia intervint sèchement. Si j'ai bien compris ta dernière théorie, nous les femmes sommes de toute manière entre les mains du diable, aussi cette implication avec l'argent n'a-t-elle vraiment que guère d'importance, puisque ça ne vient rien changer en fait. Michel me fit un sourire entendu et continua à la provoquer ; tu sais, je lui ai dit que jusqu'à ce jour il n'y a pas encore eu un seul philosophe femme, ou un fondateur de religion, ce qui a certainement à voir avec le fait que les femmes sont plus proches des considérations matérielles quotidiennes que des pensées élevées. Oui, contra Celia, heureusement que nous les femmes nous avons un merveilleux corps matériel qui permet de donner la vie, il n'y a donc rien d'étonnant à ce que nous soyons plus près de la vie matérielle que vous les penseurs de haut vol. Pas du tout, dit Michel pour clore la discussion et pour réconcilier tout le monde je proposai de faire le soir un repas à ma façon. Je ne m'attendais pas à devenir par cette proposition le cuisinier attitré d'une famille de cinq personnes.

La maison de Michel toute en hauteur avait trois étages et datait du moyen âge. Elle était bâtie sur des voûtes et possédait deux pièces par étage. Elle n'était pas très vaste, cuisine et salle de bains au premier étage, à l'étage suivant une salle avec cheminée et une chambre, et deux chambres au dernier étage. Tout en haut on vait aménagé une petite pièce qui s'ouvrait sur le toit en terrasse d'où on voyait la mer. Elle servait de débarras ; je la rangeai et y installai mon matelas gonflable. Michel et Celia avaient deux enfants, Joel et Danni, et vivaient avec une jeune beauté de vingt-sept ans qui s'appelait Eve, une amie à Celia. Joel avait treize ans et tenait de son père. Il peignait déjà des protraits d'un étonnant réalisme. Danni avait deux ans de plus et était surtout préoccupée par les garçons. Je ne voyais pas trop la place qu'Eve occupait dans le foyer, mais je soupçonnais une relation un peu particulière avec Celia.

Le premier soir je préparai une fondue. Michel et moi nous nous procurâmes les ingrédients au supermarché. Je pouvais acheter ce qui bon me semblait sans me soucier des coupons de l'U.G. Michel payait en liquide. Il ne voulait pas, comme ça se faisait , commander sur Internet, et se faire livrer la marchandise. Internet, ça ne le branchait pas beaucoup. Tout au plus deux ou trois fois par an il s'asseyait devant son vieil écran de télé plat pour regarder quelque programme . Nous allâmes donc faire les courses : filet de bœuf, filet de porc, de dindon à des prix exorbitants. Nous achetâmes aussi tout l'accompagnement, des mayonnaises, de la crème fraîche, de l'ail, des radis, de la moutarde, des tomates, des oignons, des cornichons, des capres, du piment rouge, des piments verts, du persil, du fenouil. Puis encore du pain et du beurre, du fromage, du raisin, des jus de fruits et un bon vin rouge. Lorsque je vis l'addition, je ne pus me retenir de dire que l'âme diaboliquement matérielle de sa femme avait son sacré bon côté, ce qui provoqua un large sourire chez Michel qui dit : fort heureusement ce sont ses péchés, et pas les miens. Tout le monde apprécia le repas et la maisonnée décida sur-le-champ que dorénavant je serais préposé à la cuisine le soir. J'acceptai cette responsabilité car je voulais avoir mon rôle aussi au sein de cette famille, et puis j'aimais de toute façon faire la cuisine. Depuis les plats aux spaghettis, « Spaghetti al Pesto », jusqu'au « Wiener Schnitzel » j'offrais aux papilles gustatives de ma nouvelle famille toute l'étendue du goût de la cuisine européenne. La vie chez Michel était super et j'avais l'impression d'avoir toujours vécu avec cette famille. Mon passé n'intéressait pas Michel. Il me posa des question sur mes pérégrinations à travers l'Europe, mais ne montra aucun intérêt pour mon travail de « montreur de sens ». Zazo, il s'en moquait également. Il avait toujours été pour lui synonyme de mauvaises nouvelles, et puis, ajouta-t-il, tu sais, je suis trop bête pour m'adapter au monde moderne, d'un air gentiment provocateur. En fait il se consacrait à son art et à la philosophie. Celia passait la journée à la galérie. Elle s'occupait des clients, photographiait les œuvres de Michel et les proposait via Internet aux clients fichés et aux investisseurs d'art. Vendues

144

ainsi sur les sites du réseau les œuvres étaient plus chères. En s'occupant ainsi de lui, elle avait réussi à lui établir une certaine réputation déjà de son vivant. Il y avait des touristes amateurs d'art qui ne venaient à Bussana que pour lui. Eve était monitrice de glisse sur la plage de Bussana Nova. L'été elle donnait des cours aux touristes et aux débutants, l'hiver des cours de perfectionnement.

Après quelques semaines, Michel me proposa de rester aussi longtemps que j'en avais envie. Tous s'étaient concertés et étaient d'accord. J'avais ma place avec eux, j'étais ému. La relation entre lui et Celia et Eve m'intrigait, ayant moi même tristement échoué dans ce domaine de realtions humaines. Comment vous arrangez-vous à vivre ainsi à trois ? lui demandais-je un jour, avec un sourire comme première réponse. Ça paraît plus compliqué que ça ne l'est en réalité, me dit Michel, oui, mais, insistai-je, vous fonctionnez vraiment à trois ? Pas vraiment, Celia et Eve s'aiment, et parfois, nous nous amusons un peu ensemble. Il est rare que j'intervienne dans leur relation intime. Et toi, lui dis-je, tu n'es pas jaloux ? Non, dit Michel, c'est pareil pour moi, j'aime beaucoup Eve aussi. Mais ta relation avec Celia alors, elle n'est pas perturbée ? Non, bien au contraire, dit Michel. Comment ! c'est si simple que ça ? répliquai-je ; eh bien, oui, dit Michel. J'étais abasourdi, j'étais tellement habitué à une opinion différente en ce qui concerne les relations matrimoniales que je n'en revenais pas.

Avec des centaines de touristes par jour, Bussana n'était pas un endroit de tout repos, et c'est pourquoi pour peindre, Michel soit disparaissait sur la terrasse devant la pièce où j'étais installé, soit dans les champs au milieu des oliviers. Il était évident qu'il avait besoin de calme, comme presque tout le monde. J'avais le temps de libre, puisque je ne me mettais à la cuisine qu'après cinq heures. Je me baladais dans les environs, faisais de la planche à voile, ou allais pêcher. Michel me prêtait ses livres. Toutefois, malgré toutes ces activités, j'eus très vite la sensation de m'ennuyer. J'étais d'humeur mélancolique. Celia me conseillait de me consacrer à quelque activité créatrice : peinture, sculpture, poterie, poésie... Je m'essayai un peu à tout, mais sans que quoi que ce ce soit réussisse à extirper de moi ce vague à l'âme qui m'habitait. Des mois passaient, j'eus une amante, Inès à San Remo, Nous nous rencontrions au port, nous regardions les bâteaux à voile. Elle voulait se marier, avoir de enfants, autant de divergences qui ne permirent pas à notre aventure de se prolonger.

Un nouvel été, 2032, et nous voilà Michel et moi allongés sur nos hamacs entre les oliviers encore une fois. Il lisait un livre sur le bouddhisme à haute voix pendant que je sirotais du vin rouge. Ça agaçait Michel que les bouddhistes ne croient pas en Dieu. Ça ne me dérangeait pas. Michel était d'avis qu'une religion sans Dieu était comme amputée. Le Dalaï Lama pouvait être aussi religieux que possible, il lui semblait que si sa sagesse et son amour ne venaient pas d'un Dieu créateur omnipotent, il ne pouvait accéder qu'à une vérité partielle. Je ne pouvais partager l'intérêt de Michel pour de tels sujets, en fait, j'étais dans une passe où rien ne m'attirait. Je pensais à l'avenir. Pourtant j'étais bien à Bussana. La petite communauté que nous formions fonctionnait merveilleusement bien, nous vivions dans une harmonie parfaite dans la maison. Ines, sculpteur à Bussana, était amoureuse de moi et je lui rendais visite de temps à autre. Mes talents culinaires avaient fait le tour du village, à tel point que le restaurant du coin « Osteria » m'embauchait à l'occasion pour préparer des repas un peu hors de l'ordinaire. Tout allait bien, comment se faisait-il donc que je me sentais comme dans une cage ? Etais-je incapable de m'adapter à la douceur de vivre ? Michel pensait qu'il me fallait prendre des distances par rapport à cette harmonie. Mais il ne s'agissait pas vraiment de cela. Je constatai que jusqu'ici, ma vie s'était construite autour de confrontations. Avec mes parents, je m'étais battu pour être autonome, dans les rues de Paris pour exercer mon pouvoir, avec les frustrés pour développer la confiance et finalement avec Zazo pour la liberté. Mais ce n'était pas non plus la confrontation qui me faisait défaut. L'harmonie ne m'ennuyait pas, bien au contraire, j'en profitais tous les jours. Michel se creusait la cervelle en essayant de puiser dans ses considérations philosophiques, et finit par me dire ; peut-être te faut-il un maître spirituel ? Un maître spirituel ! au premier abord, l'idée me parut complètement hors de propos. Quel besoin avais-je de maîtres ! j'étais un anarchiste, je ne pouvais accepter que quiconque me dise où était la vérité, quels étaient les points importants de la vie. Ma vérité je l'avais en moi. Je ne faisais pas partie de la horde des faibles de l'humanité, qui a besoin des vérités des autres pour survivre. Je n'ai pas besoin de prognostiqueurs, dis-je à Michel ; non dit-il, non pas de prognostiqueurs, au contraire, un catalyseur. Un catalyseur ! que vas-tu chercher ? Autant que je me souvenais, la dernière fois que j'avais entendu ce mot, c'était en classe de chimie. La catalyse, ça avait quelque chose à voir avec l'accélération d'un processus chimique. Que veux-tu donc accélérer en moi ? dis-je à Michel, un peu perplexe. Tu ne trouves pas que je suis déjà trop agité ? Ce que je veux dire, dit Michel, c'est qu'un maître spirituel, un gourou, accélère le processus de la découverte de soi, voilà.

La découverte de soi, c'est le point sur lequel nous avions travaillé en tant que « donneur de sens » puis « créateur de sens » à l'U.G. pour prendre en main nos frustrés et nos protégés. En d'autres termes, ce que me recommandait Michel, c'était un « montreur de sens » pour me découvrir moi-même. L'idée me choquait un peu, n'étais-je pas un pro moi-même dans ce domaine, en tant qu'ex- « créateur de sens » ? Pouvait-on aller plus loin dans ce sens lorsqu'il s'agissait de se découvrir soi-même ? de trouver un sens à sa vie ? Moi, l'ex-maître, devenir élève à nouveau ! ça n'avait pas de sens.

Je crois, dis-je à Michel, savoir tout ce qu'il faut quant à la découverte de soi. Je ne pense pas que qui que ce soit puisse m'apprendre quoi que ce soit à ce sujet. Désolé, dit Michel, si tu te sens offensé, ce n'était vraiment pas mon but. Mais écoute ceci, dit Michel, malgré tout, je vais te poser une énigme : il parcourut son livre et lut : « une vache veut franchir la clôture, elle passe d'abord la tête entre les barres, puis le cou, enfin elle fait suivre son corps massif. Elle a presque réussi, mais l'extrémité de sa queue n'arrive pas à passer... » pourquoi ? Comment est-ce possible ? Je n'avais jamais entendu d'énigme aussi bête, tout ça n'avait pas de sens pour moi. Peut-être, dit Michel, mais cette énigme est millénaire, Ronda, et pour la résoudre, il faut t'approcher de l'illumination. On appelle de telles énigmes des « Koans ». J'avais de la peine à le croire et je jetais un coup d'œil à son livre. Michel n'avait rien inventé. Nous occidentaux, dit Michel, nous sommes trop dépendants de la logique et du rationnel. Les gourous dont je te parle remettent en question notre manière trop rigide, trop mathématique de penser en occident, et nous avons besoin de cette remise en question. Leur but n'est pas de révéler une vérité mais d'éveiller une conscience.

L'idée d'apprendre sans faire appel au rationnel commença à partir de cette conversation à faire son chemin dans ma tête de manière confuse mais séduisante, avec la clé de la récompense : l'illumination. Je voulais atteindre l'illumination, je me mis à lire les livres de Michel. Le Bouddhisme m'apparut comme la tolérance même mise en application, la seule religion qui accordait aux autres religions le statut qu'elles revendiquaient par elles-mêmes. Le bouddhisme soutient que la vie n'est que misère tant que l'on aspire aux biens de ce monde. Tous nos désirs meurent les uns après les autres, jusqu'à notre propre mort. Il y avait une logique dans tout ce que je lisais, comment pouvais-je me débarrasser de ma propre logique pour comprendre ! Fallait-il s'asseoir tel un bouddha sous un arbre en essayant de couper mes désirs ? Au moment-même où j'exprimais ce souhait, n'étais-je pas en train d'exprimer encore un désir ? Michel essayait de me guider ; fais le vide, concentre toi sur le moment présent, disait-il. Je m'assis et essayais de faire le vide, mais à part le mal au jambes et la soif du vin rouge, je n'en retirais pas grand-chose. Michel s'évertua à philosopher le mieux qu'il pouvait. Il me parla des arbres autour de nous, ils poussaient puis mouraient comme nous (en mangeant leurs olives). Ils étaient tous semblables en cela, qu'il s'agisse d'un olivier en Italie ou d'un pin dans l'Oregon aux Etats-Unis, absurde ou non, le cycle de vie était le même. J'écoutais sagement son flot de paroles, je ne pouvais pas imaginer que d'ici peu je perdrais la tête. J'étais trop perturbé, il fallait que je parte en recherche d'un gourou. C'est ça, il faut que tu trouves un maître, me répondit Michel, avec toute sa ferveur mystique. Bon, eh bien, la semaine prochaine je m'en vais. Michel ne s'attendait pas à une telle détermination, mais il réagit à son tour ; quoi, tu pars ? bon, l'Inde ou le Tibet ? Je n'en sais rien, répondis-je, j'irai où il faudra. Le soir-même Michel sortit des livres sur le Tibet. Selon lui, le Tibet c'était mieux, car c'était un des 24 lieux sacrés de la terre. Là tu trouves un gourou pour sûr. Tiens, regarde, me dit-il, en me montrant une photo sur le livre qu'il était en train de feuilleter, en voilà un. On voyait un homme, à la cinquantaine, vêtu d'une grande robe en laine. Sous la photo on lisait : « *région tibétaine montagneuse près de Zo-thang. Des moines hermites comme celui-ci existent encore parmi la population locale et sont vénérés comme des êtres sacrés. On leur attribue des dons parapsychologiques.*

C'était décidé, j'irais à Zo-thang. Mais je remarquai que le livre avait été imprimé à Zurich en 1989. Je n'avais guère de chances de tomber sur le moine photographié, il avait dû mourir depuis longtemps. Toutefois cela ne me détourna pas. J'étais décidé à poursuivre mon idée jusqu'au bout maintenant. Qu'avais-je à perdre ! et puis j'étais libre de revenir quand bon me paraîtrait. Michel me dit que certains gourous vivaient très vieux, peut-être voulait-il m'encourager à penser que l'homme sur la photo était encore en vie. Je n'avais pas besoin de cela pour aller jusqu'au bout de ma détermination réaliste.

CHAPITRE VI

RONDA AU TIBET

Il fallait donc repartir en direction du Tibet. Ma nouvelle famille était sincèrement triste. Je promis à chacun, y compris Eve, qu'après le voyage d'illumination je reviendrais. Celia, Ines et le restaurant Osteria sponsorisèrent mon billet de retour depuis Calcutta dans trois ans. Michel me donna une centaine de dollars pour, me dit-il, te faire un peu de cuisine de temps à autre. Demian se montrait toujours persévérant au sujet de Ronda et de Zazo. Après qu'il s'était assuré de la vie de bohème de Ronda en Italie, il avait cessé de le considérer comme un danger pressant. Toutefois il continua de le considérer comme facteur de déstabilisation possible. Il était toujours l'ami de Zazo, le plus proche peut-être, et on pouvait s'attendre à tout, comme il l'avait montré. Même s'il semblait ne plus s'intéresser aux Loonis ou à Zazo, rien n'empêchait qu'il tente un jour à nouveau de contacter Zazo. Cette surveillance ne coûtait pas cher, $ 50000 par an, en tout cas en vue des risques qu'elle permettait d'éviter si Zazo et Ronda se retrouvaient. Ronda continuait donc à être filé. Zazo, lui, se montrait de moins en moins agressif et entreprenant. L'année passée il n'avait guère eu d'autre initiative que de créer l'orchestre symphonique Looni. Le nombre de membres ne progressait presque plus, et il n'y avait que très peu de projets envisagés. Zazo semblait maintenant se satisfaire du résultat atteint. Mais à la longue, cette stagnation ne pouvait entraîner qu'une régression. C'est alors que Demian pensa pouvoir saisir sa chance. C'était lui qui organisa le congrès des chefs de premier et de deuxième rang, et ce faisant, il prit petit à petit en main la gestion du mouvement. Zazo, tout en voyant bien sûr ce qui se passait, le laissait faire, non par faiblesse ; il savait qu'il détenait toujours les rênes du pouvoir, mais il se demandait parfois vers où cette communauté Looni allait mettre le cap une fois la limite de sa croissance atteinte. Et puis il lui semblait futile de se limiter à vouloir sans cesse augmenter quantitativement puissance et influence. Il lui semblait plus important de sauver ceux qui étaient déjà au sein de la communauté et de les parfaire. Les machines mentales étaient utilisées de plus en plus rarement, et seulement dans des cas exceptionnels. Tel qu'il en était tout se passait bien. L'orchestre qu'il venait de créer lui donnait beaucoup de satisfaction, et par sa qualité il avait déjà acquis une réputation mondiale qui le plaçait au premier plan dans le monde. L'avenir de l'ambitieux Demian restait toujours un point d'interrogation. D'une part il le considérait comme un peu trop sans scrupules pour être un digne successeur, de l'autre, une organisation de cette taille avait besoin d'une gestion ferme. Quoiqu'il en soit, sur un point au moins Demian avait pris Zazo de court, et il s'agissait de Ronda bien sûr. Zazo ne se doutait toujours pas que Ronda était filé.

Arrivé à Calcutta j'allais au bureau d'aide sociale. Je savais qu'il y avait peu de bureaux dans les montagnes où j'allais me rendre et je voulais donc avoir des coupons pour les mois à venir. On me dit qu'il y avait aussi un bureau à Bhalgapur, dans la région où je voulais me rendre, et à Darjeeling. Si je voulais tout de suite des coupons et à l'avance, il me fallait travailler deux semaines dans le service de nettoyage de l'hôpital. Ce que je fis. C'était l'illumination qui comptait. Puis j'allai à Bhalgapur. Le billet de train me coûta 15 dollars plus un dollar pour une galette de pain et du fromage, auxquels il fallait encore ajouter 5 dollars pour le pittoresque train historique qui conduisit jusqu'à Darjeeling. L'argent donné par Michel fondait comme la neige au soleil, J'aurais pu faire des économies en prenant un car gratuit de l'U.G. pour aller à Darjeeling, mais le train c'était une expérience que je voulais vivre. Ce mini-train construit en 1881 affrontait un dénivelé de 2100 mètres en 24 heures. En allant tout au plus à dix kilomètres par heure, un tel voyage relativisait de nouveau pour moi la notion du temps. A Darjeeling j'obtins des coupons pour six mois en avance parce que je voulais me rendre dans les montagnes. Toutefois il y avait une condition à une telle avance, il me faudrait travailler pendant quatre mois dans une plantation de l'U.G. « Mon Dieu », pensai-je, « le chemin vers l'illumination est semé de pierres ! » En Europe je me rendais dans les bureaux une fois par semaine et deux ou trois jours de travail par ci et par là importaient peu. Mais quatre mois de suite à ramasser du thé c'était autre chose. Je n'avais pas le choix cependant. Il fallait que l'argent de Michel me fasse un peu plus d'un mois. Lors du premier passage nous ne coupions que les plus jeunes feuilles au sommet des arbustes. Elles étaient destinées à la confection du thé de meilleure qualité, l'« Orange Pekoe ». Puis au deuxième passage nous coupions les feuilles du milieu de qualité moyenne destinées au « Pekoe ». Puis nous enlevions le reste pour faire ce qui s'appellait le « Broken ». Le thé était noir ou vert selon le traîtement qu'on lui faisait subir par la suite : vert si les feuilles étaient séchées à vapeur, noir, si le séchage était plus long et à sec. Il y avait beaucoup d'Européens sur la plantation. Ils étaient hébergés dans de grandes tentes de l'U.G., mais je préférais ma petite tente, c'était ma petite coquille. Je m'informai discrètement auprès des gens sur ces gourous qui, disait-on, vivaient dans cette zone mais ne recueillai rien sinon des moqueries ou de stupides remarques, du style : « ah, tu veux parler de cette espèce disparue il y a déjà plusieurs siècles ». Les quatre mois passèrent vite. Mais cette quête n'avait jusqu'ici guère progressé.

Zazo n'était pas de reste dans l'espionnage. Il avait engagé un de ses spécialistes les plus fiables et compétents pourque rien ne lui échappe de Demian. Demian bien sûr se méfiait, mais l'homme de confiance de Zazo était irréprochable. Même Demian ne pouvait échapper à sa surveillance. Zazo ne voulait plus être confronté à de désagréables surprises, et il ne fut que plus étonné lorsqu'il apprit lui-même après quelques mois de filature que l'on savait que Ronda se trouvait en Inde maintenant. Si on voulait continuer à le suivre dans de telles conditions il fallait engager des moyens pls complexes à gérer. Que peut-il bien vouloir faire en Inde, cet imbécile ? pensait Zazo. Comment a-t-il pu obtenir les fonds néccéssaires à un tel voyage ? Ce sont ses amis artistes qui ont fourni le soutien, il est en quête d'un gourou, fut la réponse des informateurs. Un quoi ! Un gourou, un saint homme, un homme de prières. Mais ce n'est pas possible, cette histoire devient complètement grotesque ! Zazo et Ronda pensaient les deux la même chose, mais Zazo était toujours perplexe à cet acharnement de Demian à filer Ronda.

De Darjeeling je partis sac au dos dans les montagnes en direction du nord. Tout au loin je distingais des sommets couverts de neige qui brillaient au soleil. C'était là-bas que je voulais aller, au delà des crêtes de l'Himalaya. Sur la piste caillouteuse qui serpentait entre de hautes collines vertes je me sentais quelque peu ridicule. Que m'était-il arrivé pourque je me sois rendu à cette idée farfelue et que je me retrouve en pays inconnu dans le désert Tibétain à la recherche d'un gourou ! Etait-ce l'excès de vin italien qui m'avait tapé sur la tête ? Pourquoi je continuais, je l'ignore encore aujourd'hui. Tous les jours je faisais mes trente kilomètres. A Gangpa, ville de cinq cents habitants, je me rendis à l'unique restaurant. Les gens du coin étaient assis devant la télévision d'Internet et buvaient une eau de vie maison terriblement forte. Ils parlaient anglais et avaient vu bien des touristes. Je fis la connaissance de Yanman, la cinquantaine, qui tenait du gorille. Il m'invita à partager la bouteille d'eau de vie d'un litre qu'il avait ramené de chez lui. Etrangement, en dépit de son air, Yanman avait envie de tout savoir sur moi. Où avais-je passé mon enfance ? quel était mon travail ? mes enfants, ma famille, mes projets ? ... je lui racontai ma vie. Je m'abstenais toutefois de parler de la recherche d'un gourou, je n'arrivais pas à me prendre au sérieux moi-même et je ne voulais pas à peine arrivé passer pour l'idiot du village. Yanman riait facilement, il me dit qu'il était Samadrog, c'est-à-dire mi-nomade, mi-fermier sédentaire. Il était avec sa famille propriétaire d'une maison en dur dans le village. Il l'avait construite en briques de terre séchée de ses propres mains. Tard dans la nuit, Yanman m'invita chez lui. Je lui expliquai que ma tente me suffisait, mais rien n'y fit. Il voulait me présenter sa famille. Un peu avant minuit, nous titubâmes dans la maison sous l'effet de l'alcool. Ça bougeait encore beaucoup. Ils avaient cinq enfants de douze à vingt ans. Lui devait en avoir plus encore, car il m'apprit qu'au Tibet, on ne faisait pas un monde des problèmes d'infidélités. Il ne s'agissait pas de relations au grand jour bien sûr, ce genre de situation se vivait discrètement. Un vieux dicton tibétain dit : les maisons de mes amis sont pleines de mes enfants, ma maison est pleine des enfants de mes amis. Outre les enfants, il y avait aussi une grand-mère et un grand-père. Il y avait là un vacarme pas possible. Depuis longtemps on ne voyait plus de telles familles en Europe. Même en Afrique ou en Asie il était rare de voir plus de deux enfants. L'U.G. n'encourageait pas les familles en coupant les allocation au delà de deux. Du point de vue matériel il n'était donc pas facile aux grandes familles de survivre. C'était une situation qui paraissait injuste puisque les allocataires de l'U.G. devaient donc se limiter à un enfant. On disait que seules les familles qui vivaient au sein du système parallèle de l'économie de marché pouvaient se permettre d'avoir beaucoup d'enfants.

Mais Yanman, quoique allocataire de l'U.G. n'avait pas ce genre de problème. Il avait soixante-six chèvres qui lui fournissaient vingt litres de lait par jour avec lesquels il faisait trois formes de fromage d'un kilo par jour. Il vendait chaque fromage à six dollars. Il faisait aussi de l'alcool et du vin liquoreux, qu'il échangeait contre du miel, ou contre des chaussures, contre tout ce dont il avait besoin. L'U.G., l'administration locale, les lois, il ne se souciait guère de tout cela. Il reçut un jour la visite d'un percepteur d'impôts. Un gars sympa, dit Yanman, il a tellement aimé mon vin liquoreux qu'il a passé la journée assoupi devant le feu. Tout le monde travaillait dans la famille. La grand-mère faisait des vestes et des pulls en laine et en cuir. Le grand-père cultivait du tabac, les enfants contribuaient en s'occupant du troupeau et du potager. La famille s'en sortait bien.

La maison était petite malgré tout. La moitié de la famille dormaient dans la pièce principale devant le feu, dans les alcôves construites dans les murs. Les autres se repartirent dans de petites pièces à l'étage. Je dormais sur mon matelas à distance respectable du feu pour éviter les éclats de braises. Au petit déjeuner, nous buvions le thé traditionnel salé au beurre que les Tibétains préparent à partir de thé noir, de beurre et de sel dans des cuves en bois. A cela s'ajoutait du Tsampa, de l'orge en grains que la femme de Yanman faisait griller dans une casserole au dessus du feu. Prudemment je m'enhardis à demander s'il existait encore des gourous. Yanman me dit que peut-être les gens plus âgés pouvaient encore en parler, et son grand-père avait effectivement entendu parler d'un de ces charlatans il y avait une dizaine d'années quelque part au pied de l'Everest. C'était dans ma direction. En les quittant, je reçus de Yanman un sac en peau de chèvre avec de l'eau de vie et de la viande séchée. Là où l'on dit que vivent les sages, dit-il, il ne fait pas très chaud.

Trois semaines plus tard, j'arrivai à Golam, petite ville reliée au reste du monde par autocar. Il y avait même un hôtel où je pus réserver une chambre et salle de bains pour dix dollars. Les magazins anglais à la réception dataient d'un an. Une occidentale chic était assise au bar. Elle me salua de la tête en tant qu'occidental. Nous étions les seuls à la peau blanche. Je pris une bière avec elle. Elle me dit qu'elle venait de rendre visite à son père et maintenant revenait en Angleterre. Rien que de bien banal jusqu'ici. Lorsque je lui demandais comment elle avait trouvé le Tibet, elle s'étendit en long et en large sur ses terribles expériences en matière d'hébergement. Pouvez-vous le croire, il a fallu que je dorme trois nuits sur la paille dans une porcherie. J'avais de la peine à la croire, et pensais, si vous saviez où j'ai moi-même déjà dormi ! Ainsi vêtue d'habits fins et élégants, j'avais du mal à imaginer la souris dans une porcherie. Je lui demandais comment il se faisait que son père n'ait eu rien de mieux à lui proposer qu'une porcherie avec de la paille. Sur quoi elle m'expliqua avec résignation que c'était ainsi que son père vivait. Elle me dit qu'il avait quitté sa vie professionnelle en dépit de sa réussite. Elle était catastrophée par ce qui était arrivé à son père. C'était un chimiste renommé, un des meilleurs chimistes actuels pressenti pour le prix Nobel. Puis il avait rencontré un certain Eckehard dans un club. Un charlatan. Il le suivit jusqu'au Tibet. Il abandonna tout du jour au lendemain et partit. Ni ma mère ni moi n'étions capables de comprendre ce qui se passait. Mais de quel genre de charlatan s'agit-il ? demandai-je. Un gourou, dit-elle, un fou qui pense pouvoir améliorer le sort du monde en restant assis sur des coussins. Un gourou ? dis-je, oui, dit-elle, c'est ainsi qu'on l'appelle mais en fait il se contente de tout tourner en dérision. Oui, quoi que je dise, il ne me prenait jamais au sérieux, et se moquait de tout. Mon père n'est plus lui-même, il a perdu la tête et ne parle plus que d'amour. Elle s'effondra en larmes, et j'éprouvais vraiment de la compassion pour elle. Je pris sa main pour la réconforter. Elle en oublia son désarroi et se laissa aller dans mes bras. Elle était jolie et se sentit bien tout de suite. Si je m'étais attendu à cela, j'aurais pu économiser me dix dollars. Elle s'appellait Tanja Berninger. Au petit déjeuner elle m'expliqua comment me rendre au domicile du charlatan. Il fallait faire vingt kilomètres vers le nord-ouest, en voiture, puis prendre à droite vers Tatschpur. A l'entrée du village sur la droite il y avait un sentier qui montait dans la montagne. Il fallait alors faire cinq kilomètres à pied. Ça lui avait pris une demie journée. Puis vous verrez sur le flanc gauche de la montagne deux petites maisons en pierres, et à côté quelques tentes. Des tentes ? dis-je, surpris. Oui, certains des disciples vivent dans des tentes. Une drôle de bande, dit-elle, vous allez vraiment essayer de sortir mon père de là ! Je verrai ce que je peux faire, et elle me donna son numéro de téléphone à Londres.

Deux jours plus tard j'étais devant le domicile du charlatan. La construction était bien telle qu'elle me l'avait décrite. Maison et porche en pierre, lourde porte en bois savamment sculptée. Devant la maison trois petites tentes. Il n'y avait pas de signe de vie. A la porte il y avait une cloche en bronze avec une corde. Je tirai sur la corde et fus surpris par la force du son qui ressonna dans toute la vallée. Une jeune femme aux cheveux coupés en brosse ouvrit la porte. Que désirez-vous, dit-elle en parfait anglais. Je voudrais voir M. Eckehard, s'il est là. Un instant, me dit-elle. En attente devant la porte, la sensation de me trouver dans une situation ridicule s'empara à nouveau de moi. Etait-ce vraiment sérieux de me retrouver là au cœur de ces montagnes sauvages du Tibet, de sonner à une porte, de demander à voir quelqu'un que je n'avais jamais vu et à qui je ne savais pas quoi dire ! Puis voilà que M. Eckehard apparut devant moi. On dit que la première impression est la bonne. L'homme me parut des plus inoffensifs. Il était difficile de dire son âge, il devait avoir entre soixante et quatre-vingt ans. Il me sourit de ses grands yeux bleus brillants et me demanda tranquillement ; qu'est-ce qui vous amène, étranger ? J'ai rencontré la fille de M. Berninger à Golam, répondis-je. Ah, vous voulez voir M. Berninger, dit-il. Non, c'est vous que je veux voir. Entrez, me dit-il alors.

Je pénétrai dans une pièce obscure dans laquelle je distinguais quatre personnes assises derrière un rideau sur de petits coussins. Chacun regardait tranquillement le sol devant lui. Des bougies brulaient par endroits. Eckehard me tendit un coussin et me montra le sol du doigt. J'essayai de m'asseoir comme les autres en tailleur. Eckehard me murmura de respirer profondément en me détendant. Rien d'autre. Ne penser à rien, rester simplement assis. Puis Eckehard partit s'asseoir à sa place. Je pensai à la séance de méditation à Tokyo avec Zazo. Est-ce que j'allais ici aussi recevoir un coup dans le dos par derrière ? Je pensais aussi à Michel et à Celia, peut-être étaient-ils en train de penser à moi eux aussi en ce même moment. Soudain Eckehard se mit à nous parler, nous sommes sans cesse conscients de nos pensées, dit-il, des pensées sur nous-mêmes, des pensées sur les autres, des pensées sur le passé, des pensées sur le lendemain. Et nous nous rendons compte à quel point il est difficile de se libérer de telles pensées. En fait tout est pourtant tellement simple. Assis ici en ce moment, pourquoi ne pas nous contenter de penser à ce que nous faisons, nous sommes assis, nous respirons. Puis le calme retomba. Pourquoi étais-je assis ici ? Pourquoi me fallait-il ne penser à rien ? Pourquoi ne fallait-il pas penser à soi ou aux autres ? Les Loonis aussi méditaient. La méditation était-elle un moyen de faire renoncer quelqu'un à son autonomie de pensée ? Non, on ne risquait pas de me priver de ma liberté, pas moi, pas ce M. Eckehard. Comparé à Zazo, ce vieil homme paraissait bien inoffensif. Six disciples, six ! c'était plus que ridicule alors que Zazo avait six millions de fidèles. J'avais terriblement mal aux pieds et aux genoux. Pourquoi une telle position tellement contre nature ! Personne ne bougeait. Je dépliai mes jambes. Cette position non seulement manquait de confort, elle était purement insupportable. Ce n'était pas fait pour moi. Quelqu'un frappa sur un gong. Tous se levèrent, saluèrent et quittèrent la pièce. Il m'aurait été difficile de mouvoir aussi aisément qu'eux avant une bonne dizaine de minutes. Je massai mes pauvres pieds et Eckehard vint s'asseoir près de moi. Vous voulez donc me connaître, dit-il, que me vaut donc cet honneur ? Je ne peux dire au juste, par une sorte d'intuition, répondis-je. Par intuition ? qu'attendez-vous de moi par intuition ? Je pensais que me perdre en considérations sur l'illumination me paraissait un peu prématuré. Et puis je commençais à en avoir assez de cette histoire et me demandais si je ne ferais pas mieux de reprendre un avion dès que possible pour l'Italie. Je lui répondis donc quelque peu insolemment ; à vrai dire je n'en sais rien moi-même. Ce n'est peut-être pas un si mauvais point de départ que ça, répondit Eckehard à mon grand étonnement. Point de départ pour quoi ? dis-je. Pour ce que l'on veut vraiment, ou pour ce que nous sommes vraiment, qui sait ? dit Eckehard. Ces balivernes commençaient à m'agacer. J'essayais de lui faire perdre sa contenance ; ce que l'on est vraiment ? Sa réponse fut au moins aussi insolente que la mienne : rien ! dit-il.Rien ! dis-je, qu'est-ce que ça veut dire ? rien, dit-il, ça veut dire exactement rien, nous ne sommes rien en réalité, et nous ne sommes en rien différents des autres. Alors, lui dis-je, je ne suis en fait rien d'autre que cette chaise là bas au coin ? Mon ami, si c'est votre onclusion, alors il en est ainsi, dit-il. J'étais de plus en plus sûr que ce vieux blablateur était un peu dérangé de la tête. Je n'étais donc en fin de compte rien d'autre qu'une chaise ! Je voulus vérifier l'étendue de son aliénation mentale et lui demandais donc ; et si nous restons assis là dans l'obscurité, silencieux et immobiles sur de petits coussins est-ce que c'est à des chaises que nous nous efforçons de ressembler ? Mon attaque était directe. Mais cela n'ébranla pas la sérénité d'Eckehard. Il s'inclina légèrement et me complimenta d'un sourire amical ; c'est bien, vous êtes très attentif. C'est exactement ce que nous faisons, si nous nous asseyons en toute quiétude, nous pouvons effectivement nous reconnaître dans la chaise. Et le vieil homme éclata de rire en se tapant sur les jambes. J'alternais entre la pitié pour lui et le sentiment qu'il était en train de me tourner en ridicule. De topute évidence il ne se souciait pas de se faire des disciples. Etait-il vraiment fou ? Est-ce qu'un éminent scientifique était prêt à perdre son temps avec un malade mental ? M. Berninger était-il lui-même devenu fou ? Il y avait chez cet Eckehard quelque chose qui évoquait en moi un souvenir déagréable. Qu'est-ce que cela pouvait bien être ? Puis lorsqu'il me tapa sur l'épaule d'un air amusé et condescendant, je fis le lien, Zazo !. Zazo me tapait sur l'épaule de la même façon, et Zazo me tournait en ridicule comme lui. Oui, c'est ça, je me sentais ridiculisé. Nous pouvons ainsi exercer notre petit esprit à de tels jeux pendant des heures, dit Eckehard, et je ne nierai pas que cela m'amuse, mais je voudrais aller faire un tour au potager. Aussi me permettrai-je de vous faire un proposition amicale ; sur les mille questions que vous ne tarderez pas à vouloir me poser, je vous autorise à m'en poser cinq tout de suite, puis nous ferons une pause. Ça ressemble à un conte de fée, dis-je en plaisantant, cinq questions sans qu'il m'en coûte quoi que ce soit. Allons-y, dit Eckehard, ne soyez pas gêné. Je repris spontanément des questions des tests de personnalité de l'U.G. Quelles sont selon vous les choses les plus importantes dans la vie ? Eckehard se mit de nouveau à rire, combien de choses importantes faut-il que je vous donne ? Si je vous en donne cinq, je considère que pour aujourd'hui, vous avez épuisé votre quota de questions. Je réitérai donc ma question en la précisant et en demandant les deux choses les plus importantes dans la vie. Il versa du thé salé au beurre dans des bols à thé en terre et m'en tendit un. Vous me facilitez la tâche, mon cher... Ronda, lui dis-je. Ronda, d'accord, oui, vous me facilitez la tâche. La chose la plus importante c'est dans l'immédiat et pour l'instant, ce merveilleux thé, pour moi. Ne trouvez vous pas qu'il est exquis ? Pour cette première réponse, j'avais l'impression de m'être fait avoir. Je lui demandais alors quelle était la deuxième chose la plus importante. Je pense, dit-il, que c'est le chant de la vie que cet oiseau au chant merveilleux est en train de chanter dehors en ce moment. Maintenant qu'il en parlait j'entendais

160

moi aussi l'oiseau. Je n'eus guère le temps de ruminer mon agacement, car il me sollicita directement : Ronda, que pensez-vous qui puisse dépasser le thé et le chant de l'oiseau ? Et voilà qu'il m'inversait la situation et que c'était lui qui posait les questions. Malgré tout je n'opposais plus de résistance, la situation me paraissait tellement absurde qu'un peu en plus ou en moins ne changeait pas grand-chose. Je n'avais plus que le choix de lui laisser prendre les choses en main ou de m'en aller. J'étais venu d'Italie pour rencontrer un gourou et voilà que j'étais en train de jouer à cache-cache avec l'un d'entre eux, ou tout au moins avec quelqu'un qui se faisait passer pour un maître. Je décidai de jouer le jeu, mais sans contours. Ce qui me paraît encore plus important que de boire du thé et écouter chanter les oiseaux, c'est d'être en harmonie avec son environnement immédiat, avec la nature, les gens, soi-même, le temps, la mort, tout ce qui est présent ou réel, dis-je. Pourquoi pas, dit-il, mais d'où viendrait cette harmonie ? Je ne perdis pas l'occasion de lui renvoyer la balle, eh bien, je pensais que c'est là le genre d'énigme que vous pouvez m'aider à résoudre. Ah, dit-il alors, nous y voilà, vous cherchez la solution d'une énigme ; la recette secrète à une vie harmonieuse, pour ainsi dire. Et la solution de l'énigme consiste en une sorte d'illumination, que l'on peut découvrir dans la montagne avec un gourou, ou un maître, comme vous voulez. Vous êtes, mon cher Ronda, ce que l'on pourrait appeler un romantique, une qualité qui nous a valu une bien belle quantité de superbe musique et de poésie séduisante. Là j'étais épaté. Il n'était peut-être pas si fou que ça, le bougre. Et il ajouta, croyez-moi, l'illumination ça n'existe pas, ça n'existe pas plus qu'il n'y a de solution à une vie harmonieuse. Si vous voulez savoir, le mieux à faire c'est d'abandonner tout espoir d'atteindre un tel état. La vie est ce qu'elle est. Elle ne peut en aucun cas être meilleure que ce qu'elle est, que ce soit grâce à l'illumination, à un gourou, à la méditation ou encore grâce à une belle maison, au compagnon idéal ou à beaucoup d'argent. Ce qu'il me disait là ne me semblait plus du délire du tout. Il m'apparaissait tout à coup comme l'inverse du malade mental. Il minimisait son rôle et son importance en tant que gourou. Zazo avait fait l'inverse. Même s'il n'existait pas d'illumination, pas de libération grâce au gourou, pourquoi avait-il des disciples assis avec lui sur des petits coussins et qui vivaient dans des tentes devant sa maison ? Eckehard me regardait et lut dans mes pensées ; vous voulez peut-être savoir pourqui j'ai des amis ici avec moi, dit-il, eh bien, ces gens sont venus pour la même raison que vous, en espérant trouver en moi un maître, un guide spirituel. Mais en fait je ne peux pas être cela et je n'ai de cesse de le leur répéter. Ils ne veulent pas me croire. Il rit, non, c'est vrai. Je peux à la rigueur être un compagnon de route au début. Je peux être quelqu'un qui a compris qu'il n'y a rien de plus exaltant que de vivre la vie immédiate, et qu'il est vain de rêver à une vie meilleure. Mais je pense que ça suffira pour aujourd'hui. Si vous voulez nous pourrons parler un peu plus demain. Vous êtes le bienvenu et c'est de tout mon cœur que le vous le dis. Il se leva et me tendit une couverture en laine et un bol de noix. Vous pouvez dormir sur l'un des tapis de séances. Je lui répondis que je me sentais plus chez moi dans ma tente, et c'est ainsi que ma tente devint la quatrième devant sa porte.

Je fis connaissance avec les autres : Ivonne, celle qui m'avait accueilli, venait de Rome, Désirée, âgée de soixante-dix ans, était suisse. Jacques, trente-et-un ans était français, et M. Berninger, le père sympathique de Tanja.

Zazo avait pris le temps de sa décision avant de convoquer l'espion de Demian. Et celui-ci ne serait pas venu sans en faire part à Demian. Zazo avait donc envoyé deux de ses gardes du corps en Inde pour contraindre en douceur l'espion et le ramener à bon port. Les hommes de main de Zazo s'étaient rendus à Calcutta déguisés en randonneurs de l'Himalaya, et avaient atteint Golam en taxi. Trois jours après, ils avaient mis la main sur Spencer, l'espion, puis

162

remis celui-ci à Zazo. Avant son entretien avec Zazo, il dut passer par une machine mentale spécialement programmée à cet effet. Après ce passage, Spencer n'avait plus de doute quant à lequel de ses deux maîtres représentait le bien respectivement le mal. C'est don convaincu de faire le bien qu'il raconta ce qu'il savait à Zazo. Ronda, dit-il, a planté sa tente devant la maison d'un vieil homme qu'à Tatschpur on appelle le sorcier. Il y a quatre autres personnes qui vivent là. Qu'est-ce qu'ils y font ? La plupart du temps est passé en méditation, et le reste du temps est consacré à ramasser du bois, à planter des légumes, et à philosopher sur la vie. Et en quoi consistent leurs réflexions sur la vie ? demanda encore Zazo. Je vous montrerai des rapports complets si vous voulez, bien sûr dit Zazo, mais attention, ce n'est qu'à moi qu'il faut les montrer, à Demian il ne faut dire qu'un minimum sans importance. Et un jour plus tard, Spencer était déjà de retour à son porte d'observation sur la montagne.

Il faisait encore nuit, il n'était que cinq heures du matin, lorsque Jacques m'invita à quitter mon sac de couchage. Bonjour, ami, dit-il, si tu veux méditer avec nous, il faut te lever maintenant. Je me levai. Et nous voilà assis, sans petit déjeuner, moi genoux et pieds endoloris, en tailleur. La séance ne semblait plus en finir. Précautionneusement je dépliai mes membres meurtris. Cette position était pour moi une véritable torture. Ce fut vraiment une délivrance d'entendre le gong. Ils saluèrent et sortirent. Comment pouvaient-ils aussi facilement faire cela ? Même Désirée semblait, malgré ses soixante-dix ans, n'avoir aucun problème avec ses articulations. Après la séance vint le petit déjeuner. Dans la construction que Tanja avait qualifiée de porcherie, il y avait de grosses planches en bois appliquées contre le mur. Elles servaient soit de bancs, soit de tables, ou les deux, selon les besoins. D'un côté de la pièce il y avait un four qui dispensait une douce chaleur . Désirée y cuisait des galettes de pain qu'ils mangeaient avec du Ghee, du beurre népalais, et de la confiture. C'était une friandise que l'on prenait avec du thé au beurre salé. M. Berninger voulut savoir comment j'avais rencontré sa fille. Je lui parlais de la manière dont elle tenait au monde civilisé et à quel point elle était catastrophée par la défection de son père.

Chacun avait son rôle dans la mini-communauté d'Eckehard. Au sein du Shang, l'équivalent d'une mairie, à Golam, il y avait même une succursale de l'U.G. avec un délégué qui y venait deux fois par mois. Il était ainsi possible, en échange de travail de coopération à la construction d'un barrage, de recevoir des coupons. Avec ces coupons nous pouvions obtenir de la farine, du sucre, du riz, et d'autres produits de base. Ivonne, Eckehard, Jacques et M. Berninger allaient tous les deux mois travailler quelques jours au barrage. Eckehard disait que si ça ne tenait qu'à lui, le Milarepa lui suffirait largement, mais il ne pouvait pas attendre la même chose de tout le monde. Un ascète, disparu depuis plusieurs siècles, s'était nourri exclusivement de cette variété d'orties appelée Milarepa. Eckehard pensait beaucoup de bien de l'U.G. et trouvait qu'il s'agissait là de la plus grande invention humaine depuis bien des siècles. Je ne mentionnai pas mon rôle important dans la création de cette organisation. A cette époque, au Tibet, l'orge, le blé, le maïs, le millet et les pommes de terre, c'est-à-dire les cinq trésors du Tibet, étaient sous le contrôle de la distribution sociale de l'U.G. On disait que c'était Cheuresi, le dieu de la miséricorde qui avait donné aux Tibétains ces cinq trésors il y a des millénaires. Eckehard n'en coupait pas moins de temps en temps des orties, dont Désirée faisait un soupe, la soupe d'orties. Elle s'occupait seule de la cuisine et ne voulait en aucun cas que qui que ce soit d'autre s'en mêle. Les autres cultivaient les légumes. Ivonne écrivait un livre sur les rapports entre les hommes et les femmes, non pas les rapports sexuels bien sûr.

Après le petit déjeuner Eckehard vint vers moi. Vous êtes un dûr à la tâche, vous vous êtes levé bien tôt ce matin pour la séance, dit-il d'un ton badin. Il m'était encore difficile d'absorber ce sujet tant mes pieds me faisaient mal. Je lui demandai si ce genre de séance, appellé Zazen, était une invention masochiste. Il se tut, puis dit : peut-être êtes vous resté assis trop longtemps pour un débutant. Il ne s'agit pas de se faire du mal. Ce qui compte, c'est d'être dans la conscience de l'instant. Si vous voulez, je vous expliquerai plus tard la manière de s'asseoir. Je lui signifiai mon assentiment, quoique avecun peu de réticence. Eckehard me tapota l'épaule en m'encourageant et rentra dans la maison. Désirée, temoin de la scène, me dit avec un grand sourire : il vous aime bien, il est rare qu'il propose aussi spontanément d'aider quelqu'un. Pourquoi, dis-je, est-il vraiment ronchon à ce point d'habitude ? Ronchon non, mais, dit-elle, quand il s'agit de soutenir quelqu'un, il est plutôt avare de lui même. Il ne nous reçoit individuellement qu'une fois par semaine, pour dialoguer. Ça s'appelle Dokusan. Dokusan, dis-je, de quoi parlez-vous lors de ces séances d'entretien ? Nous parlons de nous-mêmes, de la vie, de tout. Le mieux c'est de lui demander vous-même, et en fait c'est à un Dokusan qu'il vient de vous convier. Désirée me dit encore qu'Eckehard avait une vie très réglée. Après la méditation et le petit déjeuner il va dans sa pièce particulière où il passe deux heures à se ressourcer. Puis il joue de l'épinette avec laquelle il compose des chants que deux fois par an un homme d'affaires du spectacle vient chercher. On dit que parmi ces chants il y a eu de grands succès qui ont beaucoup rapporté. Eckehard utilise cet argent pour la restauration d'un ancien cloître qui a été détruit par les communistes chinois il y a une centaine d'années. Peut-être a-t-il l'intention d'aller s'y installer un jour, nul ne sait.

L'après-midi j'allais donc au Dokusan, c'est-à-dire je rendis visite à Eckehard chez lui. La pièce était petite, un lit, une chaise, des tabourets, une table, l'épinette la remplissaient presque. C'était propre et net comme dans une cellule monacale. Venez donc, jeune ami, asseyez-vous sur ce tabouret, je vous ai fait une bonne tasse de thé. Assis à table, à ma surprise, Eckehard se mit à parler abondamment. Ne croyez sutout pas, me dit-il, que Zazen, notre séance de méditation, ait à voir quoi que ce soit avec la torture. Il y a des maîtres Zen qui ont effectivement soutenu que dépasser la douleur leur permettait de renforcer leur Zen, mais ce n'est pas ainsi que je conçois la chose. Ce qui compte au cours de nos séances de méditation assise, c'est l'attention, rien d'autre que l'attention. Nous n'avons pas besoin d'artifices particuliers, d'avoir mal ou de tout autre facteur extérieur au cours de nos séances. Ainsi si vous voulez pratiquer Zazen, allez-y doucement au début, n'allez pas aux limites du supportable. Au début une dizaine de minutes suffisent. Mais n'allons pas trop vite, auparavant il vous faut décider si vous voulez suivre la vie de Zazen ou non. C'est juste, dis-je, mais à quoi servent les séances de Zazen ? et que voulez-vous dire exactement par « attention » ? Cette position assise, répondit-il, c'est la position éveillée la plus équilibrée qu'un homme puisse adopter, car il faut ces deux conditions d'éveil et d'équilibre si l'on veut être attentif au cours de la séance où l'on se contente d'être assis et de respirer. Si votre esprit s'évade, et ça ne cesse de se produire, soyez vigilant et ramenez votre esprit à sa concetration sur le fait d'être assis et de respirer tout simplement, et ce sans relâche. Voilà en quoi consiste la séance. Ça me paraissait un peu bizarre, tout ce discours sur le seul fait d'être assis et je lui demandai ; pourquoi tant palabrer sur un sujet si simple ? Y a-t-il rien de plus passif et de plus ennuyeux de rester tout simplement assis ? Ce n'est pas être assis dont il s'agit, me répondit-il patiemment, c'est être attentif. Il faut apprendre à se concentrer sur l'instant. Si je devais vous expliquer tous les avantages de cette position, de ces séances, vous penseriez au cours de celles-ci à mes explications et cela vous détournerait du vrai but de la séance. On ne peut pas en même temps penser à ce que l'on fait et à autre chose, c'est aussi simple que cela. Nos séances n'ont donc d'autre but que d'être ce qu'elles sont. Zazen ne se donne aucun motif, n'ouvre sur aucun rêve, ne se projette sur aucun idéal, ne se fixe aucun but. Il me montra la redoutable position en tailleur. On repose sur trois points bien en appui sur le sol, les deux genoux et le derrière. (Au début on s'aide d'un coussin pour appuyer son derrière). Vos pieds viennent se croiser sur vos cuisses, pour les débutants on se contente de ne croiser qu'un seul pied. Est-ce que vous vous rendez compte de la stabilité de cette position ? Je ne remarquais qu'une chose, c'est à quel point c'était inconfortable. Eckehard supputa que j'avais eu ma dose d'explications et que je souhaitais interrompre ce Dokusan, toutefois j'étais encore curieux de cette « attention » dont il faisait la clé de cette séance. Il accfepta de me donner satisfaction et me dit : toutes nos actions sont conditionnées par l'attention qu'on leur porte. Toute observation, qu'il s'agisse de choses, de pierres, de plantes, d'animaux ou des êtres, a besoin d'attention, ou en d'autres termes, de la présence de tous nos sens éveillés. On ne peut regarder les choses et les voir telles qu'elles sont que si on est pleinement concentré sur le sujet. Et ce n'est qu'à cette condition que l'on peut se percevoir soi-même en tant qu'observateur et donc que l'on peut exister pleinement. Mais assez philosophé pour l'instant, dit-il, et ainsi se termina notre premier Dokusan.

J'étais de plus en plus convaincu qu'Eckehard n'était pas ce charlatan auquel j'avais pensé au départ. Il me restait encore à prouver s'il s'agissait d'un vrai gourou ou non.

Lors des séances qui suivirent je me contentai donc des dix minutes préscrites, et je fus surpris de constater à quel point il éatit difficile de maîtriser les disgressions de mon esprit même sur une période aussi courte. Cette difficulté à me concentrer m'exaspérait passablement. Les soirées se rafraîchissaient, et il nous fallait ramper dans nos sacs de couchage de plus en plus tôt. Ce n'était guère gênant, vu qu'il fallait se lever à cinq heures du matin. Nous dormions tous dans nos tentes, y compris Désirée, tandis que M. Berninger, lui, dormait dans ce que sa fille avait appellé la « porcherie ».

Après quelques jours Eckehard m'aida à savoir quelle tâche je pouvais accomplir au sein de la petite communauté. J'ai quelque chose pour vous, me dit-il, quelque chose de sympa, je vous montrerai ça cet après-midi. Prenez quelques galettes de pain, me dit-il, le temps venu, ça sera un peu long. Nous suivîmes un sentier caillouteux sur le flanc de la montagne. Le vieil homme grimpait avec une rapidité incroyable, franchissait les espaces rocailleux, les cours d'eau avec une aisance surprenante. J'avais du mal à le suivre. Nous attignîmes enfin une petite plantation d'arbres. Voilà, dit-il, vous allez pouvoir m'aider à planter des sapins et des pins. Il ma fallut un moment pour reprendre ma respiration. Comment pouvez vous avoir une telle forme ? lui dis-je. Il ne fit pas attention à ma question et me montra comment je pouvais amener de l'eau dans la plantation à partir d'un ruisseau à proximité. Par la suite, me dit-il, les racines iront puiser l'eau elles-mêmes. Je ne pus m'empêcher de faire la comparaison : vous aidez les arbres comme vous aidez les gens. Mais sa réponse me surprit complètement : non, c'est exactement le contraire, je mets votre existence en danger. Quoi, dis-je comment ça ? Vous avez de trop, dit-il, vous avez besoin qu'on vous assèche un peu, comme des bêtes. Il éclata de rire et m'intrigua encore plus. Que voulez-vous dire ? L'esprit est pour vous ce que l'eau est pour l'arbre, dit-il, et il ajouta, me sentant mi-désemparé, mi-incrédule : c'est la pensée qui vous rend fort. C'est grâce à elle que vous organisez le monde et rangez tout dans des boîtes. Un jour vous remarquez que vous vous êtes enfermé dans une de ces boîtes. C'est alors que vous venez vers moi pour me demander le sens de ces cages dans lesquelles vous vous êtes enfermés. Que me reste-t-il à faire sinon assécher la source de vos maux ? vider votre pensée supérieure ? Et, lui dis-je, nous portons-nous mieux avec un esprit vide ? Par la pensée, votre ego, votre petit ego, vous donne l'impression d'avoir le monde sous contrôle, fidèle à la devise « ce qui est certain est certain » ou « mieux vaut éviter les risques ». Certes, matériellement, on ne s'en porte pas mal, mais spirituellement, on se rabougrit. Et lorsqu'on n'a plus rien dans la tête, c'est chez les fous que l'on finit sa vie ! lui dis-je. Eckehard éclata de rire à nouveau, ici, aussi loin que vous irez, vous aurez du mal à trouver un asile. Où croyez-vous que nous sommes, à New York, à Paris ? Mais, dis-je, d'une voix sans pensée, que nous reste-t-il ? Eckehard se remit à rire de plus belle, rien, dit-il, il ne nous reste rien du tout ! J'eus à ce moment-là l'impression que cet homme avait effectivement perdu un peu trop le contrôle de ses facultés mentales. Je lui demandai comment il pensait s'y prendre pour nous enlever notre pensée, et il dit : la pensée est esclave de la volonté. A partir du moment où vous êtes capable de considérer la vie sans émettre de souhaits, vous vous libérez de votre pensée. Je devais admettre que cela ne paraissait pas aussi faux que cela et que sa remarque avait même une profondeur inattendue. Mais à dire franchement, je penchais plutôt pour le ranger du côté des malades mentaux. Par politesse je continuais de lui parler. Que voulez-vous dire, dis-je, considérer la vie sans émettre de souhaits ? Bon, dit Eckehard, voilà que vous recommencez à attendre de moi des explications alors que les mots ne peuvent vous être d'une grande utilité. Toutefois je vais faire un effort. Par la pratique de Zazen, vous vous entraînez à vivre dans l'instant. Dans l'instant il n'y a pas de souhaits. Si vous êtes dans l'instant, vous voyez les êtres et les choses tels qu'ils sont sans projection de quoi que ce soit. Si vous voyez les êtres et les choses sans projections, alors vous voyez leur vraie nature. Aussi longtemps donc que vous trimbalerez votre petit ego dans les impasses de vos projections, vous ne pourrez voir ni les êtres ni les choses tels qu'ils sont vraiment. Les pensées gouvernées par des souhaits sont vaines et l'instant n'est que l'espace de leur dissolution. La conscience que vos pensées sont vaines voilà ce que l'on peut appeller « illumination ». Ce que je viens de vous dire, mon cher ami, ne sont que des mots dont vous ne pourrez tirer rien du tout, parce que ce ne sont que des mots. Pour comprendre, vous n'avez pas d'autre voie que les séances assises. Il rit encore et me tapota l'épaule comme il l'avait déjà fait. Peut-être commençais-je à comprendre. Les séances éloignaient les projections, les projections qui se manifestaient dans les innombrables évasions de la pensée. Eckehard ajouta ; le problème avec les mots c'est qu'ils naissent de projections, et portent des osuhaits en eux. Si vous tentiez à partir de mes mots de maîtriser votre volonté, de chasser vos pensées, vous seriez de nouveau la victime d'une projection de vos souhaits. Vous ne pouvez pas progresser par le raisonnement. Il n'y a pas d'autre solution que l'instant, les séances dépouillées de toute intention.

Zazo avait lui aussi écouté ces mots plusieurs fois et n'en était que plus étonné sur son propre compte. Il n'avait jamais pris très au sérieux ce genre d'hermites ou d'idéalistes. Il ne pouvait toutefois se cacher à lui-même les vérités qu'Eckehard énonçait. Au lieu de la dérision qu'il éprouvait d'habitude à cet égard, il se laissa gagner par la curiosité. Par prudence, il fit comme chaque jour un bilan de lui-même : son esprit avait-il été à ce point ramolli par le paralyseur ? Non, il était sur ce plan en pleine possession de ses moyens et se sentait parfaitement lucide. Il n'y avait pas de ramollissement quelconque de sa pensée. Il était intrigué par la suite de l'aventure de Ronda. Il essaya même de vivre en parallèle cette expérience et de s'entraîner aux séances assises.

Quelques jours plus tard, au cours d'une séance en soirée à laquelle je participais depuis vingt minutes malgré la douleur, Eckehard fit une intervention brève comme ça lui arrivait ; vous voulez savoir quel chemin prendre. Vous souhaitez ce qui est bon et voulez faire en sorte que ce qui est bon dure, mais il faut savoir que ces deux choses ne pourront faire partie de votre vie que si vous êtes capables d'ordonner et de contrôler votre vie. Et c'est parce que vous avez des difficultés à atteindre cet ordre et cette maîtrise que même au cours des séances assises vous êtes loin de la vérité. Vous avez encore trop tendance à vous complaire dans vos projections, à vous complaire au sein de votre petite personnalité. Vous n'arriverez à rien si vous ne cous débarrassez pas de votre petite personnalité. Plus de projections, plus de buts ! pas plus dans la vie qu'au cours des séances. Votre ego est pire qu'un caméléon, il se déguise à merveille, et même lorsque vous le débusquez, au moment où vous allez vous en débarrasser, il se transforme en un fier coursier, sur lequel vous vous mettez tout à coup à parader, forts de votre désinvolture. Tout cela alors qu'il n'y a rien dans sa vie dont on peut être fier, rien, même pas fier de l mort de sa propre personnalité. A part les séances il n'y a rien.

Je compris les mots, mais j'eus du mal à voir leur finalité. Je n'arrivais pas à les relier à la réalité, Zazo non plus d'ailleurs.

Puis il fallut aller travailler au barrage pour les dix journées obligatoires. Nous partîmes de Golam en car avec une vingtaine d'autres personnes vers la vallée voisine. On y construisait un barrage et la centrale hydraulique. Placés sur un échafaudage volant, nous enduisions à l'aide de seaux et de truelles les parois de la digue. Nous travaillions de huit à treize heures. Puis l'U.G. nous servait un de ses repas traditionnels végétariens, avec pommes de terre, sauce soja et riz. Le thé au beurre salé était servi dans des choppes. Puis le travail reprenait de quinze heures à dix-huit heures. Eckehard insistait pourque même au cours de cette période de travail nous fassions nos séances assises de six à sept heures du matin et le soir de huit à neuf heures. Il était aussi d'avis que ça ne nous faisait pas de mal de travailler plus que les deux semaines minimum obligatoires. Moi j'étais heureux après ces deux semaines de revenir dans ma pépinière irriguer les petits arbres. Les voir pousser m'apportait beaucoup plus de plaisir qu'enduire des journées entières.

Un soir en passant sous la fenêtre d'Eckehard, j'entendis crier avec véhémence. Eckehard s'en prenait au pauvre Jacques au cours d'un Dokusan. Cela me mit passablement mal à l'aise. Comment Eckehard pouvait-il être capable d'une telle brutalité ? J'en parlais à Désirée qui me dit que certains maîtres Zen battaient même leurs disciples avec un bâton. Et elle ajouta que l'on parlait de disciples qui avaient tout à coup pris conscience de la vérité à la suite d'un coup violent et qui avaient ainsi atteint l'illumination. Il m'a aussi fait peur une fois, mais sans me battre bien sûr, ça ne m'a guère aidé. Je demandai à Jacques à son retour du Dokusan si ça l'avait aidé d'avoir été pris ainsi à parti mais il signifia que non.

Je proposai un jour d'avoir deux chèvres pour faire du fromage. Je parlai de Yanman. Tout le monde était pour avoir du fromage maison. Je construisis une petite étable de branchages. J'achetai les deux chèvres et de la présure pour quarante dollars. J'eus ainsi deux heures de travail quotidien en plus à effectuer : nourrir les chèvres, les traire et faire le fromage. J'ajoutai au fromage des herbes et devins ainsi un fromager spécialiste apprécié de tous.

C'est la mort de notre petit ego qui dominait la philosophie d'Eckehard ; rien d'autre ne le satisfaisait. Je n'étais pas sûr de ne pas commettre une erreur en le suivant. Cela ne ressemblait-il pas à la philosophie de dépersonnalisation Looni ? En quoi cela pouvait-il être bon de se mutiler soi-même ? Quel mal y avait-il à suivre nos souhaits et nos aspirations ?

Lors du Dokusan suivant je posai la question à Eckehard sans détours, pourquoi faudrait-il que j'anéantisse toutes mes aspirations ? Quel mal y avait-il réellement à cultiver sa propre personnalité ? Je crois, répondit-il, que vous ne m'avez pas très bien compris, la mort de votre ego ne signifie pas qu'il faut renoncer à soi, au contraire. Ce qui reste après la mort de votre petit ego, c'est ce qui correspond à ce que vous êtes en réalité, c'est votre personne dans ce qu'elle a de plus vrai. C'est ce que nous appellons l'être véritable, que l'on finit par faire émerger. Quiconque pratique le Zen ne renonce pas à lui même au profit de quelqu'un d'autre, ou de quelque chose d'autre. Nous restons fortement et fondamentalement nous-mêmes. Mais il faut aussi reconnaître que cette voie n'est pas nécessairement à la portée de tous. Celui pour qui les plaisirs de ce monde, le pouvoir, l'argent sont les choses qui comptent le plus, celui-là ne peut en aucun cas se trouver en même temps dans la voie du Zen.

Les jours passaient et devenaient de plus en plus monotones. De nouveau je sentis en moi grandir ce sentiment de mélancolie et d'ennui. Ma vie n'avait rien de concret pour s'y accrocher. J'avais toujours été entreprenant, que ce soit dans les rues, en tant que père de famille, ou responsable de l'U.G., et maintenant ? J'étais un peu jardinier, un peu paysan, je pratiquais des séances d'immobilisme... ! ma vie ne pouvait guère être plus passive. Je faisais de mon mieux pour essayer de tuer ce petit ego en moi, qui en voulait toujours plus. Séances après séances, jour après jour, j'essayais de me débarrasser de toute projection sur l'avenir, de tout souvenir. Je finis par dire à Eckehard au cours d'un Dokusan ; n'est-ce pas aller contre nature que de s'asseoir en essayant de se vider de ce à quoi l'être naturellement aspirait ? Je fus surpris par mes propres mots, éliminer toute recherche ! De « créateur de sens », n'étais-je pas en train de devenir « éliminateur de sens » ? J'eus le sentiment d'être en train de supprimer son sens à la vie, et d'être par la même occasion en train de perdre toute joie, tout enthousiasme pour ce que la vie avait de beau. Tout cela est contre nature, dis-je à Eckehard. Mais mon cher Ronda, il ne s'agit pas encore une fois d'ôter aux choses de la vie leurs valeur, mais bien au contraire. C'est bien lorsque nous ne sommes plus soumis à aucune pression de la part de nos tensions, de nos aspirations, que les choses nous apparaissent enfin sous leur vrai jour, avec toute leur valeur. Le but de Zazen n'est pas d'ôter aux choses leur contenu, mais de les libérer de nos préoccupations réductrices. Mais, dis-je, est-ce que les choses perdent de leur valeur précisément parce que nous voulons leur en accorder une ? On peut effectivement dire cela, nous avons tendance à vouloir en permanence retirer quelque avantage de quoi que nous fassions et ce faisant nous souillons notre environnement. Nous classons tout, les êtres aussi bien que les choses, en fonction de critères d'utilité, et nous passons à côté de ce que ces êtres et choses sont en réalité. Prenez la mort par exemple, nous en avons peur parce qu'elle ne nous apporte rien, parce que c'est le vide indéfinissable, nous avons peur de ce vide dans lequel on ne peut rien projeter. Mais la réalité c'est que la mort est d'une indéfinie utilité pour l'homme et pour la terre entière. Mais cette utilité de la mort est hors de portée pour notre petit ego qui a besoin de retours immédiats et concrets. Et ce sont bien ces beoins élémentaires, primitifs, qui font que notre monde n'est qu'une scène de théâtre où s'agitent les bouffons.

Zazo, pensif, écoutait lui aussi ces mots.

Un jour, j'abordai Jacques et discutai avec lui de ce misérable petit ego. Il avait sur ce sujet sa propre idée. L'opposé du petit ego était le grand ego, et ce grand ego était pour lui quelque chose qui me parut assez plausible, celui que l'on pouvait voir lorqu'on se regardait de haut. L'être humain, me dit-il, est la seule créature vivante qui peut se voir, qui a un regard sur elle-même. On peut se voir agir de l'extérieur de soi, on peut s'amuser de soi-même, on peut pratiquer l'auto-critique. C'est ce que nous faisons en ce moment-même, nous sommes au dessus de nous-mêmes en quelque sorte, dans cette réflexion, le petit ego n'a aucune place. Je me moque souvent de moi-même, ça libère et ça remet le petit ego à sa place. De retour en France je veux créer ma propre école Zen. J'y pratiquerai la vue du dessus. Je lui demandai ce qu'Eckehard pensait de son idée. Jacques me dit qu'Eckehard tenait à ses propres idées et n'était ouvert à rien d'autre. Je jonglai avec cette idée du grand ego pendant quelques jours. Je réussis même à avoir ce regard extérieur du dessus sur moi-même au cours de mon activité journalière. J'en parlai un jour à Eckehard ; cette idée du regard sur soi est sympathique, dit-il, il y en a même qui arrivent à avoir ce regard sur eux dans leurs rêves, et ce faisant se propulsent dans des sphères encore plus élevées. Mais nous, adeptes du Zazen, sommes en quête d'autre chose. Notre quête depuis des siècels est d'atteindre l'être véritable, nous en avons déjà parlé. Cet « être vrai » c'est à la fois plus et plus juste que l'idée du « grand ego ». Nous ne nous voyons non seulement du dessus, mais aussi après la mort du petit ego,et notre être véritable voit les choses et les gens tels qu'ils sont réellement. Avec cette histoire du grand ego on se repaît de l'exaltation de se sentir au dessus. Je dirai qu'au moment-même où l'on vit ce sentiment exaltant, on est assis sur son gros cul en plein milieu du petit ego. Aussi, conclut-il, laissez tomber cette histoire de grand ego. Il faut s'en débarrasser au même titre que du petit. J'étais déçu et une fois de plus je restais en suspens. Cet Eckehard ébranlait tout. J'étais amer, rien ne tenait debout devant lui. Je signifiai mon désarroi, Eckehard me comprit et insista, il n'y a aucun espoir à entretenir.

Zazo sourit en entendant ces mots.

Après plus de sept mois, les séances étaient devenues plus naturelles. La souffrance était passée au second plan. Je commençais à éprouver une sorte de contentement. S'asseoir ainsi deux fois par jour devint une habitude et quand je m'asseyais, mes pensées se calmaient. Je me sentais serein et habité par des ondes positives. J'étais de moins en moins distrait, et de plus en plus présent à ma vie quotidienne et concentré sur ce que je faisais. J'avais cette sensation que tout devenait plus clair autour de moi. Au cours des Dokusan, Eckehard me mettait en garde contre le plaisir que je pouvais prendre dans ces états. Ces sensations agréables, disait-il, il faut vous en défaire. Parfois je le détestais.

Un jour il me demanda si j'avais envie de travailler sur un Koan. Je lui mentionnai celui de Michel : pourquoi la queue de la vache ne pouvait-elle pas passer à travers la barrière ? il le connaissait et commençait à rire. Bon, dit-il, puisque vous connaissez déjà celui-là, que pensez-vous de celui-ci : Qu'est-ce que le Mu ? Quoi, dis-je, intrigué, qu'est-ce que le Mu ? Ça paraissait plus bête que l'histoire de la vache. Eckehardme dit que ce Koan avait déjà conduit il y a mille ans plus d'un disciple à l'égarement. Mais des milliers d'autres disciples avaient grâce à ce Mu atteint la vérité. Concentrez-vous sur le Mu avec autant de détermination que vous pourrez. Chaque fois que votre esprit se laisse habiter par une pensée autre que le Mu, chassez-la, revenez au Mu. Ramenez inlassablement votre vie à ce Mu. Lorsque vous ne ferez plus qu'un avec lui vous aurez la réponse.

Il s'en suivit pour moi une période difficile. En suivant les chèvres sur la montagne, je pensais au Mu ; meuh, comme la vache ? En faisant mon fromage, je pensais au Mu, était-il partout et dans le fromage aussi ? En travaillant au barrage, je pensais au Mu, était-ce un mot absurde dépourvu de sens ? Au cours des séances de Zazen, je pensais au Mu. Comment était-ce possible de ne faire qu'un avec ce Mu ? Etait-ce un symbole ? était-ce un synonyme pour le rien ? Si c'était le cas, je pouvais tout aussi bien me mettre à penser au rien, rien, rien. Ce Mu était-il l'instrument de la mort de mon esprit ? C'était le coup fatal destiné à l'élimination définitive de toutes pensées par la contradiction sur un mot quelconque ? Des semaines, des mois passèrent sans que je puisse résoudre l'énigme. Eckehard ne cessait de m'encourager au cours des Dokusan, pensez Mu, n'abandonnez pas un seul instant, disait-il. Plusieurs fois je voulais laisser tomber cette absurdité, mais Eckehard resta intraîtable.

J'essayais de fournir des explications à Eckehard ; Mu est un symbole, lui dsi-je, pour l'insignifiance de mots et des valeurs humaines, ou encore pour l'infiniment grand et l'infiniment petit. Eckehard trouva quelques explications intéressantes, d'autres banales. Quoi qu'il en soit, quelles que soient ses réponses, je ne savais toujours pas ce qu'était le Mu. Eckehard insistait ; il vous faut manger et boire le Mu, il doit pénétrer vos entrailles, elles doivent elles-mêmes se transformer en Mu. Tout est Mu, il faut vous concentrer sur lui.

Un jour je finis par craquer. Mu de merde, dis-je au cours d'un Dokusan. Eckehard répondit de manière inattendue ; je pense moi aussi que vous vous êtes assez débattu avec ce feu dans vos mains. Il n'essayait plus de m'aider à rassembler mes forces, de m'encourager. Peut-être faudrait-il que vous fassiez une pause. Revenez en Europe, ou faites des randonnées en montagne. Sa réaction ne me plaisait guère. Pour lui étais-je déjà en situation d'échec ? Avait-il renoncé à arriver à quelque chose avec moi ? Je vais réfléchir, lui dis-je, et je quittai sa chambre plus frustré que jamais. Plutôt que de renoncer, je m'obstinais dans ma quête du Mu. A la même époque, j'eus des séries de rêves dans lesquelles j'avais des aventures amoureuses passionnées avec de superbes femmes. L'esprit n'était pas seul à interférer, mais les instincts et les pulsions aussi.

Zazo se mit lui aussi en quête du Mu avec Ronda. Tout comme lui, il passa des mois sur le Mu. Certes il avait moins de temps que Ronda à lui consacrer, mais il éprouvait la même frustration. Ce Mu était vraiment exaspérant d'autant plus que l'on le prenait au sérieux.

Je décidai de m'abstenir de Dokusan pendant un certain temps après ce dernier échec. De toute façon ça ne m'avançait pas de discuter. Je décidai de coller à mon Mu, car je n'avais que deux possibilités, ou bien revenir en Europe ou continuer à chercher. Je persistais donc, Eckehard ayant touché ma susceptibilité et ma fierté en me proposant de tout arrêter. Je persévérais dans la voie du Mu sans plus aucune retenue. Au cours des semaines suivantes, tout devint Mu autour de moi, absolument tout. Au cœur de cette étape extrême, Eckehard me demanda un jour d'aller chercher les coupons à Golam et de ramener quelques sacs de farine et de riz. A ces fins, nous utilisions le chariot de Désirée, c'était de la qualité suisse du plus haut niveau. Et me voilà conduisant le chariot par les rues de Golam avec mon Mu en tête. Je remarquais l'agitation de la ville et des gens affairés d'un regard distant. Les gens se pressaient comme si le temps était sur le point de leur échapper. Le temps, c'était aussi un élément du Mu pour moi. J'observais les gens, étonné de l'application qu'ils apportaient à leurs activités. J'avais été comme eux moi aussi, compressé et appliqué à ma tâche, mais maintenant ça me paraissait tellement étranger. Oui, les gens s'gitaient comme des fourmis, des fourmis avec leur courte vie de fourmis. J'eus la sensation de notre petitesse d'êtres humains comparés à l'univers et à l'éternité divine.

Je parlai à Eckehard de ce qui m'était arrivé à Golam. Eckehard me rappela à l'ordre ; n'allez pas vous imaginer que vous êtes meilleur ou plus intelligent que le dernier des vendeurs de fruits ou de légumes du marché de Golam, simplement parce que vous vous posez paresseusement sur votre derrière deux fois par jour et êtes en quête du Mu. Vous n'en êtes pas meilleur pour autant, dites-vous le bien. Rappellez-vous, Ronda, que ce besoin d'être reconnu fait typiquement partie des attributs du petit ego. Ne vous égarez pas, c'est le Mu qu'il vous faut continuer de poursuivre.

178

Zazo écouta à trois reprises l'enrégistrement de ce Dokusan.

Les semaines suivantes, je vis le Mu dans chaque idée, chaque sentiment et chaque action. Je pensais « Mu », je rêvais « Mu ». J'eus l'impression d'être sur le point de perdre la raison. Mais cette impression ne m'effraya pas, car cette perte c'était le Mu aussi. C'est dans cet état qu'Eckehard m'envoya à nouveau à Golam quelques semaines plus tard. Pour aller prendre de la nourriture. Je me retrouvai dans la ville affairée plus perplexe que jamais dans l'état dans lequel j'étais et pensai « Mu » en prenant tout à coup conscience de ce à quoi je l'appliquai. Un rire incontrôlable s'empara de moi. Un rire qui résolvait les opposés, l'important, le non important, les dualismes, les paradoxes, le petit, le grand, le vide, le tout, le « Mu ». Ce rire me libérait de ma quête pour la vérité, pour l'illumination, pour mon moi. J'étais là devant un mur blanc en train de rire du fin fond de mon être. Des passants compatissants me saluaient, dans le doute quant à savoir s'il s'agissait d'un fou qu'ils croisaient ou d'un sage. Mais la plupart des gens passaient dans l'indifférence. Mon humeur devint égale, car je n'avais plus rien à gagner ni à perdre. J'avais pris conscience qu'en fait tout ne faisait un ! paradoxes et oppositions n'existaient qu'en apparence. Ce qui est important est relatif, comme la vie elle-même des atomes composant un univers infini en perpétuel mouvement. Ce qui unissait le tout était l'attention universelle des êtres aussi bien que des choses entre elles, ce que nous appelons amour, l'amour instrument de Dieu, l'amour de Dieu. Chaque planète, chaque être vivant, chaque pierre aussi, étaient une partie du tout que lui-même constituait dans son amour. Je devins proche de tout et de tous, des gens dans la rue, des animaux, des planètes, enfin de moi-même. Je rendis grâce à Dieu de pouvoir vivre ainsi ma vie.

A mon retour, Eckehard vint à moi, me regarda et me serra dans les bras. Je te félicite de tout cœur, me dit-il, tu as réussi. Je savais que la ville serait ton révélateur. Il prépara lui-même une tasse de thé. Désirée me demandait ce qui se passait, et Eckehard lui expliqua que j'avais franchi le seuil de la vérité. Cela la mit en joie, et elle m'embrassa. Assis dehors dans le jardin sur des socles en bois, nous prîmes le temps de goûter notre thé. Eckehard me conseilla de poursuivre les séances, parce que l'illumination, ça se cultive aussi, me dit-il. Mais dorénavant, je pouvais aller seul, je n'avais plus besoin de lui, ajouta-t-il. Ça ressemblait à un adieu, et c'était bien ainsi qu'Eckehard l'entendait. Ce n'est pas que je veuille te renvoyer, dit Eckehard, mais ta place est ailleurs maintenant. Tu peux rester aussi longtemps que tu le souhaites, et un jour tu sentiras le moment venu pour toi de partir. Ni lui ni moi ne savions que ce jour était plus proche que nous l'imaginions.

Les autres ne tenaient plus en place. Ils me bombardaient de questions ; comment t'as fait ? qu'est-ce qui s'est passé ? t'as senti quoi ? Je ne pouvais répondre, tant ce moment se situait au-delà des mots. Je leur dis que le travail sur le Koan avait dû me préparer à la prise de conscience, et ce jour même, Jacqeus se mit à son tour à considérer le Mu. Les jours suivants je montrais à Ivonne comment s'occuper des chèvres et faire le fromage. Elle pensait rester longtemps et de plus elle aimait le fromage à la folie. Dès qu'Ivonne put travailler seule, je me retrouvai avec deux heures de plus à ma disposition. J'employais ce temps à me balader dans les environs. C'était le printemps et les flancs des montagnes se couvraient de fleurs. La fonte des neiges remplissait les cours d'eau d'une eau aussi pure que le cristal, et dans le ciel un couple d'aigles s'élevait en tournant toujours plus haut. C'est alors que sur une pente je remarquai le reflet du soleil. Ce reflet n'avait rien de naturel et provenait d'un objet métallique ou d'un miroir. Il n'y avait guère d'autre hypothèse si ce n'était qu'il y avait quelqu'un là haut. Je fis comme si de rien n'était et rentrais au campement. J'attendis la nuit pour avoir le cœur net sur cette affaire. Je ne fis part de cela à personne, cela ne les concernait pas. Plutôt que de me rendre à la séance de Zazen, je gravis la montagne. Je contournai la position et l'approchai par le haut, et arrivé à quelques mètres, j'entendis parler un homme. Quel ne fut pas mon étonnement en entendant la voix d'Eckehard répercutée dans les écouteurs ! Cet homme était en train de nous espionner ! Je m'approchai pas à pas jusqu'à être à la portée de l'homme. Il était bien caché derrière un filet de camouflage avec sa tente et du matériel de télécommunication sophistiqué. Je bondis sur lui et maîtrisai l'individu par une de ces prises qui m'avait tant rendu service dans ma jeunesse. Il fut tellement surpris et effrayé qu'il dut en pisser. Il resta cependant complètement muet à mes questions. Je bloquai son cou à la limite du supportable, mais il s'obstina. Je menaçai d'en finir avec lui en le serrant encore plus, mais rien n'y fit. Je n'avais plus d'autre alternative que de le traîner vers notre campement. Nous fîmes tellement de bruit en faisant rouler des pierres que les autres interrompirent la séance et sortirent. Je leur expliquai que l'individu nous espionnait. Il ne fut pas plus bavard avec eux. Eckehard nous conduisit à l'intérieur. Il s'installa devant l'individu et le regarda droit dans les yeux. Nous ne t'en voulons pas, et nous savons que tu es un brave type, alors s'il te plaît ne nous complique pas la vie plus qu'il ne faut, lui dit Eckehard. Pour qui travailles-tu ? La confrontation avec Eckehard semblait avoir plus d'effet sur ce pauvre type que ma prise au cou. Il était mal à l'aise, transpirait et finit par craquer. « Demian », dit-il. Qui est ce Demian ? demanda Eckehard, et c'est moi qui lui expliquai. Que pouvions-nous faire de lui maintenant sinon le laisser faire son travail. Nous fûmes tous d'accord, il fallait que Demian continue à recevoir ses rapports sans quoi il se douterait de toute façon de quelque chose et cela entraînerait d'autres complications.

Spencer ne s'en était pas trop mal tiré malgré sa situation délicate, c'était un pro et il avait été bien conditionné par les machines mentales de Zazo. Il avait donné le nom de Demian, pas celui de Zazo. De retour à son poste, c'est Zazo qu'il contacta d'abord. Ils m'ont découvert, dit-il. Je leur ai dit que je travaillais pour Demian. Bon, dit Zazo, tu mets Demian au courant, puis tu me fais un rapport de votre entretien. Ce que Spencer fit. Patron, dit Spencer à Demian, je suis découvert, on est fait. Je n'ai pas eu le choix ou je me faisais buter, j'ai dû donner votre nom. Tu n'es qu'un imbécile, cria Demian hors de lui, rends-toi à Calcutta de suite, va à l'hôtel Firna près de l'aéroport, nous t'y contacterons. Spencer fit ensuite son rapport à Zazo, qui lui ordonna de ne pas aller à Calcutta mais à Bombay. Là, dit-il, nous nous rencontrerons au centre d'accueil Looni.

Demian était dans tous ses états, Ronda était au courant maintenant. Il pensait que Zazo était derrière tout cela, il le contacterait et ainsi Zazo aussi apprendrait que Demian filait toujours Ronda à son insu. Demian se sentait traqué, il fallait qu'il se méfie de Ronda qui pouvait le menacer d'un paralyseur, pourquoi pas, et quant à Zazo, lorque celui-ci apprendrait que Demian mentait, sa succession en tant que chef des Loonis paraitrait bien compromise. Zazo cette fois ne se montrerait plus indulgent, Demian le savait. Il ne restait plus qu'une issue à Demian, toutes les personnes au courant de cet incident devaient disparaître au plus vite, Ronda, la communauté de ses amis de prière, et Spencer. Demian donna ses ordres immédiatement.

Mais Zazo observait Demian et se doutait des intentions de celui-ci. Il ne pouvait le laisser éliminer Ronda, la communauté et Spencer, comment empêcher une telle manœuvre ? Demian s'était mis hors d'atteinte de Zazo qui ne pouvait le joindre. Il ne restait plus à Zazo que l'option d'envoyer lui-même une équipe pour contrer celle de Demian. Il hésitait encore toutefois, une telle opération allait entraînerun conflit entre deux planeurs supersoniques Looni, ça coûterait cher et si l'épisode était divulgué dans la presse, cela ternirait l'image de la communauté Looni. Et puis il en voulait toujours à Ronda pour sa stupide agression au paralyseur. Voilà pour les arguments contre. D'un autre côté il avait pris Ronda en sympathie ces derniers temps. Par la pratique simultanée du Zen, malgré la distance, il s'était formé un lien spirituel entre Ronda et lui. Et puis l'élémentaire méchanceté de Demian le dégoûtait. Aussi finit-il par pencher pour l'envoi de son commando de protection.

Demian avait dépeché les deux tueurs dans son véhicule spatial personnel. Il attendait dans son abri inaccessible sans se douter que Zazo avait envoyé son propre commando à la suite du sien, et il ne se doutait pas non plus que Zazo essayait par tous les moyens de le joindre.

CHAPITRE 7
LE RETOUR DE RONDA

Eckehard demanda des éclaircissements à Ronda. Je ne sais ce que tu as fait au cours de ta vie antérieure, et je ne veux pas non plus le savoir. Mais le fait que tu sois pris en filature même jusque dans cet endroit perdu ne me signifie rien de bon. Je sens aussi qu'il va se passer d'aurtes choses, pas si bonnes que ça. Je crois que tu as intérêt à te trouver un endroit sûr. Tu pourrais aller à mon cloître, c'est à trois jours de marche d'ici. Il faut traverser Tatschpur, puis prendre le nord. Deux kilomètres plus loin tu verras un sentier remontant une large vallée avec un torrent côté droit. Tu dois suivre cette direction sur environ quatre-vingt kilomètres, puis tu apercevras du sentier le cloître à moitié reconstruit côté gauche dans la montagne. Je le remerciai et préparai mes affaires. Dix minutes plus tard, je disais adieu aux autres. Ils ne comprenaient pas très bien ce qui se passait. La paix qui avait caractérisé la vallée d'Eckehard depuis des années et qui m'avait habité s'évanouit en quelques heures.

Conscient de la sérénité que je portais en moi, et avec laquelle je regardais le monde, et ce, en dépit de tout ce qui pouvait bien arriver, je traversai la vallée de Tatschpur d'une humeur enjouée. Bien que je n'y connaisse personne, les gens me saluaient. J'entendis soudain le sifflement d'un planeur. Je savais que c'était pour moi. Je savais aussi qu'ils allaient d'abord aller chez Eckehard pour lui poser des questions. Mon premier réflexe fut d'être inquiet pour la petite communauté. Puis en y pensant je me dis qu'Eckehard saurait prendre la situation en main.

Les envoyés de Demian n'atterrirent pas au tournant pour l'installation d'Eckehard juste avant Tatschpur comme Spencer l'avait suggéré. Ils s'engagèrent directement dans la vallée selon les instructions de Demian. Il fallait d'abord qu'ils s'occupent de Ronda le plus vite possible. Ils atterrirent à quelques mètres de la maison d'Eckehard. Eckehard avait envoyé les autres chercher de l'eau. Il aborda les deux tueurs, et leur dit : Vous êtes les amis de Ronda ? Vous voulez le voir ? Les deux tueurs se regardèrent, firent aimablement signe que oui et demandèrent où il se trouvait. Il m'a dit de vous dire que... Eckehard n'eut pas le temps d'achever, Désirée apparut sur la colline, il hésita et lui cria, porte l'eau dans la maison, Désirée. Les deux gars n'étaient pas des amateurs. Moi, je m'occupe de la vieille, dit l'un des deux, et toi, vois avec ce meneur, et il partit vers la maison. Eckehard ne pouvait plus bluffer et raconta que Ronda se dirigeait vers le cloître. Il leur expliqua où il se trouvait.

Les envoyés de Zazo n'avaient pas à demander quoi que ce soit, il leur suffisait de suivre la trace de l'autre véhicule spatial. Sur leur écran de contrôle ils virent le véhicule se poser une deuxième fois. Ils informèrent Zazo que dans deux minutes ils seraient sur lui, puis, deux minutes plus tard, ayant le véhicule traqué dans leur point de mire, demandèrent s'ils devaient le réduire en miettes. Zazo donna des instructions précises, pendant que l'un des deux tenait depuis le véhicule l'autre sous surveillance, le deuxième devait aller protéger Ronda.

Demian s'était mis à l'aise dans son abri où il ne souhaitait être dérangé par personne. Ses aides dans la maison savaient que personne ne devait avoir accès à lui, même pas Zazo, qui lui, de son côté n'en pouvait plus de ne pas pouvoir le joindre alors qu'il insistait depuis plus d'une heure. Invariablement on lui répondait ; Demian est sorti, il ne va pas tarder à rentrer. Les aides savaient que Zazo était le chef, mais ils étaient fidèles aux instructions de Demian. Et celui-ci était catégorique dans ses instructions, ne pas être dérangé signifiait n'être dérangé par absolument personne. Demian ne pensait qu'à une chose, c'est, confortablement installé, d'assister sur son écran 3D à la descente sur Ronda. Il venait de voir comment son équipe venait de s'occuper de l'hermite un peu atteint et de la vieille. Il leur avait ordonné de les laisser en vie. Il ne craignait rien de leur part et, qui sait, ils pouvaient même lui être utiles plus tard. Puis il suivit le vol en direction du cloître. Demian s'amusait bien et en profitait pour manger une délicieuse salade de fruits qu'il avait mandée. Son majordome profita de l'occasion pour lui glisser malgré tout que Zazo insistait vivement pour le joindre. Que me veut-il donc, dit Demian, dites lui de me rappeller plus tard ; puis-je vous le passer lors de son prochain appel ? demanda le majordome. Bon, dit Demian, si vraiment il insiste...

Zazo était en contact permanent avec son commando de protection. Celui-ci maîtrisait les hommes de Demian. Quant à Ronda, aucun détecteur ne pouvait encore le repérer, ni infrarouges ni ondes à induction ne révélaient trace d'un troisième être vivant. Nous n'avons que les hommes de Demian, rapportèrent-ils à Zazo, Ronda nous échappe encore. Fort heureusement, pensa Zazo, que cette scène un peu ridicule se passe hors des regards dans un coin perdu. Il essaya encore une fois Demian et ce fut la bonne. Le majrodome lui passa Demian qui, attendant devant son écran que les images du second attérissage se précisent, n'eut pas le plaisir d'en profiter, car il entendit Zazo lui hurler dans les oreilles au même moment ; ordonne à tes gars de faire marche arrière imméditement, sans quoi dès aujourd'hui je te réduis en bouillie. Demian pâlit. En même temps que Zazo il entendit la voix du commando de protection qui annonçait que les hommes de main de Demian étaient immobilisés et s'il fallait s'en défaire ? , en même temps ses propres hommes l'informèrent qu'ils étaient sous le feu d'un autre planeur. Ne bougez pas, leur dit Demian. Eckehard, son cloître, tout fut ainsi épargné. Les hommes de main revinrent dans leurs planeurs vers leurs commanditaires respectifs. Quelques heures plus tard, Demian se trouvait face à face avec Zazo.

J'entendis le planeur repartir et prendre la direction du nord. Je poursuivais en direction du cloître, lorsque j'entendis un autre planeur au dessus de moi. J'étais encore plus intrigué ; deux planeurs pour moi ! c'était trop d'honneur. Il devait se passer des choses qui m'échappaient. Puis quelques instants plus tard je vis les deux planeurs reprendre de l'altitude et s'éloigner dans la direction d'où ils étaient venus. Je sentis que le danger était passé et décidai de revenir vers Eckehard. Je revins à grands pas soucieux de ce qui avait pu arriver à Eckehard et à la petite communauté Vers minuit j'avais déjà presque atteint Tatschpur et décidai de camper dans les environs proches de la ville. Le lendemain j'atteignis la petite communauté aux environs de midi. Ils me dirent que deux colosses étaient aimablement venus savoir où je me trouvais. Il ne nous fut pas possible de comprendre ce qui s'était passé la veille. Qui étais-je pourqu'on me prenne en filature et que l'on envoie des planeurs supersoniques à ma recherche ? Tout le monde voulait connaître mon histoire et c'était compréhensible. Ils surent tout comme je l'ai écrit ici. Eckehard vint apporter sa conclusion à tous ces épisodes de ma vie passée. Ta confrontation avec Zazo, dit-il, c'était il y a longtemps, mais des gens comme lui voient à long terme. Peut-être ont-ils encore de l'estime pour toi. Peut-être pensent-ils que tu pourras à nouveau jouer un rôle important avec eux ? Peut-être est-ce ton destin de revenir parmi eux ? Le deuxième planeur est peut-être venu rappeler le précédent, peut-être y a-t-il eu un conflit entre Zazo et Demian ? Je pense, dit Eckehard, que ce serait bien loin d'être une mauvaise chose que de contacter Zazo.

Patron, dit Demian, mon souci était de vous protéger, je craignais qu'il ne soit de nouveau un danger pour vous. Demian était acculé. C'est la seule raison pour laquelle je le surveillais. Ça ne me coûtait pas grand chose. Et, demanda Zazo, pourquoi avoir envoyé le planeur ? J'ai été pris de panique, dit Demian, lorsque Spencer a été découvert. Panique, dit Zazo, qui pouvait conduire à une mort ? Demian ne disait rien. Zazo attendit et Demian se sentit obligé de poursuivre son explication. Bon sang, chef, cet idiot n'at-il pas après tout tiré sur vous ? Même si je l'avais éliminé, le monde ne s'en serait pas porté plus mal, non ? Bien, Demian, dit Zazo, voilà qui nous rapproche un peu plus de la vérité. Tu as le cœur aussi dur qu'une pierre. Ma générosité ne te touche pas parce que tu es insensible. Tu ne penses qu'à une chose, c'est devenir le leader des Loonis et ce le plus tôt possible. Et à ce but, tu n'hésiterais pas une seconde pour me faire passer pour fou, et m'enterrer dans un établissement spécialisé pour malades mentaux. Mais, pas de chance, je suis trop fort pour toi. Chef, ce n'est pas vrai, dit Demian, j'ai toujours... Zazo l'interrompit. Ça suffit, Demian, dit-il. Tu as toujours considéré Ronda comme un élément dangereux parce qu'il est un ami d'enfance, un des rares qui pouvaient m'atteindre dans mon affectif, et c'est ce dont tu as toujours eu peur, des sentiments. Si tu t'entêtes à nier ce que je te dis, aujourd'hui même je te fais soumettre à un test de machine mentale. C'était trop pour Demian, qui savait Zazo capable de cela et qui redoutait plus que tout l'épreuve de la machine. C'est bon, dit-il, vous avez gagné. Que voulez-vous maintenant ? dit Demian. Maintenant, dit Zazo, tu fais tes valises et tu te cherches du travail. Demian avait de la peine à croire à ce qui arrivait ; ce n'est pas possible, dit-il, vous ne pouvez pas faire cela à cause de cet imbécile, c'est à cause de tes imbécillités, et tes agissements, nous, les Loonis, ne pouvons plus les tolérer. Je te permets de rester dans cette maison d'accueil encore un mois, puis tu devras te chercher de quoi te loger. Je t'interdis de revenir chez toi à partir de cet instant. C'est moi qui irai chercher tes effets personnels. Demian était implacablement renvoyé et il n'en revenait pas. Il s'était attendu à des représailles, mais il était loin de penser qu'une telle chose puisse se produire. Il n'était même plus Looni. Zazo avait perdu la tête, il ne pouvait expliquer autrement sa décision, et il n'était pas prêt, lui dit Demian, à accepter un tel affront.

Le jour suivant je me rendis à Tatschpur de nouveau pour y téléphoner. Des gens de plus en plus nombreux me saluaient, je commençais à être connu. Je dépensai la moitié de l'argent qui me restait pour joindre Zazo sur une vieille ligne téléphonique visuelle. Ronda, me dit Zazo avant que j'aie pu moi-même dire um mot, désolé pour tous ces ennuis. Mais, dis-je, pourrais tu m'expliquer la raison de ces événements absurdes ? Bien sûr, dit Zazo, est-ce que tu veux que je passe te prendre ? Tu peux venir quand tu veux, lui dis-je. Bon, dans deux jours je suis là. Lorsque je rapportais notre conversation à Eckehard, celui-ci me dit ; il a dit qu'il viendrait te chercher ? J'ai l'impression que le monde à venir s'est chargé d'une lourde responsabilité à ton égard. Rétrospectivement je me rends compte qu'Eckehard possédait en permanence cette sagesse prémonitaire dont je n'avais eu qu'un aperçu lorsque j'avais éclaté de rire devant mon mur blanc. Grâce à cette sagesse, il possédait une vision bien claire des événements à venir. Pour ma part à cette époque il m'était impossible d'accéder à ce degré de compréhension. J'étais perturbé par bien trop de choses.

Zazo atterrit juste devant la maison d'Eckehard. Je ne fus pas peu surpris de voir le grand Zazo s'incliner devant Eckehard et lui dire ; j'attendais avec impatience depuis longtemps de vous recontrer. J'eus l'impression qu'Eckehard éprouva de la sympathie pour Zazo. Il invita Zazo à prendre un thé. Assis sur les planches dans la « porcherie » Zazo expliquait tout ce qui s'était passé en prenant son thé salé. Demian te surveillait par jalousie, dit-il, notre amitié de jeunesse le tourmentait. Heureusement je m'en suis assez vite rendu compte. Aussi pendant qu'il te surveillait le surveillais-je mon côté. C'est ainsi que j'ai eu depuis des mois le plaisir d'assister à vos Dokusans. Je ne regrette pas cette initiative, même si je vous demande pardon d'avoir ainsi fait intrusion dans vos échanges personnels. Il n'y a rien d'intime dans un Dokusan, intervint Eckehard, et il ajouta : est-ce que cette participation silencieuse a fini par vous être utile ? Bien sûr, dit Zazo, considérablement. J'ai progressé intérieurement, pas autant que Ronda, évidemment. Il ajouta qu'il avait suivi les séances assises pendant les six derniers mois en même temps que nous, compte tenu du décalage horaire bien sûr. Il s'était tenu à une heure par jour. Quant au Koan sur le Mu, il avoua n'avoir essayé de le résoudre qu'à contrecœur, compte tenu de la pression exercée sur lui par son intense activité quotidienne.

Zazo déclina l'invitation d'Eckehard de passer la nuit chez lui. Il lui fallait revenir d'urgence pour s'occuper de ses affaires. Bien évidemment il me proposa de l'accompagner chez lui à San Francisco et bien sûr j'acceptai. Je sentais que c'était la direction que ma vie devait prendre maintenant. C'est ainsi que je dus faire mes adieux à Eckehard et à la petite communauté un peu précipitamment. Eckehard me regarda droit dans les yeux et me dit ; tu y arriveras, et il me serra dans les bras. Peut-être n'allais-je jamais plus le revoir. En fait seul Jacques me rendit visite plus tard. Au moment où nous partions, Eckehard nous cria comme s'il s'adressait à nous deux et non pas simplement à moi ; n'oubliez pas les séances assises !

Ce retour à San Francisco avec moi dans le véhicule spatial revêtait pour Zazo une valeur symbolique. Voilà, dit-il, l'occasion pour nous d'entâmer un nouveau cycle dans notre échange.

San Francisco ! le souvenir des malheureuses expériences dans cette ville n'était plus aussi vif. Je revenais un être différent, habité par une paix intérieure nouvelle. Je n'étais plus l'homme d'autrefois plein d'enthousiasme et d'ambition transporté par son énergie. Non, à la place du désir d'être reconnu je ressentais maintenant le besoin ferme de ne plus vouloir prendre en charge et diriger qui que ce soit. A la place de l'enthousiasme pour l'action je ressentais une profonde complicité avec ma nouvelle vie intérieure. Tout cela faisait que les mauvais souvenirs ne m'affectaient guère. Ce symbolisme dont Zazo avait parlé avait des aspects bien positifs. Je sentais son désir d'établir entre nous une relation sur de nouvelles bases. Je ne m'attardais pas à considérer les conséquences possibles d'un tel nouveau départ. Je n'avais plus à me soucier des buts de l'U.G. Toutefois j'avais envie que Zazo et moi puissions avoir la possibilité d'échanger à nouveau nos idées sur la vie. C'était bien la raison principale pour laquelle j'étais venu avec lui. Au cours des trois heures de vol à travers le Pacifique, je devais découvrir que Zazo était effectivement disposé à être plus ouvert. Le cynisme et l'ironie qui avaient été ses compagnons par le passé laissaient place au désir de comprendre le monde tel qu'il était réellement. S'il cherchait à me rencontrer sur ce nouveau terrain, alors j'étais prêt à aller avec lui. Et puis le fait qu'il ait pratiqué Zazen simultanément avec moi me rapprochait aussi de lui. Je ne m'étais pas préoccupé de logement, je n'avais pas de projets, je le suivais. Je savais que peu importait le lieu où je me trouvais, j'étais avec le monde, en harmonie avec l'univers divin. Tôt ou tard, où que ce soit, je sentais que je me trouverais au bon endroit au bon moment.

Demian n'entra pas dans la maison d'accueil. Il se doutait bien sûr de ce qu'il était sous surveillance, mais Zazo devait comprendre qu'il ne pouvait accepter une telle humiliation. Zazo ne pouvait pas ignorer que Demian s'opposait. Mais ce que Zazo ne pouvait pas savoir c'est en quoi consisterait la réponse de Demian, il ne pouvait ni ne devait savoir dans quelles banques et sur quels comptes Demian avait détourné de l'argent. Demian avait mis de l'argent de côté au cas où, il avait réparti dans différents pays une somme colossale de près de quinze millions de dollars. L'argent était placé sous différents noms, et Demian possédait sur lui les documents d'une double fausse identité. Les jours suivants, Demian fit de tout pour échapper à la filature. Il passa une demie journée dans le métro New-Yorkais, puis prit un taxi rapide pour Chicago sans prendre de billet tout comme un adolescent. Parvenu à Chicago, il s'était assuré que plus personne ne le suivait.

Tout d'abord Zazo me conduisit dans son paradis thermal. Ce fut une grande joie pour moi de pouvoir profiter à nouveau du bien-être prodigué par sa superbe installation. Lorsque le corps est gorgé de chaleur et d'eau l'âme se sent plus légère. Mais contrairement à mon dernier séjour dans ces bains, le sentiment de bien-être ne me dominait plus. Rien ne me dominati plus dorénavant. Prudemment Zazo tâta le terrain tout comme le font les enfants lorsque quelqu'un de nouveau s'approche de leur terrain de jeu. Je me demandais s'il n'avait pas choisi San Francisco et ce paradis lors de notre première rencontre de manière à pouvoir mieux me jauger. Dans cet état un peu particulier de bien-être physique on était moins sur ses gardes et l'esprit à découvert. C'était donc un moyen pour lui de voir à quel point j'avais changé et évaluer le degré de stabilité de mon nouveau équilibre. Je devançai son attitude et lui dis ; préfererais-tu être assis à côté de l'ancien Ronda, celui qui était aveuglé par le luxe et le transport des sens ? Il réagit sans réfléchir en disant ; je suis tout à fait conscient que tu n'es plus celui que tu étais. Nous avons changé tous les deux. Je ne répondis pas, le temps parlait pour nous. Puis un moment après il admit : peut-être as-tu raison, on a du mal à se débarrasser des anciens schémas de comportement. Si tu n'avais pas changé, je serais tenté de communiquer avec toi comme d'habitude, j'acquiesçai, et ce faisant, les anciens schémas contribuent à nous figer en nous-mêmes dans ce que nous sommes, dis-je. Il rit et dit : nous nous serions certainement bien amusés. Lorsque je lui expliquai un peu par provocation qu'au Tibet j'avais appris à suivre la voie de la création et de l'harmonie divine universelle, tout comme un bon Looni, il jeta les yeux au ciel, soupira et me dit ; mon Dieu, parlons d'autre chose, veux-tu. Ce fut à mon tour de lui remonter le moral en lui tapant sur l'épaule, sa manière à lui de faire, il me regarda stupéfait.

Demian avait un million de dollars à la banque Morgan de Chicago sous le nom d'Edmond Grover.

Cette banque s'efforçait, comme d'autres, de se tenir à l'écart de l'U.G. Les actionnaires et les clients de banques s'étaient toutefois engager à révéler leurs avoirs. Personne n'était autorisé à posséder plus de 1,5 millions de dollars comme portefeuille total. Mais la plupart des banques avaient l'esprit large et étaient des associés de l'U.G. de toute façon, car elles profitaient de leur possibilité légale de prendre en charge la commercialisation des entreprises frappées par la loi sur l'héritage et qui revenaient à l'U.G. Concernant les entreprises moyennes et grosses, les banques et les organismes bancaires géraient des biens produits par la loi sur l'héritage qu'ils répartissaient entre les héritiers, l'U.G., les employés et les acquéreurs éventuels de l'affaire ne question. L'U.G. n'était autorisée à mettre aur le marché que les compagnies, parties de compagnies ou actions, que ni une banque attitrée ni un syndicat ne voulaient prendre en charge. Il y avait rarement des problèmes en rapport avec des actions et de petites compagnies. Dans ces cas, la majorité des détenteurs de fonds avaient leur mot à dire. C'était plus difficile lorsqu'il s'agissait de compagnies entières. C'est dans ces cas qu'habituellement la banque s'occupait de la liquidation. Ce faisant elle pourvoyait à une nouvelle gestion, ou mettait sur pied différentes méthodes d'acquisition depuis les employés actionnaires jusqu'aux nouvelles compagnies publiques. En principe, la commercialisation devait s'effectuer dans un délai d'un an ce qui correspondait au temps nécessaire à la régularisation des comptes concernant les dépenses, pour payer les héritiers et l'U.G. Naturellement les banques préféraient vendre des parts d'entreprise ou l'entreprise entière.

Excusez cette disgression dans le domaine de l'économie politique et la gestion des entreprises, mais c'est un sujet fondamental dans la formation de l'U.G. Il va de soi que les instigateurs de l'idée de Justice Globale n'avaient pas du tout l'intention de s'en prendre aux emplois ou d'écraser des entreprises par leurs lois sur l'héritage en faveur de l'U.G. Il avait été décidé et c'est valable pour tous les partis de Justice Globale, que les banques impliquées dans le financement des compagnies seraient les premières à qui serait offerte la possibilité de commercialiser de manière économiquement viable les entreprises touchées par la loi de l'héritage. Grâce à cela on avait donc ouvert aux banques une nouvelle branche d'activité qui pouvait être lucrative. Si les institutions bancaires renonçaient à leur droit de commercialisation complètement ou en partie, les syndicats, c'est-à-dire les institutions syndicales chargées de l'absorption pouvaient à ce moment-là intervenir à leur tour, ou en recours à d'autres banques ou associations de « repreneurs ». C'est simplement au cas où aucun de ces groupes n'effectuait la commercialisation que l'U.G. était autorisée à intervenir dans ce domaine de l'économie de marché. Du côté des acquéreurs, les héritiers avaient un droit de préemption, la priorité était bien sûr le maintien de l'entreprise. Des experts étrangers aux partis concernés et des représentants du personnel participaient au processus d'évaluation et de commercialisation des entreprises concernées par cette loi sur l'héritage. Ce nouveau domaine d'activité bénéficiait considérablement aux banques surtout si elles-mêmes avaient été soumises aux lois de la transmission de biens et avaient donc été réduites.

De toute manière à la Banque Morgan on ne voulait pas traîter avec l'U.G. du tout. En ce qui concernait ce Monsieur Edmond Grover qui n'héritait pas plus d'un million de dollars, il n'y avait de toute façon pas de problème. M. Grover vivait de son intérêt. Le financement ainsi que les achats divers étaient réglés tous les mois. Ses voisins l'enviaient, il était rarement chez lui, simplement lorsqu'il revenait d'un de ses voyages de par le monde. Il leur fallait affronter leur dûr labeur quotidien pour avoir son niveau de vie.

Nous étions assis devant la cheminée lorsqu'on nous informa que l'on avait perdu la trace de Demian. Zazo n'était pas rassuré, il était maintenant pour lui une « bombe vivante » et Zazo s'attendait à des représailles de sa part. Il me raconta comment il avait congédié Demian. Zazo était au courant des 11 millions de dollars détournés, et d'une des fausses identités. Des détectives l'attendaient dans les institutions où l'argent était placé sous cette fausse identité ; si Demian s'y rendait, il était fait comme un rat. Cet argent, il l'avait volé à la communauté Looni, il était en infraction. Mais il ne connaissait pas l'identité de M. Grover. Zazo me proposa de rester chez lui un moment. Il plaisanta à sa manière en disant qu'ainsi je n'aurais pas besoin de recourir à l'aide sociale de l'U.G. J'acceptai, parce que je me disais que ce n'était peut-être pas un hasard si le destin me rapprochait de Zazo pour la troisième fois. Que pouvait-il bien naître de cette nouvelle rencontre, je ne pouvais que me perdre en conjectures, et de toute façon je n'avais pas non plus l'intention de forcer la main du destin. Les choses apparaîtraient d'elles-mêmes. En ce qui me concernait, je me contentais d'aider à émerger ce qui se présentait.

Demian chagea physiquement petit à petit. Il se laissa pousser une barbe et rasa son crâne. Il fit en sorte que ses voisins le voient ainsi le plus possible, de manière à s'habituer à son nouveau look. Au bout de trois mois il était plus ressemblant que jamais à la photo du passeport de M.Grover, et Zazo aurait eu bien du mal à reconnaître en lui son ancien second.

Zazo et moi nous méditions tous les soirs et tous les matins pendant une heure. Il me demanda de parler sur le Koan du Mu, et j'aiguisai sa faim de cette vérité brûlante comme l'avait qualifié Eckehard. Il essaya en fait encore de s'attaquer au Mu, mais comme lors de sa première tentative, trop de choses venaient le distraire. Il lui fallait sans cesse prendre des décisions. Il ne se passait pas une heure sans qu'il soit sollicité pour donner un conseil ou aider à résoudre un problème. Depuis le départ de Demian, sa disponibilité était plus de deux fois plus sollicitée.

Un jour il me demanda si je voulais prendre le poste de Demian, j'aurais un salaire de roi. Je le remerciai de la confiance qu'il me faisait mais refusai. Zazo me proposa même le poste de chef des Loonis, de toute façon tu le sais, dit-il, je ne veux pas continuer à travailler bien longtemps. Je veux pouvoir disposer de plus de temps libre, comme toi. Peut-être vais-je aussi m'en aller vivre un an ou deux avec Eckehard, et essayer de résoudre l'énigme du Mu. Je crus sentir sa sympathie pour moi. Je lui expliquai que je n'étais pas fait pour de telles responsabilités. Je ne sais pas ce que je vais faire à l'avenir, dis-je, mais pour sûr je n'ai pas l'intention de me retrouver à la tête d'une telle organisation. Zazo demanda ce que je lui aurais répondu quatre ans plus tôt. Je pense, dis-je, que j'aurais aussi refusé, mais pour d'autres raisons. A cette époque, j'étais un idéaliste de l'U.G. ; et aujourd'hui ? demanda-t-il. Aujourd'hui ja suis devenu plus réaliste. Il se méprit sur ma réponse et commença à tirer à boulets rouges sur l'U.G., ce sur quoi je rétorquai que je pensais toujours que l'U.G. était une organisation qui se défendait. Est-ce que tu travaillerais à nouveau pour eux si l'on te le proposait ? demanda-t-il. Qui sait, peut-être, dis-je. Zazo ne m'en voulait pas de refuser, peut-être même au contraire. Il avait la preuve que je m'étais bien désolidarisé des intérêts matériels.

Demian s'était complètement identifié à Edmond Grover. Ce qui le motivait de jour en jour, c'était sa haine pour Zazo. Il voulait se venger, et pour arriver à ses fins, monsieur Grover se mit en quête du matériel le plus divers des stocks de l'armée. Il y avait encore un armée aux Etats-Unis car les Américains s'attendaient à une confrontation dans le futur proche avec des êtres venu d'ailleurs. En Europe beaucoup pensaient qu'il s'agissait d'un comportement paranoïaque. Toutefois en Europe aussi il y avait des gens pour dire qu'avec les progrès constant de l'intelligence humaine il y aurait de plus en plus de possibilités à l'avenir de rencontrer des formes de vie intelligentes extraterrestres. Quoiqu'il en soit, M. Grover acheta un pistolet laser, des explosifs et des détonateurs. Mais Zazo n'était pas facile à approcher. Ilse montrait de moins en moins en public, et il était impossible de pénétrer dans l'espace Looni avec des armes. Lettres colis, cadeaux, tout, les individus y compris était fouillé avant d'arriver à Zazo. Mais Grover était convaincu qu'une occasion se présenterait. Il avait encore d'excellentes relations avec divers services Loonis.

Je sais ce que nous allons faire, dit Zazo. Je vais m'inspirer de ton attaque, me dit-il. C'était la première fois qu'il faisait allusion à mon agression au paralyseur. Je savais qu'il s'agissait d'un événement qu'il avait du mal à accepter. Tu m'en veux encore pour cette agression, lui dis-je, peut-être, répondit-il. Ne m'en veux pas, dis-je, j'étais un animal traqué ; et c'est moi qui étais le chasseur, dit Zazo. C'est exactement ça, dis-je. Après tout, pourquoi pas, dit Zazo. Bon, quoiqu'il en soit, cette fois-ci, le chasseur va mieux s'y prendre pour avoir ce Demian et ne pas se faire descendre à son tour. Que vas-tu faire ? dis-je. Je vais lui tendre un piège tout simplement. Il va faire comme toi et attendre que je sois à sa portée, et ça ne peut se faire qu'en dehors de l'espace Looni. Demian a encore des contacts avec des chefs Looni, mais il ne peut pas se permettre d'intervenir dans l'espace Looni. Notre système de sécurité actuel est pratiquement sans faille. Zazo me fit part du piège qu'il allait tendre. Il embaucha des spécialistes Londoniens en la matière. Pour ce genre d'intervention les Britanniques étaient imbattables. Il s'agissait d'une entreprise spécialisée en dans la protection des individus, elle n'avait rien à voir avec les Loonis. Zazo ne voulait pas faire confiance aux chefs de la sécurité Looni. Bien sûr, officiellement, c'était toujours le service de sécurité Looni qui le protégeait lorsqu'il donnait une conférence. Mais pour la prochaine, le service de sécurité secret de Londres serait présent lui aussi. Si demian réussissait à franchir le barrage de sécurité Looni grâce à ses anciennes connaissances, la compagnie londonienne, elle, le prendrait dans ses filets. Qu'est-ce que tu feras de lui une fois que tu l'auras pris ? demandai-je à Zazo. Ça c'est mon affaire, dit-il. Puis il ajouta, pour calmer ma curiosité, il n'y a rien à craindre, je ne lui ferai pas de mal. Je le remettrai à la police ou quelque chose comme ça. Pourquoi ne pas choisir le même théâtre où je l'avais agressé ! l'idée amusa Zazo, pourquoi pas, dit-il. Il aimait la théâtralité. C'est ainsi que quatre ans plus tard, jour pour jour presque, le Théâtre Créatif de Londres devint le lieu d'une conférence Looni. Par superstition il ne choisit pas la même date.

M. Grover reçut un coup de téléphone d'une cabine publique de san Francisco l'informant que Zazo donnerait une conférence à Londres le 29 mai. La même personne lui proposait de le rencontrer deux jours plus tôt à la gare de Paddington, quai n° 2. M. Groer se délectait à l'idée de ce qui allait se passer, quel imbécile, pensait-il, il va se faire avoir au même endroit que lors de sa première agression, mais cette fois il ne va pas en réchapper.

Zazo ne voulut pas laisser tomber le sujet de l'U.G. Vraiment, dit-il, tu retravaillerais pour l'U.G. ? même si tu es devenu plus réaliste ? Je lui dis qu'il ne m'avait pas bien compris. Je suis plus réaliste en ce qui concerne ma personne et mon environnement immédiat. Je me suis éloigné du monde mesquin de l'égoïsme. Devant mon mur blanc au Tibet, j'ai compris ce qu'il en était des gens et des choses. Plus jamais je ne voudrais me jeter à corps perdu dans quoi que ce soit, avec l'ambition de réussir et la conviction d'avoir raison. Et je ne voudrais surtout pas porter des chaussures qui ne m'aillent pas. Zazo me suivait, comprenait ce que je disais, mais sans pouvoir en sonder la profondeur. Irrémédiablement convaincu qu'il est impossible d'agir sans être motivé par des intérêts propres, il ne recula devant aucun argument pour prouver que nous agissons toujours par intérêt. Et si, dit-il, je te cédais toute l'organisation Looni, tu pourrais revenir à l'U.G. et leur présenter sur un tableau 80 millions de Loonis 40 millions de dollars de capitaux, et tout un système de travail autonome, ils ramperaient devant toi. C'est tentant, non ? Si tu étais créateur de sens, accepterais-tu de devenir patron des Loonis ou non ? Non, dis-je, même pas dans ces conditions-là. Zazo paraissait contrarié tu dis ça parce que tu sais que je ne le ferais pas de toute manière. Je ne suis pas si certain que tu ne le ferais pas, lui dis-je. Tu es un optimiste, dit Zazo, non, un réaliste, dis-je, et nous nous mîmes à rire. Mais Zazo ne voulait pas s'en tenir là et fit monter les enchères ; supposons, dit-il, que je décide de céder l'entière organisation à l'U.G. à condition que tu deviennes, toi, responsable de cette communauté Looni, qu'est-ce que tu ferais ? Ça, c'était plus sournois. Je ne voulus pas tourner autour du pot, et lui dis : si par cette manœuvre on peut permettre aux 80 millions de Loonis de se libérer mentalement, à ce moment là je pense que je ne pourrais pas refuser. Tu crois que tu pourrais intégrer mes pauvres Loonis dans l'U.G. et après cela les laisser seuls le plus vite possible. C'est là ce que tu appelles liberté, alors que tu sais qe les gens sont désemparés s'ils sont abandonnés à eux mêmes ! Nous abordions un sujet de conversaiotn sur lequel nous n'avions pas pu nous mettre d'accord quatre ans plus tôt, la liberté ! A l'époque, c'est Zazo qui avait eu le dernier mot au cours de notre discussion sur le Grand Inquisiteur de Dostoïewski, et la peur qu'ont les gens de la liberté. Je n'étais pas mieux préparé pour aborder ce débat aujourd'hui. Toutefois je pus faire remarquer à Zazo la partialité de son point de vue. Je lui demandai si ça ne serait pas plus gratifiant d'enseigner aux hommes comment s'épanouir et être libre plutôt que de cultiver leurs faiblesses. Il me répondit avec une certaine désinvolture qu'il ne s'appellait pas Sisyphe. J'étais d'accord, Sisyphe avait essayé en vain de résoudre un problème au delà de ses forces. Mais, dis-je à Zazo, tu as été doué de tels talents, tu aurais les moyens de trouver des solutions. Tu n'es pas fait pour te cantonner à des réponses élémentaires. Zazo me regarda avec amusement ; tu veux faire de moi un idéaliste en exploitant mon ambition, dit-il, tu es un petit malin. Il ne s'agit ni d'ambition ni d'idéalisme, dis-je, il s'agit de chercher à se rapprocher de ce que nous sommes et de notre propre vie. Il rit et me dit qu'il avait la certitude d'être proche de lui-même et de sa vie ; mais c'est exactement cela que je remettais en question. Ne crois-tu pas, lui dis-je, que ton âme a besoin de plus que simplement de plaisir, de pouvoir et de sécurité ? Tu crois que mon âme serait plus contente si elle s'escrimait à essayer de résoudre l'énigme du Mu ? me dit-il, résoudre Mu, dis-je, et le but de ta vie. Zazo sourit avec une certaine lassitude, dans cette vie, dit-il, je n'ai plus envie de courir après quoi que ce soit, peut-être au cours d'une prochaine vie. Pour l'instant le plaisir, le pouvoir, et la sécurité ça me suffit. Oui, dis-je, et tu réduis ainsi ta vie au niveau de celle d'un lapin. Peut-être dans ta prochaine vie, tu vas renaître lapin. Pourquoi pas, dit-il, les lapins ça s'amuse bien parfois. Et c'est ainsi que nus mîmes fin à notre discussion sur son choix de vie. Le 27.05.2034 Demian et son acolyte se présentèrent à la conciergerie du Théâtre Créatif de Londres. Il s'agissait du chef de deuxième rang du centre Looni de Los Angeles qui espérait en tuant Zazo de devenir le chef du centre. C'est Demian qui l'avait placé à ce poste une année plus tôt, et qui lui avait formellement interdit d'utiliser des machines mentales. Demian était maintenant à peu près sûr que Zazo conditionnnait les esprits grâce aux machines bien qu'il n'ait pu encore en découvrir le procédé. Il voulait se réserver la possibilité de pouvoir lui-même utiliser ces machines un jour, un jour pas si lointain il espérait, dans quelques jours en fait, lorsque Zazo se retrouverait quelques mètres sous terre. En parcourant le théâtre, Demian et son acolyte découvrirent ce qu'ils cherchaient, un placard à balets au premier balcon d'où ils pouvaient voir la scène. L'homme de main de Demian fit un trou au laser dans la porte en bois. A travers ce trou, il pouvait atteindre la tête de Zazo au millimètre près et y faire un trou semblable. Ce travail accompli il pouvait ensuite espérer avoir un poste de haute responsabilité dans l'empire de Demian.

Bien sûr ni l'un ni l'autre ne se doutait que chacun de leurs mouvements chacun de leurs mots étaient retransmis à Zazo à San Francisco. Zazo était étonné, le chef de deuxième rang lui était complètement inconnu, et il avait du mal à reconnaître Demian sous sa barbe et son crâne rasé. Ce qui intriguait encore plus Zazo, c'était ce sentiment de haine qui habitait Demian, et qui le conduisait au meurtre. Certes il comprenait le dépit de Demian, pour avoir été congédié. Mais de là à vouloir le tuer ! Il se prit à se demander pourquoi il était lui-même en fait aussi surpris, alors qu'il y avait encore peu de temps il n'aurait pas du tout été étonné de la perversion des êtres humains. Est-ce que les séances Zen avaient déjà un effet sur lui ? Il se souvenait parfaitement comment il y a quelques années il avait repoussé avec désinvolture et hardiesse les attaques les plus vicieuses. Il se complimentait à l'époque dans cette lutte contre la mort pour la vie. Aujourd'hui, de tels combats ne sollicitaient plus d'enthousiasme, et ils les affrontait quelque peu désabusé. Il ne voulait pas tuer Demian, mais lui réservait un bon petit traitement à la machine mentale. Il s'en voulait presque d'avoir impliqué Ronda dans ce face à face avec Demian. Certes il ne craignait plus quoi que ce soit de la part de Ronda, celui-ci n'allait pas interférer avec le projet, simplement Ronda allait rendre ce face à face fastidieux avec ce fastidieux Demian encore plus fastidieux par des questions fastidieuses. Il ne savait pas très précisément pourquoi il était allé récupérer Ronda au Tibet. Est-ce que ce gentil garçon qu'il était devenu pouvait jouer un rôle pour lui ? Est-ce que Ronda pouvait lui servir dans son évolution personnelle ? Peut-être au cours de mois à venir, une réponse se dessinerait-elle. Il n'était plus pressé.

Je remarquai l'agacement de Zazo. Cette confrontation avec Demian l'affectait plus qu'il ne voulait lui-même le reconnaître. Il ne voulait plus que je l'assiste dans ses opérations en ce qui concernait la capture de Demian. Lorsque je lui demandai où il en était, il me répondit, ça ne va pas tarder. Je n'insistai pas. Chaque chose en son temps, c'était valable là aussi.

Pendant que Zazo s'occupait de ses affaires, je me baladais en ville. La maison où j'avais vécu avec Julia était habitée par un médecin et sa famille. Je pensai tout à coup à nos enfants âgés déjà de cinq et huit ans maintenant. Paul devait aller à l'école. Julia avait-elle un nouveau compagnon ? J'eus tout à coup envie de les joindre et trouvai sur Internet les coordonnées de Julia. J'envoyai un message rapide : « je viens de débarquer à San Francisco, je pense à toi. Est-ce que ça va ? Ce serait sympa de se revoir. A bientôt. »

Demian s'apprêtait à quitter le Théâtre Créatif de Londres avec son second lorque le piège se referma. Zazo se fit un plaisir immense d'apparaître à Demian, son image projetée en trois dimensions au laser, près de l'entrée de service. La société de protection avait installé des caméras un peu partout et Zazo pouvait fixer Demian du regard. Demian le vit et n'eut pas d'autre réflexe que de courir. Il ne pouvait songer à rien d'autre, tellement sa surprise était grande. Il ne put guère s'éloigner car les vigiles lui envoyèrent un rayon paralyseur dans les jambes. Ça y est, c'est foutu, pensa-t-il, et C#était bien vrai. Quelques heures plus tard, il se retrouvait au centre Looni de Southampton sous le casque d'une machine mentale. Son second était lui aussi soumis au même traîtement. Ils pouvaient s'estimer heureux d'être restés en vie, Zazo était vraiment devenu plus indulgent.

Quelques jours plus tard, Zazo m'invita à prendre le thé. Souverainement content de lui, il me présenta un Demian amoindri. Je demandais à Demian s'il nourissait à mon égard encore un sentiment de jalousie, et je n'eus pas de mal à le croire lorsqu'il me répondit que jamais au monde il ne pouvait éprouver un tel sentiment à l'égard d'un ami de Zazo. Tout cela n'avait été qu'une erreur regrettable, déclara Zazo. La jalousie de Demian n'avait en fait été rien d'autre qu'une préoccupation excessive à l'égard de sa propre sécurité. Imagine donc, dit Zazo, Demian imaginati que tu me tires à nouveau dessus avec un paralyseur. Zazo se mit à rire, et ajouta en reprenant son sérieux, peut-être tout cela pouvait-il s'expliquer par le fait que Demian avait les nerfs à fleur de peau à la suite du surménage. A partir d'aujourd'hui, dit-il ironiquement, je lui donne des congés prolongés. Demian rit comme si l'idée de vacances le mit de bonne humeur. J'éprouvai de la pitié pour cet homme que je voyais tellement différent de ce qu'il avait été. Redeviendrait-il un jour lui-même ? Le traîtement que Zazo venait de lui faire subir était-il irrévocable ? Zazo lut dans ma pensée car il se tourna vers Demian et dit ; au fait Ronda est un fervent défenseur de la liberté. Si ça ne tenait qu'à lui, tout être humain serait éduqué pour être anarchiste. Tu te rends compte du chaos ! Demian rit en signe d'approbation. J'intervins pour défendre mon point de vue et soutenir qu'un monde libre avec des êtres libres offrait plus de possibilités à tous et aussi aux frénétiques du pouvoir. Zazo n'apprécia pas beaucoup cette attaque indirecte de ma part. Avec ironie il expliqua que mon séjour au Tibet m'avait transformé en prédicateur itinérant, et qu'il n'était pas exclu de me voir un jour à la tête d'une organisation du type Looni. Le lendemain je reçus un message de Julia ; tu as l'air d'aller, nous aussi ça va. Jean, mon nouvaeu mari, est un bon père pour les enfants. Si par hasard tu viens à Paris, fais-moi signe. On pourrait peut-être se voir. Elle n'avait pas changé.

Les jours passaient très vite chez Zazo. Nous passions souvent les soirées ensemble. Devant la cheminée ou dans le sauna nous débattions de Dieu et du monde. C'était bien. Pendant que Zazo travaillait, je me documentais sur Internet sur les développements de l'U.G. et méditais. La somme de travail de Zazo était énorme. Il n'arrêtait pas de courir d'un bout du monde à l'autre dans son planeur supersonique, résolvant les problèmes dans les divers quartiers généraux Loonis, présentant de nouvelles idées, consolidant des contacts personnels. Parfois il s'absentait plusieurs jours de suite Le centre de formation de San Francisco était son lieu de séjour préféré.
Ma présence devait lui apporter quelque chose, car il me proposa d'être son invité permanent. Il n'y avait pas grand chose à faire à la maison, tout était automatisé. De temps à autre l'ordinateur me demandait de lui fournir des informations sur les achats et la préparation de la nourriture. Les robots les plus modernes et les appareils les plus performants faisaient le reste. Il m'arrivait le soir de cuisiner

une de mes spécialités. Je prenais toujours du plaisir à cuisiner. Après quelques semaines nos discussions prirent des contours différents. Il cherchait de plus en plus à confronter ses idées aux miennes. De mon côté, je n'étais guère enclin à couper les cheveux en quatre. Il cherchait à justifier son comportement, et cherchait mon approbation. Malgré cela, il n'était toujours pas complètement honnête avec lui-même, puisqu'il évitait toujours de parler de la programmation outrancière des machines mentales. Non pas que j'essayais d'orienter la discussion sur ce point, je ne me souciais pas d'aborder quelque sujet que ce soit. Si je cherchais quelque chose, c'était de l'atteindre au plus profond de lui, même pour l'aider à accéder à un niveau supérieur de conscience. Mais son petit ego se défendait comme un animal aux abois. Il se mit à contre-attaquer. Tu crois vraiment, me dit-il, qu'il vaudrait mieux que je m'installe dans ma petite maison comme Eckehard et que je renonce à toute ambition temporelle ? N'est-il pas normal que les hommes luttent pour susciter l'admiration et amasser des biens ? Il y a mille cinq cents ans, Confucius ne disait-il pas « s'estime heureux celui à qui Dieu accorde succès et richesse » ? Quel mal y a-t-il à réussir dans la vie ? dois-je me transformer en moralisateur dépouillé ? Il y en a eu des tas bien avant moi qui pour vouloir être honnêtes ont perdu leur joie de vivre et regretté le temps perdu à essayer de respecter une morale vertueuse. Bien des gens respectueux de la morale la plus haute ont été victimes du mauvais sort, ainsi que leurs proches. La vie est un combat depuis toujours, les meilleurs sont ceux qui s'en sortent le mieux.

Certes, ses arguments étaient fondés, mais ils ne prenaient en compte qu'une partie de la vérité. Je ne voulais pas dévaluer ses qualitésd'intelligence, de capacité d'organisation et son charisme. Bien au contraire, je pensais qu'il possédait toutes les potentialités pour accéder à la plus haute des connaissances. Ce qui l'empêchait de progresser, c'était cette partialité, il réduisait sa vie à l'aspect matérialiste de l'existence. Je cherchai prudemment à lui faire comprendre qu'il ne s'agissait pas de perdre quoi que ce soit, mais au contraire de gagner. Certes, lui dis-je, lorsque la vie spirituelle l'emporte, la vie matérielle recule. C'est ça, dit-il, tu veux faire de moi un imbécile spirituel, et lorsque j'aurai perdu mon argent et mon organisation nous nous asseyerons tous les deux dans une petite maison en pierre pour y méditer dommage qu'à ce moment là nous n'aurons plus de quoi nous offrir une bonne bouteille de rouge et une séance de sauna.

Notre marchandage aurait pu continuer ainsi pendant longtemps. Je décidai donc de prendre le front. Lorsque l'argent et le pouvoir sont ce qu'il y a de plus important dans la vie, le mal n'est pas loin, dis-je. Mon Dieu, dit-il, voilà le vieux refrain sur le bien et le mal. Le diable qui accorde richesse et puissance en échange de l'âme. Ce genre d'argument ça ne marche plus avec qui que ce soit aujourd'hui. Nous débattîmes du bien et du mal et ce faisant, je découvris que Zazo croyait en un univers où il n'y avait ni bien ni mal. Selon lui, au-dessus de toute notion humaine du bien et du mal, il y avait l'univers dans sa totalité d'où toutes les valeurs morales étaient exclues. Nous discutions ainsi jour après jour et et serait difficile de tout rapporter. Supposons, dit Zazo, que Dieu ait tout créé, supposons qu'il soit bon, et supposons que le mal existe sur terre, on ne pourrait donc en déduire qu'un chose, c'est que Dieu ait créé le mal ! Comment donc accepter cela ? La seule explication viable serait de dire que dans le cadre de l'œuvre divine, le mal est la contrepartie matérielle de l'esprit divin. Il n'y a pas d'ombre s'il n'y a pas de lumière. L'existence matérielle serait alors un élément indépendant de la totalité qui constitue la vie, et d'où découlerait le phénomène du dualisme. Ou bien on pourrait dire que l'existence matérielle, éohémère, s'oppose à celle de l'esprit, qui est immortelle. Si cela était le cas, il n'y aurait plus de dualisme une fois l'existence matérielle dépassée. Plus de vie ni de mort, plus de bien ni de mal, plus de lumière ni d'ombre. Nous humains dotés d'une existence matérielle vivons le mal parce que nous sommes des êtres matériels, et notre notion de bien et de mal ne se rapporte qu'à l'univers matériel. Ce qui est bon c'est ce qui est bon dans le contexte de la vie matérielle, ce qui la favorise. Ce qui est mal, le contraire. Kant disait, on peut dire qu'une action est bonne si on peut en faire une loi profitable à la communauté entière. Comme tu vois c'est l'existence matérielle de la communauté humaine qui prime. Dans le même ordre d'idées, prends donc la notion de liberté : le conmcept de liberté socialement positif ne peut pas signifier abandonner les gens à leur sort, tout particulièrement si ces gens sont faibles. Ce qui est faible a besoin d'un soutien, d'une main pour le guider, quelqu'un pour s'orienter. La plupart des gens sont faibles, je les soutiens et les guide, et donc moralement parlant, j'agis bien à leur égard, mieux en tout cas que quelqu'un qui les abandonnerait à eux-mêmes et les laisserait s'égarer. Jacques t'a dit en parlant du grand ego qu'il y avait un niveau de conscience supérieur. Contemple ainsi l'existence matérielle d'en haut, dans son ensemble, le cosmos tout entier, alors tu te mettras à relativiser bien des choses, et en particulier le bien et le mal. De telles distinctions qui s'opèrent dans le cadre matériel de notre existence temporelle n'ont pas de sens dans le contexte universel. La relation de l'homme au cosmos se situe au dela de toute morale humaine... sic.

Zazo se découvrait. Il laissait entrevoir sa conception de l'existence, une conception sans valeurs profondes. Pour lui, le monde n'était gouverné que par des lois et des principes matérialistes. Son argumentation était d'une logique implacable et inattaquable. Mais il avait tort. J'allais détruire ce bel équilibre, son concept.

Zazo avait raison quant à ce concept de l'unité de toutes les choses. J'en avais moi-même pris conscience devant mon mur blanc à Golam, mais c'était quelque peu différent de ce que pensait Zazo. Les dualités, bien - mal ; lumière – ombre, vie – mort se confondaient effectivement dans cette unité, mais non dans un univers vide dépourvu de tout sens. C'est dans cette totalité que prenait corps la conscience universelle d'appartenir à un tout, conscience que j'avais ressenti comme un pur amour, d'autres diraient, Dieu. D'autres encore, tels les Bouddhistes, se contentaient de substituts de l'idée de Dieu. Pour moi il s'agissait de la puissance créatrice originelle du Créateur. L'existence matérielle ne peut pas s'engendrer ou engendrer d'autres formes d'existence. Cette capacité de création était réservée à la conscience universelle englobant la totalité des formes de vie. Dieu est notre souffle de vie tout comme il est le créateur de toute forme de vie concrète. C'est ce dont j'avais pris conscience au Tibet.

J'essayais d'expliquer à Zazo la bonne direction ; peut-être, lui dis-je, le mal prend-il naissance lorsque l'existence matérielle se croit ce qu'il y a de plus important et refuse de reconnaître l'existence propre de ce qui est immortel, de la conscience universelle. Cette matérialité qui donne corps à un être humain ou un habitant de la constellation d'Orion Bételgeuse, se croit seule à exister et toute puissante car elle confère une forme visible à la vie. Peut-être qu'imbue d'elle même, cette forme d'existence physique déteste la conscience universelle parce que celle-ci lui fait prendre conscience de sa propre finitude. Mais, même si le mal est la réponse nécessaire d'une vision dualiste en ce monde, où s'opposent matière et esprit, il n'en reste pas moins que la conscience universelle omniprésente et indivisible gouverne souverainement toutes les formes de vie. Il est donc essentiel de pouvoir s'élever sur un plan de conscience supérieure, qui a ses propres valeurs et sa propre signification. Il suffit de dépasser la terre et de prendre un peu de distance.

Zazo était embarrassé. Certes, dit-il, nous sommes des êtres de chair et d'os et nous savons que nous ne sommes ni immortels ni tout-puissants. Peut-être, comme tu les dis, détestons-nous d'être confrontés à l'idée d'immortalité, peut-être ne sommes-nous mauvais que parce que nous possédons aussi un corps. Mais si ce peu de temps qui nous est imparti nous le gaspillons en vaine quête de cette conscience universelle, va-t-il s'allonger pour autant ? Notre matérialité diminuera-t-elle pour autant ? Pourquoi essayer de prendre de l'altitude vers des hauteurs que moi, pauvre être matériel, je ne puis embrasser ? J'espère que tu ne vas pas en arriver à me balancer des notions de ciel et d'enfer. Bien sûr, je n'allais pas l'exaspérer avec ce genre de conte de fée. Mais je lui rappellai l'existence de ces prophéties qui provoquent ce qu'elles annoncent. La pensée modèle le monde. Tes pensées modèlent le monde. Tant que tu penseras qu'au delà de l'existence matérielle, il n'y a rien d'autre qu'un vide absurde, tu ne pourras prendre conscience que c'est l'amour qui lie les mouvements du monde. Zazo rit au mot « amour ». Le bien et le mal n'étaient pour lui que des notions matérielles au sein d'un univers matériel, et il en allait de même de l'amour, qui n'avait de réalité que par rapport à la jouissance. Il l'emportait, malgré tout ton bavardage, tu ne peux pas me fournir une explication objective du bien et du mal. Et ce que tu appelles amour et qui n'est censé avoir aucune connotation matérielle, c'est de la fantaisie.

Pour moi nous étions arrivés à un tournant. Si j'arrivais maintenant à le convaincre, c'était moi qui l'emportais. Je m'y pris méthodiquement ; tes concepts, dis-je, s'arrêtent à mi-chemin. Au delà des dualismes vie – mort, lumière – ombre, esprit – matière, bien – mal, tu ne vois que le néant, rien que le néant. Si tu acceptais une ouverture tu découvrirais plus Même scientifiquement il est prouvé que la matière et le temps ne sont que des phénomènes eux-mêmes liés à la lumière. Là où s'arrêtent les atomes de ton corps, et là où les atomes du reste du monde commencent, ce n'est qu'une question insignifiante de matière et de temps ca les deux, matière et temps, sont eux-mêmes subordonnés à la lumière. Cette lumière pourrait bien être un aspect de la conscience universelle. En tout cas, cette lumière est un phénomène plus fondamental que toute matière et que le temps. Si tu penses à la totalité, celle qui est au-dessus du néant, des éléments insignifiants tels que l'existences matérielle et le temps ne deviennent plus des aspects essentiels de notre vie. La totalité est un phénomène plus en rapport avec la lumière. L'homme en tant qu'être matériel limité dans sa finitude prend alors conscience de l'importance relative de l'existence universelle et ouvre les yeux sur une autre réalité. Chacun a accès à Dieu et à l'amour, même toi, et refuser cet amour c'est mal, l'accepter, chercher à aller vers lui, c'est bien. C'est tout simple. Certes ni toi ni ton corps ne souffriront si tu continues à vivre comme tu le fais, mais ton âme souffrira, parce qu'elle est enchaînée à l'existence matérielle, détournée dans son élan qui la pousse vers l'amour. Curieux, n'est-ce pas, pour des raisons matérielles tu limites la liberté des autres et ce faisant tu construis automatiquement une prison pour ta propre âme.

Zazo n'avait pas grand chose à dire à ce raisonnement. Oui, dit-il, cette lumière constante, invariable, qui détermine le temps et la matière comme einstein l'a démontré, il ajouta, et c'est au delà de toute définition, contradiction, contingence, qu'est censée se situer cette conscience universelle ? C'est ça, dis-je. Quel est le sens de cette vie matérielle alors ? Je lui parlai de la théorie de Mme Dreyer sur l'âme en vacances que j'avais completée. Peut-être que Dieu regénère ses cellules dans nos âmes. Zazo réagit ; avec tant d'âmes pourries Dieu va vite avoir besoin d'aller à l'hôpital. Mais, repris-je, on dit qu'il suffit de vingt-et-une âmes pour regénérer le monde. Je lus dans ses yeux qu'il était quelque peu déstabilisé et lui tapotai l'épaule ; pas besoin de tourner quoi que ce soit en ridicule, lui dis-je, tout ne va pas si mal que ça. Ce soir là Zazo alla se coucher pensif.

Au petit déjeuner Zazo parla du changement de son mode de vie, c'est vrai, dit-il, qu'à proprement parler, je n'ai rien à perdre. Même si je quittais les Loonis je pourrais vivre jusqu'à la fin de mes jours de ce que j'ai mis de côté, m'en donner à cœur joie et me moquer complètement de toutes pressions et confrontations. Il semblerait bien que tu m'aies ouvert les yeux. Il est temps que je me mette à vivre pour moi, et non plus pour et par les autres, pour le pouvoir et la renommée. Je décide donc de ne plus faire obstruction à ma pauvre âme, et en riant il me tapota l'épaule, tapotement que je lui rendis sur-le-champ.

Les jours suivants, Zazo me confia qu'il avait étudié l'histoire pnedant des années. Il avait fait des recherches sur les 43 vérités qu'il soupçonnait avoir été contenues dans l'Arche d'Alliance du peuple juif. Il s'agissait de 43 vérités fondamentales que Dieu avait révélé aux hommes il y a des millénaires. Comment ! pensai-je, Zazo et Dieu ! A première vue ça ne collait guère. Ça alors, dis-je, toi tu peux croire en un Dieu qui aurait fait des révélations aux hommes ! Disosn, dit Zazo, que je crois en certaines forces magiques, ou divines si tu veux. Quoi qu'il en soit, l'Arche d'Alliance contient certainement une relation au cosmos très intéressante. Il y a des historiens pour dire qu'Adolf Hitler aurait cherché à le déterrer dans le désert égyptien. Et de fait au cours de la seconde guerre mondiale, il y a près de cent ans maintenant, le dictateur allemand aurait investi une somme folle pour que l'Afrika-Corps, ses troupes d'élite en Afrique, mette la main sur cette Arche. Il n'a rien trouvé. Zazo, lui, pensait que l'Arche de l'Alliance avait été déterré dans le temple de Salomon à Jérusalem bien avant Hitler. Le temple avait été construit par Salomon en 935 avant Jésus-Christ. On pense que l'Arche avait été enterrée dans les catacombes du temple en 597. Quelques siècles plus tard, les Romains détruirent le temple enfouissant ainsi l'Arche dans les catacombes. En 1127 après Jésus-Christ fut fondé l'ordre des Templiers, précisément, pensait Zazo, dans l'optique de cette Arche de l'Alliance. Sous prétexte de protéger les pèlerins, les Templiers s'emparèrent du temple en ruines. Zazo pensait qu'en 1199, ils avaient découvert l'arche après avoir systématiquement fouillé les catacombes. Puis, en 1338, l'ordre des Templiers se divisa en plusieurs ordres maçonniques, pour se protéger des persécutions de l'Eglise Catholique. Et Zazo pensait donc qu'aujourd'hui encore, les francs-maçons cachaient les 43 vérités de l'Arche de l'Alliance afin de ne pas les laisser à la portée de ces frénétiques de pouvoir qui habitaient le monde.

Je demandai à Zazo ce qu'il ferait des 43 vérités, et il me fit tout un discours sur le pouvoir en général et en particulier. Zazo trouvait que le plus grand avantage du Mouvement de Justice Globale était d'avoir écarté tout conflit politique entre les pays. Il trouvait paradoxal que les partis les plus anti-démocratiques soient de plus en plus puissants les deux plus grands parmi eux, le Parti Oligarchique du Marché et le Parti de l'Intelligence, soutenaient sans restriction aucune le système de Justice Globale. Zazo pensait que le temps était venu que les 43 vérités soient révélées. Le seul problème c'est que les gardiens de ces vérités n'étaient guère que des vieux croulants qui n'avaient aucune autre idée que celle de préserver les traditions. Zazo me confia encore qu'à travers ses recherches, il avait découvert que c'était la loge maçonnique arabe qui au cours du dernier millénaire avait gardé les vérités en son sein. Il avait retrouvé les descendants de cette loge à Londres. Ils disparurent toutefois peu de temps après que Zazo avait retrouvé leurs traces. Ils étaient mieux protégés que je ne le pensais, dit Zazo. Malgré cela, Zazo avait poursuivi ses investigations et avait fini par dénicher les gardines des vérités en Suisse.

Zazo fut passablement agacé quand je lui dis que ces 43 vérités, si elles m'intéressaient d'un point de vue historique, me laissaient complètement indifférent quant à la valeur de leur contenu. Je suis sûr, lui dis-je, que nous n'apprendrons rien de plus que ce que nous savons déjà et dont nous avons parlé en long et en large ces derniers jours. Zazo me reagrda en ouvrant grand les yeux ; tu ne sais pas de quoi tu parles, dit-il. Depuis plus de deux mille ans, l'humanité est en quête de cette Arche d'Alliance. Des centaines de milliers de personnes sont morts pour elle, on lui attribue des pouvoirs magiques. Imagine, la sagesse originelle de la terre enfin entre nos mains... ! même la création de l'Union Globale devient futile devant une telle mise au grand jour des grandes vérités que j'aurais découvert.

Je sais de quoi je parle, lui répondis-je, et si tu avais bien compris le sens de ma pensée, tu aurais compris qu'il ne peut pas y avoir d'autres vérités fondamentales que celles dont nous avons parlé. Peu importe qu'il s'agisse d'esprits, de magie, de vie d'ailleurs, de l'existence de la terre, des étoiles, de notre âme, à l'origine de toutes les choses il y a toujours la même intelligence supérieure. C'est ce dont nous avons parlé, de cette force qui est à la base de l'univers et qui lie toutes les forces de vie.

Zazo se ravisa et ajouta ; je dois admettre que ton argumentation sur la lumière n'est pas mal, et est cohérente. Et de fait elle nous montre que dans notre relative existence, il ne sert à rien de se prendre trop au sérieux. Et peut-être de fait que là où naît cette lumière, il n'y a plus ni notion de temps ni de matière, et pourtant cette lumière jaillit ! Comment la comprendre ? mais est-ce que cela suffit pour prouver qu'il existe un créateur divin de cette lumière ? La question qui viendrait alors à l'esprit est qui a créé ce créateur de lumière ? Si tu t'en tiens à la logique humaine, répondis-je, tu devrais savoir que la question qui a créé s'arrête à l'idée de Dieu. A partir de là, c'est de l'idée de Dieu dont il faut débattre et toute définition de Dieu `partir de concepts humains est tout simplement impossible. Et en outre, lui dis-je, je pense t'assurer que cet amour cosmique je l'ai vécu personnellement et non pas simplement en tant que concept cosmique. Zazo encore une fois signifia son incrédulité. Il paraissait plongé dans une sorte de réflexion pensive. Je le rassurai, ces 43 vérités, lui di-je, sont probablement intéressantes et utiles, Dieu est plus d'une fois intervenu pour aider les hommes. Zazo était de plus en plus pensif.

Chaque fois que c'était possible, Zazo faisait Zazen avec moi, deux fois par jour. Ce n'étaient que des séances d'une demie-heure, matin et soir. Le monde réel, comme il disait, exigeait beaucoup de lui. Puis au fur et à mesure nos séances s'allongèrent jusqu'à durer une heure chacune. Zazo se préoccupait de son implication dans l'univers Looni. Si je continue ainsi, Demian avait raison, disait-il, les Loonis vont se fâner comme une fleur. Mais, lui rappellai-je, n'as-tu pas dit que tu pourrais vivre sans eux ! oui, répondit-il, et toi tu te rejouirais de les voir ainsi agoniser, non ! Si l'on pouvait comparer tes Loonis à un rosier alors l'idée du printemps prochain me rejouirait à plus d'un titre, lui dis-je. Tout en disant ceci, il nous apparut à l'un comme à l'autre que l'organisation Looni était irrémédiablement vouée à sa perte à moins que Zazo ne continue à la maintenir en vie artificiellement. Ce qu'il avait créé c'était une structure artificielle dépendante d'un cerveau organisateur et non un rosier, une plante vivante capable de s'épanouir par ses propres moyens. Cette image lui fit prendre conscience de la fragilité de son entreprise, et par ce fait même, son organisation perdait une partie de son intérêt. Tu as raison, dit Zazo, j'ai déjà décidé depuis plusieurs jours de vivre pour moi. Mais que va-t-il advenir des Loonis ? Je ne peux pas les abandonner ainsi. Donne leur leur liberté, dis-je. Leur redonner la liberté ! mais, bon sang, n'as-tu pas saisi que ces gens-là de veulent pas de ta liberté ? Si tu les avais formé d'une autre manière, peut-être serait-ce avec joie qu'ils contempleraient leur liberté. Il secoua la tête et m'accusa d'être complètement dans la lune.

Mes discussions avec Zazo devinrent encore plus délicates lorsque nous abordâmes le sujet de la magie. Depuis trois mois j'essayais de le libérer de ses inhibitions mentales lorsque je me rendis compte de ce qui le bloquait. Il était prisonnier du caractère exceptionnel de ses propres qualités. Il pouvait entrevoir ce à quoi les gens ordinaires n'avaient pas accès. Pouvoir lire dans les pensées, pouvoir décrypter l'avenir, voilà entre autres ce qui l'élevait au dessus du commun des mortels. Il avait approché de tellement près les forces et les vérités cosmiques qu'il pouvait franchir les frontières qui limitent la pluaprt des hommes. Mais il était pris dans les mailles du filet du pouvoir et il était d'autant plus pris qu'il cultivait parallèlement son pouvoir magique sur les êtres et les choses. Je fus un jour convaincu qu'il s'imaginait être un véritable magicien. Je n'en parlais pas, je le sentis par intuition. Depuis mon initiation au Tibet j'étais comme habité par un sixième sens.

Lorsque je lui parlai des dons de magicien qu'il pensait avoir, il fut surpris et me dit : qu'est-ce qui te fait dire que je m'adonne à la magie ? Je lui expliquai que mes propres dons de magicien m'avaient permis d'entrevoir cela. Mais toute l'histoire sur l'Arche d'Alliance m'avait déjà mis sur la piste. Tu conférais tant d'importance au pouvoir magique de l'Arche, lui dis-je. Et puis la manière dont tu t'opposes avec tant d'obstination à reconnaître ce niveau de conscience supérieur, c'est curieux quand même, n'est-ce pas ? Zazo devint susceptible. D'un côté il aimait cette confrontation avec moi malgré tout, j'étais pour lui l'occasion d'un échange fructueux, d'un autre côté, comme il l'avait dit quelques jours plus tôt, notre cohabitation le faisait de plus en plus penser à ce qui était presque un mariage civil. La seule fois où il avait partagé une telle intimité, c'était avec ses parents. Dans cette proximité je le mettais face à face avec ses propres faiblesses, et de toute évidence cela ne lui convenait guère. Je lui mis plus de pression, oui, dis-je, des blocages extrêmement ancrés. C'est ce qui nous caractérise, nous les hommes. Je le traîtai, face à face, de poule mouillée. Poule mouillée, dit-il c'est vraiment ce que tu pouvais dire de plus nul. Tu as peur de te perdre, lui dis-je, dès que tu auras perdu ton pouvoir. Il réagit brutalement ; depuis ma jeunesse je n'ai cessé de devenir plus puissant de jour en jour. Rien ni Personne n'a jamais pu faire obstruction à mon ascension, et toi tu pointes ton nez et tu me dis que j'ai peur de me perdre ou de perdre mon pouvoir. Est-ce que tu as vraiment réfléchi à la stupidité de ta réflexion ? Je ris, parce qu'il venait de confirmer en quelque sorte mon opinion, il ne pouvait pas se dissocier de son pouvoir. Qu'arriverait-il, dis-je, si ton pouvoir se dissolvait ? Il répondit, je n'en sais rien, peut-être deviendrais-je un clochard de l'U.G. tout comme toi. Mais je crois que tu ne comprends pas. Nous ne parlons pas des mêmes choses. Le temps m'aide à devenir chaque fois plus fort, et peut-être d'ici quelques années je serai un rival direct de l'U.G. Eh bien, lui dis-je, tu vois bien que tu n'es pas capable de te situer par rapport à quoi que ce soit hormis le pouvoir ? Pas capable, moi, dit-il en élevant le ton, je sentis qu'il était sur le point de me jeter dehors, mais cela m'était égal. J'étais libre, libre de projections, de désirs, de craintes. Qu'il me jette ou m'offre ses Loonis en cadeau, peu m'importait. Mon calme le gênait quelque peu, ce dont je me sens capable, mon cher ami, dit-il, tu ne peux l'imaginer même dans tes rêves les plus extravagants. Tu confonds confiance en toi et courage, lui dis-je. Ah oui, dit-il, c'est ce que je fais ! alors à ton avis qu'arriverait-il si mon courage était remplacé par de la confiance en moi ? Eh bien, dis-je, il y a des chances pourque tu n'aies plus besoin de courir après le pouvoir. Non, dit-il, mais je continuai, penses-y, pouvoir et magie n'aident ton âme en rien, ils ne servent ton petit ego qu'en passant. Il quitta la pièce en grommelant. Ce soir là je ne le revis même pas pour la séance de Zazen.

Quelques jours plus tard il revint sur le sujet de la magie. Tu as donc des dons magiques toi aussi, me dit-il. Comme tu le sais, si on reçoit de tels dons, il serait absurde de ne pas les mettre en valeur, non ? Il serait stupide, lui dis-je, de s'arrêter à ça. C'est un niveau, dit-il, qui me paraît toutefois assez élevé, la plupart des gens qui l'atteignent en sont passablement enivrés, et pour tout dire, s'arrêter à ça ne me paraît pas si mal que ça, pour moi aussi, tout au moins dans cette vie. Pourtant, lui dis-je, arrivé à ce stade, tu n'as plus beaucoup de chemin à faire, il te serait facile d'arriver au stade supérieur. Vas-y, dit-il, explique-moi donc. Je lui demandai d'où selon lui veanit la magie. Peut-être vient-elle de ton créateur tout-puissant, mais peut-être vient-elle aussi de l'Ange déchu. Un ange déchu qui deviendrait le maître de tous les magiciens, lui dis-je, n'en serait pas moins un élément de la création, et même si l'ange du pouvoir et de la magie est séduisant il ne peut en aucune manière se prétendre l'égal du créateur. Ce qu'il fait tout comme ce qu'il est reste dans la sphère de celui qui l'a créé et doté de ses pouvoirs tout comme l'ensemble de la création. Pourquoi, me dit alors Zazo, Dieu l'a-t-il laissé chuter et lui a laissé le pouvoir de jouer de mauvais tours ? L'ange, dis-je, a la même liberté de choix que nous, les hommes, il habite un monde où le choix existe. Crois-tu, dit Zazo, que l'ange déchu a la possibilité de revenir vers Dieu, vers l'amour ? Totue âme, dis-je, a la possibilité d'accéder au grand tout, et particulièrement ceux des anges qui connaissent déjà la totalité. D'ailleurs, ton ange déchu est censé représenter l'ensemble des âmes déchues, et non un seul ange déchu. Il ne me reste donc plus, dit Zazo, qu'à aller rejoindre ces âmes là, n'est-ce pas ? Tout à fait, dis-je, les prisonniers du pouvoir font partie de ces âmes là. Prisonnier du pouvoir, dit-il, pas mal ! Oui, dis-je, et au fait, sais-tu comment on peut reconnaître les prisonniers du pouvoir ? Non, dit-il, bien qu'il soit au bord de la réponse, eh bien, dis-je, parce qu'ils ne sont pas vraiment capables de rire. Tu crois, dit-il, que je ne suis pas vraiment capable de rire ? Tu peux te moquer des choses, oui. Zazo s'arrêta net. Il s'en fut chercher une bouteille de vin rouge, dans sa cave, un Château d'Eglise de 1999. En silence chacun goûta le breuvage fruité aux saveurs de la terre. Puis il dit, qui sait, peut-être y a-t-il un peu de vérité dans ce que tu dis.

Au cours des semaines suivantes Zazo consacra de plus en plus de temps à se demander de quelle manière il pourrait quitter son empire de la meilleure façon. C'était décidé, il ne voulait plus se perdre en vaines entreprises, sous la pression d'un travail permanent. Son problème était qu'il n'avait point de successeur et qu'il lui était impossible d'en trouver un vue la manière dont il avait organisé son empire. A mon avis il lui fallait modifier son organisation depuis ses bases. Il lui fallait conduire les Loonis à l'autonomie mentale. Bizarre, mais c'était exactement ce que j'avais essayé de lui faire comprendre à l'époque où j'étais un idéaliste et « créateur de sens » de l'Union Globale. Aujourd'hui, je n'étais plus guidé par mon idéalisme, je n'avais plus en vue que l'authenticité et la vérité. Si Zazo débarrassait ses Loonis de leurs entraves, il accomplissait un geste sain en harmonie avec les vérités naturelles. Il cesserait de contrôler son enfant pour le laisser voler de ses propres ailes. Je suggérai de déprogrammer les machines mentales et de leur substituer en programme d'initiation à la prise en charge de soi-même. Zazo me regarda d'un sourire qui traduisait le mal qu'il avait à remettre en cause tout son système.

Presque de manière impitoyable je refusais de le laisser en paix. Même si on mainpule aujourd'hui les gens de manière ouverte à la télé ; ou sur Internet, lui dis-je, ce serait un geste honnête à l'égard de toi-même de libérer les Loonis. C'était la première fois que nous parlions de manière directe des manipulations mentales. Il aurait pu continuer à nier le fait puisque je n'avais toujours pas de preuves concrètes. Mais il ne savait pas non plus jusqu'où j'allais le convertir. Peut-être avait-il peur d'être emprisonné dans son rôle de leader pour le reste de ses jours. Peut-être pensa-t-il que je le quitterais s'il ne prenait pas enfin une décision juste et honnête, bref il ne nia pas mon allusion aux manipulations. Bon, dit-il, puisque tu as des dons de magicien toi aussi, il ne sert à rien de nier la réalité. Disons qu'il y aurait de fait la possibilité de conditionner les Loonis par le biais des machines mentales de manière à les aider à être plus autonomes. Mais, bon sang, Ronda, comme nous en avons déjà parlé cent fois, que signifierait donc la liberté pour eux ? Ne réponds pas, dit-il, je connais ta réponse, ce serait pour eux la possibilité d'accéder au niveau de conscience universel. Nous rîmes tous les deux.

J'essayai de lui tendre la perche ; si tes nouveaux programmes visaient à libérer les gens, les Loonis pourraient se gouverner eux-mêmes. Toi, tu aurais beaucoup moins de labeur et ton œuvre pourrait survivre. Personne n'est censé rien savoir sur les machines mentales et leur utilisation.

Non, dit Zazo, regarde l'être humain normal, habituellement c'est un accro aux télécommunications qui gâche sa précieuse liberté devant les écrans. Bien sûr il y a tous types d'accros, il y a les accros au sport, les accros au travail, etc. Peut-être que j'appartiens à cette dernière catégorie en considérant toutefois que ma dépendance du travail rapporte au moins quelque chose – il voulait parler de l'argent et du pouvoir – ou encore, dit-il regarde la jeune génération asservie à son désir d'accouplement et toujours en quête d'un nouveau partenaire. Que reste-t-il du potentiel d'autonomie et de créativité ? Pas grand chose, avoue-le. Dans l'ensemble, les êtres humains n'ont pas grand chose dans la tête. Que crois-tu ? combien de personnes se mobiliseraient pour construire une organisation Looni libre et autonome ?

Je savais qu'il avait raison. Toute cette énergie que j'avais déployée pour convaincre Zazo ces derniers temps, il faudrait que je l'emploie pour aider les gens à prendre conscience de leur liberté et de leur capacité de création. Il faudrait motiver à un niveau de vie supérieur chaque individu séparément, tel Sisyphe ce serait un travail sans fin, un travail que j'avais fait à la petite échelle et sans grandes ambitions à Paris, en tant que « montreur de sens ». Je savais à quel point étaient rares ceux qui consentaient à troquer leur vie facile pour un engagement dans la vie. Quel étaient ceux qui acceptaient de se remettre en cause et d'enrichir en permanence leur vie par de nouvelles questions ? Qui avait cette force que Zazo avait ? Quels étaient ceux pour qui leur développement était plus important que les distractions après lesquelles ils couraient ? Qui s'asseyait pour méditer au lieu de se laisser abreuver dans son salon d'émotions et de futilités ?

Zazo et moi conclûmes un accord. Lui devait écrire un nouveau programme pour ses machines mentales et moi un livre sur ma quête de la vérité. Dès que mon livre serait fini, il faudrait que son programme soit prêt. Chaque Looni recevrait en cadeau mon livre. Il m'incomberait la tâche de faire en sorte qu'autant de gens que possible éprouvent le besoin de se prendre en main de façon positive et souhaitent être les créateurs de leur propre vie.

Maintenant, voici que ce livre est effectivement terminé. Chacun peut y trouver ce qu'il souhaite. Celui qui se sent attiré par l'idée de Justice Globale peut s'engager dans l'U.G. ou devenir membre du Parti de Justice Globale en train de se constituer dans son pays (ou pourra trouver dans le livre des adresses de sites sur Internet). Celui qui éprouve le désir de créer un nouvel espace de respiration pour son âme pourra pratiquer Zazen. Celui qui croit que courir après de délirants Koans tel que le Mu peut le rapprocher de la vérité divine, celui-là il ne faut pas le décourager. Celui qui ne veut rien de plus que se laisser conditionner par les écrans cathodiques ou numériques, qu'il le fasse. Celui qui veut courir après la richesse et le pouvoir, qu'il y prenne plaisir, c'est son droit. A chacun de façonner sa propre vie, c'est bien ce à quoi sert notre liberté.

FIN.